C. J. CHERRYH

DIE LETZTEN STÄDTE DER ERDE

Science Fiction Roman

Deutsche Erstveröffentlichung

WILHELM HEYNE VERLAG
MÜNCHEN

HEYNE SCIENCE FICTION & FANTASY
Band 06/4174

Titel der amerikanischen Originalausgabe
SUNFALL
Deutsche Übersetzung von Thomas Schichtel
Das Umschlagbild schuf John Harris
Die Illustrationen im Text sind von John Stewart

Redaktion: Wolfgang Jeschke

Printed in Germany 1985
Umschlaggestaltung: Atelier Ingrid Schütz, München
Satz: Schaber, Wels
Druck und Bindung: Elsnerdruck GmbH, Berlin

ISBN 3-453-31139-6

Inhalt

Prolog

Auf der gesamten Landoberfläche der Erde und einem großen Teil der Ozeane hatte die menschliche Rasse gelebt und war sie gestorben. In den frühen Tagen der Welt hatte sich die Spezies in den Becken der großen Ströme versammelt, in den Stromtälern des Nils, des Euphrats, des Indus'; war in den fruchtbaren Überschwemmungsgebieten zusammengekommen, um das Land zu bestellen; hatte in den reichen Wäldern gejagt und auf den wimmelnden Ebenen; hatte Vieh gehütet und gefischt, war umhergewandert und hatte gebaut. In den Ländern an den Ufern der Ströme entwickelten sich aus den Familien Dörfer; diese Gemeinschaften bewässerten das Land, wuchsen und schlossen sich zusammen. Systeme entwickelten sich zur Effizienz, und Systeme erforderten schriftliche Unterlagen; aus Dörfern wurden Städte; und Städte schluckten Dörfer und wurden zu Großstädten.

Großstädte schluckten andere Großstädte und wurden zu Nationen; Nationen wurden zu Weltreichen vereinigt; Eroberern folgten Gesetzgeber, die das Hineinwachsen in neue Systeme regelten; Systeme funktionierten, bis spätere Generationen sich als weniger fähig zu ihrer Beherrschung erwiesen und auch die Systeme versagten. Wieder kam es zum Chaos und stiegen neue Eroberer auf, ein Muster ohne Ende. Kein Platz war mehr zu finden, über den nicht schon Füße geschritten waren, wo nicht schon Armeen gekämpft, Liebende geseufzt und menschlicher Staub sich niedergesenkt hatte, und all das völlig unbemerkt.

Sie war einfach alt, diese Welt; sie hatte ihren Samen verstreut wie eine den Winden nachgebende Blume. Sie waren zu den Sternen gezogen – und hatten sich neue Welten eröffnet. Wer die Erde in ihrem großen Zeitalter besuchte, hatte seine Gründe – aber jene, die hier geboren waren, blieben aus dem althergebrachtesten aller Gründe: die Erde war ihre Heimat.

Da waren die Städte, Mikrokosmen des menschlichen Gemeinwesens, riesige Wesen von sehr stark individuellem Charakter, die ihre Bewohner durch Gewohnheit, durch Liebe und durch die unsichtbaren Fäden an sich banden, die auch die ersten Menschen aneinandergebunden hatten, denn außerhalb der Wärme des vom Feuer beleuchteten Kreises herrschte Dunkelheit und beobachtete sie das Unbekannte mit wölfischen Augen.

In der gesamten menschlichen Erfahrung fand sich kein Wort, das diesen Drang in all seinen Aspekten zum Ausdruck hätte bringen können; ›Liebe‹ hätte man vielleicht sagen können, aber zu oft war es doch der Haß. ›Gemeinschaftsgefühl‹ wäre vielleicht auch gegangen, aber das umfaßte zu wenige Angehörige; vielleicht auch ›Einheitsgedanke‹, aber die Vielfalt war groß. In einer Hinsicht war es bemerkenswert, daß die Menschheit nie ein geeignetes Wort dafür gefunden hatte, und in anderer Hinsicht überhaupt nicht bemerkenswert. Immer schon hatte es solche Dinge gegeben, die zu gewaltig waren und zu menschlich, um sie benennen zu können, wie zum Beispiel der Grund für die Liebe oder die Logik des Bergsteigens.

Es war eben die Heimat, sonst nichts.

Und die großen Städte waren die letzten Blüten dieser Entwicklung, wie sie auch schon an deren Anfang gestanden hatten.

Der einzige Tod in der Stadt

(PARIS)

Sie wurde die Stadt der Lichter genannt. Während der langen Geschichte der Erde hatte sie schon andere Namen getragen, in den Jahren, bevor die Sonne matt geworden war und von Krankheiten befallen, bevor der Mond glühend und riesig am Himmel hing, in den Raumhäfen die Schiffe von den Sternen weniger geworden waren und der Gründe für Ambitionen noch weniger. Die Stadt erstreckte sich, so weit das Auge reichte – wenn man sie von außen betrachtete, was die Einwohner nie taten. Sie war so gewaltig, daß ein Fluß durch sie hindurchströmte, Sin genannt, die in der unvorstellbaren Vergangenheit durch einen Wald von urzeitlicher Schönheit geflossen war und dann durch eine zahllose Folge von Städten im Verlauf der antiken Zeitalter der Weltreiche. Die Stadt wuchs an den Ufern der Sin und umschloß den Fluß gänzlich, so daß er, in einem steinernen Bett kanalisiert, durch die Hallen der Stadt strömte, im freien Fall von der zehnten auf die vierzehnte Ebene hinabdonnerte und anschließend sanft durch den Kanal auf der vierzehnten Ebene floß, einen großen Kanal, der die Stadt versorgte und sie unabhängig machte. Die Sin kam von außen, aber sie wurde so verwandelt und kanalisiert, daß sich niemand an diese Tatsache erinnerte. Niemand erinnerte sich an die Außenwelt. Niemand kümmerte sich darum. Die Stadt war hermetisch abgeschlossen, und das schon seit Jahrtausenden.

Es *gab* Fenster, aber sie lagen auf den höchsten Ebenen und waren fest verschlossen. Die Einwohner fürchteten die Sonne, denn Gerüchte besagten, daß sie eine Quelle übler Strahlungen sei, ungesund, Ursprung von Seuchen. Es gab Fenster, aber keine Türen, denn niemand wollte hinausgehen. Niemand war mehr fortgegangen seit Errichtung der äußeren Wälle. Wenn die Stadt in diesem Zeitalter noch bauen mußte, dann tat sie es nach unten, grub eine zwanzigste und einundzwanzigste Ebene als Begräbnisstätte für die Toten frei ... denn die Toten der Stadt waren Durchreisende in Steinsärgen, die immer damit rechnen mußten, nach weiter unten verlegt zu werden, wenn die Lebenden mehr Raum benötigten.

Früher einmal war es ein Hauptzeitvertreib in der Stadt gewesen, die unteren Ebenen zu bereisen, die bemalten Sarkophage von Vorfahren herauszusuchen, die Ähnlichkeit des lebenden Gesichts mit dem toten zu suchen, die so normal war in dieser seit langem von der Außenwelt abgeschnittenen Stadt. Aber jetzt waren diese Ebenen voller Staub, und nur wenige Leute zeigten noch Interesse, dorthin zu gehen, es sei denn, Begräbnisse fanden statt.

Früher einmal war es ein Vergnügen für die Einwohner der Stadt gewesen, die gewaltigen Bibliotheken und Kunsthallen nach Geschichten zu durchforschen, denn die Stadt lebte weitgehend in der Vergangenheit und feierte alten Ruhm – aber heute wurden die Bibliotheken nicht mehr benutzt, es sei denn für leichteste Unterhaltungskost, und diese war sehr abstrakt und voller drogenerträumter Phantasien.

Mehr und mehr hatten die Einwohner – *Erinnerungen.*

Zu Anfang waren es wenige, die Sorgen hatten mit Erinnerungen und einer gründlichen Vertrautheit mit den Hallen – wie zu der Zeit, als es nicht ungewöhnlich gewesen war, seine Zeit damit zuzubringen, die Stadt in ihrer gewaltigen Ausdehnung zu bereisen und neue Anblicke in sich aufzunehmen. Diese Visionäre versanken in Langeweile – oder in Angst, als die Erinnerungen sehr lebhaft wurden.

Es war nicht nötig, auf der Suche nach Vorfahren zu den unteren Ebenen zu gehen, denn die Vorfahren lebten – fleischgeworden in den steinernen Hallen der Stadt, in den Personen ihrer Nachkommen, in Seelen, schon so lange eingekerkert innerhalb der Megalopolis, daß sie anfingen, in früheren Zeitaltern zu erwachen, denn waren sie gestorben, wurden sie wiedergeboren, und behielten schließlich dabei ihr Gedächtnis. So scharf waren ihre Erinnerungen, daß jetzt selbst Säuglinge nicht mehr schrien, sondern geduldig träumend in ihren Wiegen lagen, oder erwachend aus gehetzten Augen blickten, aus Jahrtausenden angesammelter Menschenleben heraus in die Augen ihrer Mütter blickten, *bewußt* und auf das Erwachsenwerden wartend, darauf, daß der Körper die Erinnerung einholte.

Kinder spielten – mannigfache Spiele, entwickelt aus früheren Leben.

Die Leute lebten in einer seltsamen Mischung aus Vorsicht und Sorglosigkeit: Vorsicht, denn sie umgaben sich selbst mit der Gegenwart, kannten die Gefahr von Verwicklungen; Sorglosigkeit, denn die Vergangenheit hörte auf, sie als ein Unbekanntes zu faszinieren, und nichts hatte eine dauerhafte Bedeutung. Nur das Vergnügen blieb und die Zukunft, die die Gewißheit weiterer Leben enthielt und die Erinnerung an die, die sie jetzt lebten. Und für eine lange Zeit weilte der Tod nicht in den Hallen der Stadt der Lichter.

Bis einer unter ihnen geboren wurde.

Nur selten wurden Menschen neu geboren, neue Seelen ohne vorherige Reisen durch die Stadt, Babies, die schrien, Kinder, die im Bewußtsein ihres Gebrechens aufwuchsen, echte Kinder unter zahllosen Wiedergeborenen.

Ein solches Kind war Alain.

Er wurde in einer der größten Familien geboren – diesen Familien auf der Grundlage von Verbindungen, die mehr durch vorherige Leben bestimmt wurden als durch das Blut, denn obwohl es stimmte, daß die Reinkarnation dazu neigte, den Abstammungslinien zu folgen, so war es doch nicht in jedem Fall so; und manchmal kamen Kinder von draußen, außerhalb der Blutlinie, wurden hereingeschwemmt, manche suchten schon mit den ersten unsicheren Schritten eine alte Liebe, alte Bekanntschaften. Aber Alain war neu. Er wurde in der Familie des Jadepalastes geboren, der die zehnte Ebene nahe der Treppe ausfüllte, obwohl er nicht *von* dieser Familie war oder tatsächlich überhaupt von irgendeiner Familie, und deshalb wuchs er weniger zivilisiert auf.

Er versuchte es. Er war sich seines Mangels an Geschmack schrecklich bewußt, seines Mangels an Unterscheidungsvermögen, den er nicht als Originalität entschuldigen konnte: Originalität war eine Eigenschaft älterer Geister und Erinnerungen. Sein Betragen war einfach unbeholfen, und er blieb überwiegend im Schatten des Jadepalastes, ertrug sein Leben und dachte, daß sein nächstes sicher besser werden würde.

Aber der Jadepalast lag neben dem Onyxpalast, und es war nicht zu vermeiden, daß diese beiden Häuser sich anläßlich von Jahrestagen durcheinandermischten. Diese Zeiten waren eine Qual für Alain in seiner Kindheit, da zu ihnen sein naives und echtes Kindsein Außenseitern offenbart wurde; sie wurden eine Qual anderer Art in seinem vierzehnten Lebensjahr, als sich plötzlich gerade sein neu entstehendes Unterscheidungsvermögen auf ein bestimmtes Gesicht konzentrierte, eine bestimmte blasse Lieblichkeit aus dem Onyxhaus.

»Nichts anderes war zu erwarten«, seufzte seine Mutter. Er hatte sie viele Male in Verlegenheit gebracht, und zaghaft kam er jetzt mit diesem Geständnis zu ihr, daß er in dieser Onyxprinzessin etwas gesehen hatte, was andere innerhalb ihrer eigenen Häuser erblickten; eine Dringlichkeit des Verlangens ergriff von ihm Besitz, die, wie andere behaupteten, nur für alte Bekanntschaften und alte Lieben aus früheren Leben galt. Er war neu, und dies war sein erstes Mal.

»Ihr Name?« fragte seine Mutter.

»Ermine«, flüsterte er, die Augen gesenkt, gerichtet auf die Muster des Teppichs, den seine Tante in einem lange zurückliegenden Leben selbst gewebt hatte. »Sie heißt Ermine.«

»Junge«, sagte seine Mutter, »du bist nur ein Tropfen im Kanal *ihrer* Leben. Vergiß sie!«

2·84·4

Er hörte aufrichtiges Mitgefühl aus der Stimme seiner Mutter heraus, und dergleichen war selten. *Du amüsierst mich*, war das freundlichste, was sie bislang zu ihm gesagt hatte, ein Kompliment, das die Erwartung zum Ausdruck brachte, er würde noch einmal den Reiz des Neuartigen erlangen. Jetzt trieb ihm ihr freundlicher Ratschlag Tränen in die Augen, aber er schüttelte den Kopf und blickte auf, sah ihr ins Gesicht, was er nur selten tat: sie war sehr alt und klug, und er spürte, wie sie ihn ständig mit der Erinnerung an vergangene Zeiten verglich.

»Vergißt irgend jemand jemals?« fragte er.

»Junge, ich gebe dir einen guten Rat. Natürlich kann ich dich nicht aufhalten. Du wirst tausendmal geboren werden, und sie ebenfalls; und du wirst deine Jugend nie wettmachen können. Aber ein solches Verlangen kommt wieder zum Vorschein, wenn du nicht aufpaßt, in diesem Leben oder dem nächsten, und dann erzeugt es Elend. Schlafe mit vielen; such dir gute Freunde, die in dein nächstes Leben hineingeboren werden können; du kannst nicht wissen, ob du Mann oder Frau sein wirst, oder ob sie bleiben, was sie sind. Such dir viele Freunde, das rate ich dir, so daß es – gleichgültig, ob manche vor dir geboren werden und andere nach dir, welches Geschlecht sie haben oder was sie sein werden – immer *einige* Menschen gibt, die sich freuen, dich bei sich zu sehen. Auf diese Weise schafft man sich einen Platz für sich selbst. Ich tat es vor Äonen, bevor ich begann, mich an mein Leben zu erinnern. Aber ich vertraue völlig darauf, daß du dich sofort an deines erinnern wirst; so liegen die Dinge jetzt. Und wenn du die Möglichkeit hast, eine intelligente Wahl zu treffen, wie du es in diesen Tagen kannst, dann, Junge, freue dich über einen guten Rat. Achte darauf, daß du dich nicht in deinem allerersten Leben einer zu starken Zuneigung ergibst! Und mach dir andererseits auch keine Feinde! Denk an deinen Onkel Legran und an Pertito, die einander in jedem Leben, in das sie geboren werden, erneut umbringen, in welcher Gestalt sie auch zur

Welt kommen. Erzeuge nie ein unumstößliches Muster! Sei klug. Ein zu früh entworfenes Muster könnte alle deine Leben zu Tragödien machen.«

»Ich liebe sie«, sagte er mit der hilflosen Inbrunst seiner allerersten vierzehn Jahre.

»Oh, mein Liebling«, sagte seine Mutter und schüttelte traurig den Kopf. Sie würde ihm gleich von einem ihrer Leben erzählen, wußte er, und er blickte wieder auf den Teppich, dazu verurteilt, es zu ertragen.

Er sah Onyx Ermine in diesem Jahr kein weiteres Mal, auch nicht im nächsten und den beiden darauffolgenden. Seine Mutter handhabte die Angelegenheit sehr feinfühlig und machte ihm einen Strich durch die Rechnung. Aber in seinem achtzehnten Jahr wurde aus dem Streit zwischen Pertito und Onkel Legran eine Fehde, und seine Mutter starb, während der Streitigkeiten erdolcht.

Sie hatte ihn vor Komplikationen gewarnt. Er stand da am Tag des Begräbnisses und betrachtete ihren Sarg, grämte sich bitter um den Verlust von ihr, die seine beste und freundlichste Ratgeberin gewesen war, grämte sich auch um ihretwillen, weil sie in ein Muster hineingewebt worden war, das zu vermeiden sie ihn gewarnt hatte. Pertito und Legran waren beide anwesend und blickten einander voller Haß an. »Du hast Claudette mit hineingezogen!« hatte Pertito Legran angeschrien, während sie sterbend zwischen ihnen auf dem Teppich gelegen hatte; und die Fehde zwischen den beiden war jetzt bitterer denn je zuvor, denn sie beide hatten Claudette, seine Mutter, geliebt. Es würde nicht lange dauern, überlegte er innerhalb der Grenzen seiner Erfahrung mit solchen Dingen, bis Pertito und Legran ihr folgten. Er war klug und empfand keinen Haß auf sie, riß sich los von der kleinen Familienversammlung und der größeren Ansammlung von Neugierigen außerhalb des Jadepalastes, denn er hatte mit seinen Leben andere Dinge vor, und er dachte, daß seine Mutter seinem klaren Verstand starken Beifall zollen würde.

Aber während er sich noch von der Versammlung entfernte, sah er dort Ermine bei ihren Verwandten aus dem Haus Onyx stehen.

Und wenn sie schon eine Schönheit gewesen war zu der Zeit, als sie beide vierzehn gewesen waren, dann jetzt umso mehr. Er blieb stehen und starrte sie an, eine Vision in weißer Seide und Perlen aus der Sin, mit bleichem Haar und rosa überhauchter Haut. Es war Ermine, die ihn zurückzog zum Begräbnis seiner Mutter ... Claudette, wie er seine Mutter jetzt innerlich nannte, mit ihrem richtigen Namen rief, denn sie hatte aufgehört, seine Mutter zu sein, und wurde vielleicht schon in diesem Moment am anderen Ende der Stadt neu geboren, um ihre Reise zurück zu ihren Angehörigen zu machen. Diese Trauer war nur eine Zeremonie, so etwas wie der Abschied zu einer Reise und der Anlaß zu einer Party. Diese nahm an Ausmaß zu, während sie über die Treppe schritten, vorbei an den brausenden Fluten der Sin, als immer mehr Neugierige auf eigene Faust dazukamen und fragten, wer denn gestorben sei und wie, und die Geschichte wurde erzählt und auf anderen Ebenen wieder erzählt. Aber es waren die Verwandten, die Claudette wirklich gekannt hatten, die das Erzählen besorgten; und Alain blieb aufgrund seines niedrigen Standes schweigsam und war bald schon der ganzen leeren Show leid – seine Augen waren nur noch auf Ermine gerichtet.

Er ging an ihrer Seite, während sie unablässig die lange Treppe hinabschritten, die um den Schacht der Sin herum verlief. »Treffen wir uns später?« fragte er, ohne sie anzuschauen, denn Schüchternheit beherrschte sein junges, unerfahrenes Leben.

Er spürte, wie sie ihn betrachtete; zumindest nahm er eine Bewegung wahr, ein gewisses abschätzendes Schweigen, und Hitze kroch in sein Gesicht. »Ich denke, das könnten wir«, sagte sie, und das Herz hämmerte in seiner Brust.

Erzeuge nie ein unumstößliches Muster! hatte Claudette ihn gewarnt. Und jetzt vor der Grablegung ihres Leichnams schien ihre Stimme weit entfernt und ihr Ratschlag weniger klug als zuvor. Schließlich war *sie* auf diese Weise gestorben, und er stand im Begriff, sein eigenes Leben zu leben.

Ich werde klug sein, versprach er ihrem Geist. Claudette würde ein Kind seiner Generation sein, ganz sicher ... vielleicht sogar ... – der Gedanke betäubte ihn – vielleicht sogar sein eigenes mit Ermine. Sie würde sehr willkommen sein, sollte sie sich dazu entschließen. Er würde ihr so viele Dinge erzählen, die er bis dahin gelernt hatte. Seine Heirat mit Ermine würde eine dieser seltenen, ewigen Eheschließungen sein; Ermine würde ihn lieben ... – eine derartige Anziehung konnte nicht einseitig sein. Das in ihm aufsteigende Gefühl war seine ganze Welt, und er hielt es für widersinnig, daß Ermine unbewegt bleiben konnte.

Er war jetzt um vier Jahre klüger als damals und erfüllt mit der ganzen Geschichte, die er seitdem durch Lesen und Zuhören in sich hatte aufnehmen können.

Pertito und Legran stritten in seiner Nähe laut miteinander. Er schenkte ihnen keine Beachtung. Sie erreichten die Ebene der Gräber weit unterhalb des Flußbetts der Sin, und mit großer Feierlichkeit – alle liebten sie den Pomp, und sie entfalteten ihn, wann immer sie nur einen Anlaß dafür fanden – legten sie Claudette in ihr Grab. Die Masse war entzückt, als Pertito Legran des Mordes beschuldigte; geriet in Hochstimmung, als das ganze Begräbnis in eine Schlägerei ausartete und der Pertito/Legran-Streit andere mit hineinzog. Die Sache fand einen großartigen Höhepunkt, als Messer gezogen wurden und Onkel Legran und Pertito schworen, Selbstmord zu begehen, um das Unrecht zu sühnen, das Claudette zugefügt worden war. Das war eine hervorragende neue Wendung in dem jahrhundertealten Drama, und die Menge schnappte nach Luft und applaudierte, ungeheuer begeistert durch eine Variation in einer Vendetta, die nun schon dreißig Jahrhunderte dauerte. Die beiden Akteure gingen der Menge auf ihrem Rückmarsch voraus und sprangen dann von der zehnten Ebene in den Schacht der Sin, begleitet vom donnernden Applaus vieler Einwohner der Stadt. Alle waren fröhlich, erwarteten für die nächsten Leben von Pertito und Legran eine Änderung im Verlauf des Dramas. So selten nur war etwas Neues zu erleben, und so sehr mußte man es genießen. Die Seelen von Pertito und Legran würden willkommen sein, wo immer sie sich verkörperten, und eine Orgie würde stattfinden, um der großen Ereignisse dieses Tages zu gedenken, belebt von der kühnen Hoffnung, die Rückkehr von drei der begeisterndsten Teilnehmer an den Zyklen der Stadt zu beschleunigen.

Und Jade Alain sprang ganz schön schnell die lange, lange Treppe rings um die donnernde Flut der Sin hinauf, um sich umzuziehen, seinen besten Festanzug anzuziehen und Onyx Ermine aufzuwarten.

Er schmückte sich mit Zobel und den grünen und weißen Steinen seines Namens, und lächelnd ging er leichten Schrittes zu den Toren des Onyxpalastes.

Dort waren natürlich weder Schlösser noch Wachtposten zu finden. Die Verbrecher der Stadt waren im Verlauf der Jahrhunderte zu Meistern geworden und nicht so ordinär. Er ging völlig frei hinein, wie er früher auch in Begleitung zu den großen Jahrestagen der Häuser gekommen war, fragte ein Onyxkind, wo die Prinzessin Ermine sich aufhalten mochte. Das Kind betrachtete ihn mit klugen Augen von Kopf bis Fuß und führte ihn feierlich durch den Irrgarten der Flure in eine weiße und gelbe Halle, wo Ermine inmitten einer Gruppe junger Freunde saß.

»Na, ist das doch tatsächlich der Jade-Knabe!« stellte sie entzückt fest.

»Es ist Jade Alain«, sagte eine andere gähnend. »Er ist ziemlich neu.«

»Geht weg!« forderte Ermine sie alle auf. Sie gingen, ohne sich dabei groß zu beeilen. Die Gelangweilte blieb stehen und betrachtete ihn von oben bis unten, aber Alain wich ihren Augen aus ... blickte erst wieder auf, als er mit Ermine allein war.

»Komm her!« sagte sie. Er trat zu ihr, kniete nieder und drückte ihre Hand.

»Ich bin gekommen«, sagte er, »weil ich um deine Hand anhalten will, Onyx Ermine.«

»Um mit mir zu schlafen?«

»Weil ich um deine Hand anhalten will«, sagte er. »Um dich zu heiraten.«

Sie lachte leise. »Ich bin nicht gewohnt zu heiraten. Ich habe nur selten geheiratet.«

»Ich liebe dich«, sagte er. »Ich liebe dich schon seit vier Jahren.«

»Mehr nicht?« Ihr Lachen klang süß. Er blickte auf in ihre Augen und wünschte sich, das nicht getan zu haben, angesichts des Alters, das er dort erblickte. »Vier Jahre«, verspottete sie ihn. »Aber wie alt bist du, Jade Alain?«

»Es ist«, sagte er mit schwacher Stimme, »mein erstes Leben. Und ich habe nie eine andere als dich geliebt.«

»Reizend«, sagte sie, beugte sich vor und küßte ihn auf die Lippen, nahm seine beiden Hände und legte sie an ihre Brüste. »Und sollen wir uns heute nachmittag lieben?«

Er willigte ein. Es war ein Delirium, ein Traum, der zum Teil der Wirklichkeit entsprach. Sie führte ihn durch Gänge aus weißem und gelbem Stein und in ein Zimmer mit einem Bett aus Safransatin. Dort liebten sie sich den ganzen Nachmittag hindurch, obwohl er naiv war und sie manchmal über seine Unschuld lachte, obwohl er manchmal versehentlich in ihre Augen blickte und sah, wie alle Zeitalter der Stadt seinen Blick erwiderten. Und endlich schliefen sie erschöpft ein und wachten später wieder auf.

»Komm wieder zurück«, sagte sie, »wenn du erneut geboren wurdest. Wir werden unser Vergnügen darin finden.«

»Ermine!« rief er. »Ermine!«

Aber sie verließ das Bett und schlüpfte die Achseln windend in ihr Kleid, rief nach Dienerinnen und zögerte dort inmitten ihrer Zofen, ein Lachen in den uralten Augen. »Im Onyxpalast, neugeborener Geliebter, sind Menschen wie du nur Diener ... wie diese hier selbst nach mehreren Lebenszeiten noch. Welche Dekadenz das Haus Jade doch duldet, wenn sie einen wie dich als Prinzen großziehen! Du hast mich unterhalten und einem denkwürdigen Tag die Krone aufgesetzt. Nun scher dich fort! Ich spüre, wie ich mich allmählich langweile.«

Er war wie betäubt. Er blieb noch eine geraume Weile sitzen, nachdem sie schon in Gesellschaft ihrer Zofen gegangen war, und er war im Herzen verwundet und hatte ein heißes Gesicht. Aber letztlich waren die Wiedergeborenen es gewöhnt, ihn und einander mit äußerster Arroganz anzureden. Er hielt es für einen Test, wie seine Mutter ihn auf die Probe gestellt hatte, als Pertito und Legran ihn als hoffnungslos jung bezeichnet hatten, das allerdings nicht ohne Zuneigung ... Er überlegte, während er dort saß, und überlegte noch, nachdem er sich angezogen hatte, um zu gehen ... und kam endlich zu dem Schluß, daß er nicht ganz darin versagt hatte, Ermine zu amüsieren. Es war das Neue, woran es ihm mangelte.

Vielleicht gelang es ihm, das durch irgendeine Extravaganz zu erreichen, einen vierten Jadetod – eilig in das nächste Leben hinüberzugehen –, aber dann würde er hinter Onyx Ermine zurückbleiben um die Jahre, die sie weiterlebte, und er würde mehrere Lebenszeiten durchleiden müssen, ehe sie sich an Alter erneut gleichkamen.

Er verzweifelte. Er zog sich wieder an und ging hinaus, um sie in den Hallen zu suchen, fand sie schließlich in der Gesellschaft ihrer Onyxfreunde, und der Raum war von Gelächter erfüllt.

Über ihn.

Es erstarb für einen Moment, als sie ihn dort stehen sah. Ermine streckte die Hand nach ihm aus, obwohl ihre Augen Mißvergnügen zum Ausdruck brachten, und er trat zu ihr, stand zwischen den anderen.

Ein leises Gekicher erhob sich unter den Umstehenden.

»Du hättest ihn zu mir schicken sollen«, sagte eine Frau über das Flüstern der anderen hinweg, und alle lachten.

»Für dich *gibt* es nichts Neues«, sagte Ermine lachend. Sie lümmelte sich sorglos in ihren Sessel und blickte auf zu Alain. »Geh jetzt wirklich, bevor du noch größeren Schmerz empfindest. Soll ich dich meinem letzten Ehemann vorstellen?« Sie streichelte den Arm der jungen Frau, die ihr am nächsten stand. »Sie war es, aber es ist schon lange her. Und du bist bereits gefährlich gut vorherzusagen. Ich fürchte, ich werde mich langweilen.«

»Oh, wie könnten wir?« lachte die Frau, die ihr Ehemann gewesen war. »Wir werden uns auf Jahre hinaus auf Kosten der Jades amüsieren. Er ist sehr entschlossen. Schau ihn dir bloß an! Das ist ein Bursche, der ein Muster erzeugen kann, nicht wahr? Liebe Ermine, er wird uns allen das Leben schwermachen, bevor er fertig ist; er wird irgendeinen gräßlichen Skandal vom Zaun brechen, und wir werden dann alle sein wie Pertitio und Legran und die arme Claudette – oder wie immer sie in Zukunft heißen. Wir werden Zyklus auf Zyklus in diesem Zimmer sitzen und diesen unverschämten Burschen abwimmeln.«

»Wie schrecklich«, sagte jemand gelangweilt.

Wieder verbreitete sich Gelächter, und Ermine erhob sich aus ihrem Sessel, umfaßte sein brennendes Gesicht mit beiden Händen und lächelte ihn an. »Ich kann mich nicht einmal daran erinnern, je ein Geschöpf wie du gewesen zu sein. Für dich besteht keine Hoffnung. Weißt du nicht, daß ich eine der Ältesten von Onyx bin? Du hattest jetzt deine erste Lektion in Erziehung. Scher dich fort!«

»*Vier Jahre*«, sagte jemand lachend. »Sie wird mich nicht einmal nach dreißig Leben eines Blickes würdigen.«

»Auf Wiedersehen«, sagte sie.

»Was könnte ich tun«, fragte er ruhig, »um dich von der Neuartigkeit zu überzeugen und dich zu überreden, in diesem Leben oder dem nächsten?«

Daraufhin lachte sie wirklich und überlegte einen Moment lang. »Stirb um der Liebe willen für mich! Das hat noch niemand getan.«

»Und willst du mich davor heiraten? Dann findet danach mit Sicherheit kein Handel mehr statt.«

Ein schockiertes Murmeln breitete sich unter ihren Freunden aus, und die Röte verschwand aus den Wangen von Onyx Ermine.

»Er ist völlig verrückt«, meinte jemand.

»Onyx bot eine Wette an«, sagte Alain. »Jade würde nie sagen, was es nicht meint. Soll ich das in Jade erzählen und meine Älteren mit der Geschichte amüsieren?«

»Ich gebe dir vier Jahre«, sagte sie, »da du das für eine sehr lange Zeit hältst.«

»Du wirst mich heiraten.«

»Du wirst nach diesem vierten Jahr den Tod erleiden, und ich werde im nächsten Leben nichts mit dir zu schaffen haben.«

»Nein«, sagte er, »du wirst nichts mit mir zu schaffen haben.«

Niemand lachte mehr. Er hatte etwas Neuartiges zustande gebracht. Die ältere Frau klatschte feierlich in die Hände, und die anderen fielen in den Applaus ein. Ermine neigte den Kopf vor ihnen und vor ihm; Alain verbeugte sich seinerseits vor ihnen allen.

»Richte sie aus!« sagte Ermine.

Es war eine prachtvolle Hochzeit, umso mehr, als Hochzeiten selten waren, und sie fand an den Ufern der Sin statt, der einzige Ort in der Stadt, der die Menge aufnehmen konnte. Alain trug Schwarz mit weißen Steinen; Ermine trug Weiß mit Gold. Es wurde getanzt und gefeiert, und die dunklen Wasser der Sin schimmerten im Licht der Laternen und glitzernden Feuer, dem Licht von Edelsteinen und den leuchtenden Farben der verschiedenen Paläste der Stadt.

Und danach liebten sie sich lange und ausgiebig, während

die Zelebranten sich außerhalb der Tore des Jadepalastes bis zur Bewußtlosigkeit betranken und eine Sache feierten, wie sie noch niemand gesehen hatte, einen so bizarren Handel, und sie feierten ihn mit aller Ehre für das Paar, das ihn abgeschlossen hatte.

Während der Tage nach der Hochzeit defilierte die ganze Stadt in den Jadepalast, um ihre Aufwartung zu machen und um das vermählte Paar zu sehen – um der Neuerung, die der jüngste und tragischste Prinz der Stadt eingeführt hatte, höflich Beifall zu spenden. Sie war um so ergreifender, als es sich um eine wirkliche Tragödie handelte. Sie stellte diejenige der Großen Zyklischen in den Schatten. Sie war eines der Kennzeichen dieses Zeitalters, ein nicht kopierbares Ereignis, und niemand wollte es versäumen.

Sogar der Tod kam, fast als letzter Besucher, und das war ein Ereignis, das der ganzen überspannten Angelegenheit die Krone aufsetzte, eine Ankunft, die denen die Sprache verschlug, die in einer Reihe darauf warteten, ihren Respekt zu zollen, und diejenigen mit der bizarrsten und schrecklichsten aller Visionen belohnte, die nun einmal an diesem Tag anwesend waren.

Sie kam von weit her, die vielen Biegungen der Treppe von den untersten Tiefen der Stadt herauf, wo sie ihr einsames Lager dicht bei den Gräbern hatte. Sie kam in schwarzen Gewändern und Schleiern, eine dunkle Stelle in der Reihe. Zuerst erkannte niemand, wer dieser Gast war, aber plötzlich bemerkte es der älteste Besucher und flüsterte es den anderen zu.

Onyx Ermine merkte es, da sie eine der Ältesten war, und erhob sich in plötzlichem Schrecken von ihrem Thron. Alain stand ebenfalls auf und faßte Ermine an der Hand, hatte ein sinkendes Gefühl im Herzen.

Der Gast kam näher, umhüllt von nachtdunklen Gewändern ... sie, denn sie war eine Frau, verkündeten die Gerüchte, hatte rechtmäßigen Zutritt bei Jade, war hier geboren – überhaupt nicht geboren, meinten andere, sondern erzeugt von all den Toden, die die Stadt nicht erlitt. Sie trank Seelen und Leben. In grauer Vorzeit war sie wie ein wildes Tier zwischen den Menschen umgegangen und hatte sie gegen ihren Willen gerissen, war in den Schatten aufgetaucht, wo es ihr paßte. Aber schließlich richtete sie sich unten bei den Gräbern ein, denn dort fand sie die, die nach ihr suchten, die Unglücklichen, für die jedes Leben nur noch eine unerträgliche Pein war. Sie war der einzige Tod in der Stadt, von dem es keine Wiedergeburt gab.

Sie war die eine, bei der die Respektlosen schworen, die keinen anderen Schrecken mehr kannten.

»Gehen Sie fort!« sagte der Älteste der Jade zu ihr.

»Aber ich bin zu der Hochzeit gekommen«, sagte der Tod. Es war die Stimme einer Frau, die unter den Schleiern erklang. »Habe ich nicht Anteil an diesem Handel? Ich wurde nicht konsultiert, aber soll ich nicht einwilligen?«

»Wir haben gehört«, sagte Onyx Ermine, die schon zu oft gelebt hatte, um für lange Zeit eingeschüchtert zu bleiben, »wir haben gehört, daß Sie nicht wählerisch sind.«

»Ah«, sagte der Tod. »In letzter Zeit wahrlich nicht, so wenige nur haben mich aufgesucht. Aber soll ich den Handel nicht besiegeln?«

Es herrschte Schweigen, das Schweigen der Furcht. Und mit leisem Flüstern ihrer Gewänder trat der Tod vor, streckte die Hände nach Jade Alain aus und beugte sich zu einem Kuß vor.

Alain neigte sich herab und schloß die Augen, denn der Schleier war Gaze, und er hatte nicht den Wunsch, etwas zu sehen. Es war schlimm genug, den Blick der uralten Augen derer mit vielen Leben zu ertragen; die Augen von ihr wollte er nun wirklich überhaupt nicht sehen, sich nicht davon überzeugen, was die Gerüchte besagten, ob dort alle Seelen zu finden waren, die sie je aufgesogen hatte. Die Wärme ihrer Lippen war durch die Gaze hindurch zu spüren, berührte ihn sanft, und ihre Hände waren sanft und freundlich.

Dann ging sie fort. Er spürte, wie Ermine seine Hand ergriff, die kalt war und schweißbedeckt. Er setzte sich wieder auf den Thron der Gegenwartshalle, und Ermine nahm ihren Platz an seiner Seite ein. Ehrfurcht war in den Gesichtern der Umstehenden zu erkennen, aber kein Beifall.

»Sie ist wieder hervorgekommen«, flüsterte jemand. »Und sie hat es schon seit Äonen nicht mehr getan. Aber ich erinnere mich an die alten Tage. Vielleicht geht sie wieder auf die Jagd. Sie ist *erwacht* und spürt Interesse.«

»Onyx hat das angerichtet«, flüsterte eine andere Stimme. Und in dieser Kälte gingen die letzten der Hochzeitsgäste hinaus.

Die Türen des Jadepalastes wurden geschlossen. »Verriegelt sie!« befahl der Älteste. Es war das erste Mal seit Jahrhunderten.

Und Ermines Hand lag sehr kalt in der Alains.

»Madam«, sagte er, »sind Sie zufrieden?«

Sie antwortete nicht und sprach auch später nicht mehr davon.

Die Stadt hatte ihre Zeiten besonderer Ereignisse. Sie wurden gekennzeichnet durch die Jahrestage der Paläste, durch vorzügliche Unterhaltungen, durch Geburten und Tode.

Die Rückkehr Claudettes war ein solches Ereignis, als ein Kind, kaum ein Jahr alt, mit klugen blauen Augen seinen früheren Namen bekanntgab und alte Freunde herbeiströmten, um die Angelegenheit zu feiern.

Die Wiederkehr von Pertito und Legran war ebenfalls ein Ereignis, denn sie erschienen als Zwillingsschwestern in Onyx, und diese Komplikation erregte die ganze Stadt mit wilden Spekulationen, deren Wert sich erst Jahre später erweisen würde.

Die Anwesenheit von Jade Alain bei jeder dieser Gelegenheiten wurde mit einer Schmerzlichkeit zur Kenntnis genommen, die jedes empfindsame Gemüt befriedigte aufgrund der bemerkenswerten Erkenntnis, daß Onyx Ermine,

3·84·2

die sich in Schande verbarg, unvermeidlicherweise zu ihnen zurückkehren würde, dieser hervorragendste aller jungen Männer jedoch nicht.

Einer der größten Zyklen und eines der kürzesten Leben bestanden in inniger Beziehung zueinander. Das versprach Wandel.

Und was den Tod anbetraf ... – sie mußte nicht auf die Jagd gehen, denn die geringeren Seelen, die die Mode in diesem Drama zu imitieren suchten, strömten in unüblich großer Zahl zu ihrem Lager – manche neugierig und manche aus selbstzerstörerischen Motiven, erstrebten für sich den einen großen Augenblick der Leidenschaft und traurigen Berühmtheit, nachdem tausendmal tausend Jahre es nicht geschafft hatten, ihnen zu Ruhm zu verhelfen.

Sie erreichten natürlich nicht, was sie wollten, denn solche Todesfälle folgten nur einer Mode und begründeten nicht selbst eine; und im Tode mangelte es ihnen genauso an Einfallsreichtum wie im Leben.

Es war das vierte Jahr, worauf die Stadt wartete.

Und als es anbrach:

»Drei Viertel sind vorüber«, sagte Onyx Ermine. In der Schmach ihrer Einschließung im Jadepalast war sie noch blasser geworden. Während der Tage vor diesem Hochzeitstag hatte sie alte Freunde von Onyx empfangen, das erste Mal in ihrem ehelichen Leben, daß sie Besucher empfangen hatte. Alain hatte daraufhin einen Wandel in ihrer Liebeskunst festgestellt, daß nämlich, was vorher angenehm gleichgültig gewesen war, jetzt – Leidenschaft gewann. Vielleicht lag es am Anstieg ihrer Stimmung. Auch andere Möglichkeiten einschließlich eines früheren Geliebten kamen in Frage. Alain war zweiundzwanzig und erkannte Dinge jetzt deutlicher als früher.

»Du wirst etwas verlieren«, erinnerte er sie kalt, »ohne Widerruf und ohne Wiederholung. Das sollte dein langes Dasein beleben.«

»Ah«, sagte sie, »sprich nicht davon! Ich bereue diesen

Handel. Ich möchte diese schreckliche Sache nicht, ich will sie nicht. Ich möchte nicht, daß du stirbst.«

»Dafür ist es zu spät«, sagte er.

»Ich liebe dich.«

Das überraschte ihn, erzeugte Furchen auf seiner Stirn und fast Wärme in seinem Herzen, aber er konnte nicht mehr aufbringen als Traurigkeit. »Das tust du nicht«, meinte er. »Du liebst das Neue, das ich mitgebracht habe. Du hast noch nie ein lebendes Wesen geliebt, nicht in einem einzigen deiner Leben. Du hättest nie lieben können. So ist das Wesen von Onyx.«

»Nein. Du hast keine Ahnung. Bitte. Jade bedrückt mich. Bitte, wir wollen umziehen und das Jahr in Onyx bei meinen Freunden verbringen. Ich muß sie zurückgewinnen, meine alten Verbindungen wiederherstellen. Sonst werde ich ganz allein sein. Wenn du dir auch nur ein klein wenig aus meinem Glück machst, laß uns heimkehren nach Onyx!«

»Wenn du willst«, sagte er, denn zum erstenmal hatte sie ihm jetzt ihr Herz gezeigt, und er konnte sich vorstellen, daß es sehr furchterregend sein konnte für jemanden, der so lange an einem Ort verkörpert gewesen war, zuviel Zeit getrennt von diesem Ort zu verbringen. Seine eigenen Bindungen waren flüchtig. »Wird es dich zufrieden machen?«

»Ich werde sehr dankbar sein«, sagte sie, legte ihm die Arme um den Hals und küßte ihn zärtlich.

Sie gingen noch an diesem Tag, und Onyx empfing sie, eine zurückhaltende und doch festliche Angelegenheit, wie sie für den Zustand von Ermines öffentlicher Ungnade angemessen war ... – sie leuchtete aber geradezu vor Leben, als seien alle Schatten entschwunden, die sie in Jade gefürchtet hatte. »Wir wollen uns lieben!« sagte sie. »Oh, sofort!« Und sie lagen den ganzen Nachmittag auf dem Safranbett, eine ausgedehnte und angenehme Zeit.

»Du bist glücklich«, sagte er zu ihr. »Endlich bist du glücklich.«

»Ich liebe dich«, flüsterte sie ihm ins Ohr, als sie sich zum

Abendessen ankleideten, sie mit ihrem Weiß und den Perlen und er mit seinem Schwarz und seiner grünen Jade. »Oh, laß uns hierbleiben und nicht an andere Dinge denken.«

»Oder an das Ende des Jahres?« fragte er und fand diesen Gedanken am heutigen Tag unglaublich schwer zu ertragen.

»Sei still!« sagte sie und reichte ihm einen Pokal voll Weißwein.

Sie tranken gemeinsam von den gegenüberliegenden Rändern eines Glases, setzten sich auf das Bett und verbanden das Weintrinken mit Küssen. Alain fühlte sich seltsam taub und legte sich zurück, als er die erste Andeutung von Verrat witterte. Er beobachtete, wie sie das Zimmer durchquerte und die Tür öffnete. Eine Träne entwich seinen Augen, aber es war ebenso eine Träne des Zorns wie des Schmerzes.

»Bringt ihn weg!« flüsterte Onyx Ermine ihren Freunden zu. »Oh, bringt ihn schnell fort und macht dieser Sache ein Ende! *Ihr* wird es nichts ausmachen, wenn er zu früh kommt.«

»Das Risiko, das wir auf uns nehmen ...«

»Wollt ihr lieber, daß sie *hierher* kommt? Drei Jahre lang habe ich im Schmerz gelebt und *sie* in jedem Schatten erblickt. Ich kann es nicht länger ertragen. Ich kann es nicht länger ertragen zu berühren, was ich verlieren werde. Bringt ihn auf der Stelle dorthin!«

Er versuchte zu sprechen, aber es gelang ihm nicht. Sie wickelten ihn in die Laken und die Seidendecke und trugen ihn fort, zuerst ein kurzes Stück, dann eine lange Treppe hinunter. Schließlich vernahm er das Donnern des Wasserfalls der Sin und die Echos der unteren Ebenen – hörte gelegentlich in seiner Nähe das Murmeln von Zuschauern, wußte dabei, daß niemand außer Jade sich eingemischt hätte. Sie waren alles bloß Zuschauer. Das war alles, was sie sein wollten, um Komplikationen aus dem Wege zu gehen.

Vielleicht ... schaute sogar Jade selbst zu.

Sie legten ihn schließlich an einer Stelle zu Boden, wo Füße trocken durch Staub schlurften, und flohen dann, hinterließen Schweigen und Dunkelheit. Lange blieb er reglos liegen, bis ein Prickeln in seinen Fingern sich in Schmerz verwandelte, der durch all seine Glieder wanderte, bis er sich wieder bewegen konnte. Er regte sich und erhob sich taumelnd auf die Füße, stand frierend in einem bitterkalten Wind, fröstelte in der einsamen Dunkelheit. Vor ihm leuchteten matte Lampen, und zwischen ihnen saß ein Schatten.

»Man hat dich verraten«, sagte der Tod.

Unter der Kälte schlang Alain die Arme um sich und starrte sie an.

»Sie liebt dich nicht«, sagte der Tod. »Weißt du das nicht?«

»Ich wußte es«, sagte Alain. »Aber dann hat es wohl nie jemand getan. Sie haben vergessen, wie es geht.«

Der Tod hob die Hände zu den Schleiern und ließ sie fallen. Sie war schön, von blasser Haut, hatte ebenholzschwarze Haare und einen blutroten Rubinfleck auf der Stirn. Sie streckte die Hände nach ihm aus, während sie sich erhob. Und als sie zu ihm trat, wandte er nicht den Blick ab. »Manche überlegen es sich anders«, sagte sie. »Selbst von denen, die aus eigenem Entschluß herkommen.«

Ihre Augen waren seltsam, und feine Farbschattierungen wechselten ständig darin ... die Feuer vielleicht oder auch all die Seelen, die sie aufgesogen hatte, all die Qual. »Ich bringe Frieden«, sagte sie. »Wenn ich nicht existieren würde, gäbe es keinen Ausweg. Und sie alle würden wahnsinnig. Ich bin ihre Wahl. Ich bin eine Möglichkeit. Ich bin der Wandel in den Zyklen.«

Er starrte in die flackernden, allzuviel beherbergenden Augen. »Wie geschieht es?« fragte er und fürchtete dabei doch, es zu erfahren.

Sie umarmte ihn und legte den Kopf an seine Schulter. Er zuckte unter einem kurzen, scharfen Schmerz in seinem

Hals zusammen, der rasch verging. Kälte breitete sich in seinen Gliedern aus, ein leichtes Schwindelgefühl, der Liebe ähnlich.

»Kehre zurück!« sagte sie, als sie ihn losließ. »Lauf weg, bis deine Zeit gekommen ist!«

Er taumelte rückwärts, fand die Tür, erkannte verspätet den Sinn ihrer Worte.

»Geh!« sagte sie. »Ich komme zu dir ... zu dem Zeitpunkt, über den wir uns geeinigt haben. Ich zumindest halte mein Wort, Jade Alain.«

Und wenn er dann nicht mehr da wäre ...

»Jade Alain«, sagte sie, »ich weiß, daß du nach Onyx umgezogen bist. Ich weiß über die meisten Dinge in der Stadt Bescheid. Sage deiner Frau – ich halte meine Versprechungen.«

»Sie fürchtet dich.«

»Sie ist nichts«, sagte der Tod. »Fürchtest du mich?«

Er dachte darüber nach. Die Frage erwischte ihn betäubt. Und trotz all seiner Taubheit ging er wieder zu ihr und blickte in die schrecklichen Augen. Er stellte dadurch seinen Mut auf die Probe. Er stellte ihn noch weitergehend auf die Probe, nahm das Gesicht des Todes zwischen die Hände und erwiderte den Kuß, den sie ihm vor drei Jahren gegeben hatte.

»Ah«, sagte sie, »das war nett.«

»Du bist sehr freundlich«, sagte er. »Es wird mir nichts ausmachen.«

»Armer Jadeprinz. Geh! Geh sofort!«

Er drehte sich um und ging durch die grimmige Tür hinaus ins Licht, dann die Treppe hinauf, ein sehr langer Weg, auf dem ihm nur wenige Passanten begegneten, denn jetzt herrschte in der Stadt das, was als Nacht betrachtet wurde, und er war sehr froh darüber, wenn er an die Schmach dachte, die Onyx ihm zugefügt hatte, und an den Zorn, den er empfand. Diejenigen, welche ihn doch sahen, starrten ihn an, murmelten hinter vorgehaltener Hand und zuckten vor ihm zurück. Desgleichen taten die an den Toren von Onyx, die bleich wurden und sich ihm in den Weg stellten.

Aber die Tore gingen auf, und Ermines zahlreiche Freunde standen dort mit Messern in den Händen.

»Geh fort!« sagten sie.

»So lautete der Handel nicht«, entgegnete er.

»Deine Frau ist der Handel«, sagte die älteste Frau. »Bring Ermine zurück nach Jade! Laß uns in Frieden!«

»Nein!« jammerte Ermine aus der Halle innen; aber sie führten sie zu ihm, und er packte sie an der Hand und zerrte sie zu seinen eigenen Toren. Sie hörte auf zu kämpfen. Sie betraten die prunkvollen Hallen des Jadepalastes, und unter den furchtsamen Blicken seiner eigenen Verwandten zerrte er sie durch das Labyrinth der Korridore zu seinen Gemächern und verschloß hinter ihnen fest die Tür.

Sie war da. Eigentlich bestand keine Möglichkeit für sie, hier zu sein ... aber dort stand der Tod in schwarzen Gewändern zwischen den grünen Vorhängen neben dem Bett. Ermine warf sich herum und schrie laut auf, wurde von seinen Armen festgehalten.

»Geh!« sagte der Tod. »Ich habe mit dir noch nichts zu schaffen. Deine Frau und ich haben etwas zu besprechen.«

Er hielt Ermine fest, und sie zitterte und klammerte sich an ihn und begrub ihr Gesicht an seinem Körper. Er schüttelte den Kopf. »Nein«, sagte er, »ich kann nicht. Ich kann sie dir nicht geben.«

»Man hat mich beleidigt«, sagte der Tod. »Wie soll ich für diese Kränkung meiner Würde entschädigt werden?«

Er überlegte für einen Moment. Glättete das bleiche Haar Ermines. »Das Jahr, das mir noch bleibt. Was bedeutet es mir? Nimm nicht Ermines Leben! Sie möchte sie sich so gern bewahren.«

»Ist Ermine einverstanden?« fragte der Tod.

»Ja«, schluchzte Ermine, wollte sich dabei aber nicht umdrehen.

Alain seufzte, letztlich doch verwundet, und schob Ermine von sich. Der Tod streckte die Hand aus, und er trat zu ihr und umarmte sie, blickte zurück, als sie die schwarzgewandeten Arme um ihn legte. Ermine kauerte in der Ecke, den Kopf auf den Knien.

»Vetter«, flüsterte der Tod ihm ins Ohr, denn sie stammte aus Jade. Er blickte in die sich wandelnden Augen, und sie berührte mit den Fingern zuerst seinen Mund und dann den ihren; ihr Mund blutete und hinterließ das Blut auf seinen Lippen. »Mein«, sagte sie. »So wie du bist.«

Das war er. Er fühlte sich kalt, hatte Hunger nach dem Leben, ersehnte es sich mehr als je in seiner Jugend.

»Auch ich«, sagte der Tod, »wurde einmal geboren ... und werde nie sterben. Ebensowenig wie du. Noch wirst du je wieder einen Namen haben oder dich darum kümmern.«

»Ermine«, flüsterte er, um den Anblick ihres Gesichtes zurückzugewinnen. Sie sah auf.

Und kreischte und verbarg das Gesicht wieder in den Händen.

»Wenn es zu viele Leben werden«, sagte der Tod, »und du müde wirst, Ermine ... wir warten.«

»Wann immer du wünschst«, sagte Alain zu Ermine, legte seine Hand in die warme Hand des Todes und betrat gemeinsam mit ihr die verborgenen Wege.

Pertito schüttelte traurig den Kopf, goß noch mehr Wein ein und streichelte die Wange Legrans, der in diesem Zyklus seine Geliebte war und obendrein Claudettes Schwester. Unterhalb von ihnen, hinter dem Balkon, schwankte eine blasse Gestalt auf den Stufen der zehnten Ebene, wo die Sin ihren schwindelerregenden Fall begann. »Ich wette, sie steht wieder auf dem Rand«, sagte er. »Arme Ermine. Tausende von Jahren, und keine Phantasie ist ihr geblieben. Nie mehr als zweiundzwanzig Jahre. Sobald sie dieses Alter erreicht ... weg ist sie.«

»Diesmal nicht«, meinte Legran.

»Ah. Schau! Sie steht auf dem Rand.«

Legran machte einen langen Hals, um es zu sehen, blieb aber ruhig. »Eine Wette?«

»Hat sie deinem Bruder diesmal vielleicht etwas ins Ohr geflüstert? Vertraulichkeiten zwischen Verliebten?«

Legran seufzte und lächelte genüßlich, ließ sich faul wieder zurücksinken. Sie nippte an ihrer Tasse, und ihre rauchfarbenen Augen tanzten über deren Rand. Eine Menge versammelte sich bereits, um den bevorstehenden Sprung zu beobachten.

»Weißt du etwas?« wollte Pertito wissen.

»Ah, wie tragisch für meinen Bruder, sich in Ermine zu verlieben. Drei Lebenszeiten hintereinander konnte er sie jetzt nicht halten ... Wollen wir darauf wetten, Liebster?«

Pertito zögerte. Einhundert Leben ohne Abwechslung. Es war eine kleine Menge, die dem Selbstmord gleichgültig entgegensah und von Ermine nichts Neues erwartete.

»Diesmal«, sagte Legran, und ihre Augen tanzten noch munterer, »gibt es einen Rivalen.«

»Einen zweiten Geliebten?«

Die weiße Gestalt balancierte gefühlvoll auf der obersten Stufe des Schachtes. Seufzer waren zu hören, höflicher Applaus breitete sich aus.

»Ein sehr alter«, sagte Legran. »Seit einigen Monaten schon. Ah. Da geht sie hin.«

Die Menge schnappte nach Luft und schwieg benommen.

An den Fällen vorbei diesmal, immer weiter die Treppe hinunter, ein Schimmer von Weiß und von Perlen.

Der Spukturm
(LONDON)

Geister hausten im alten London, dem Teil Londons, der außerhalb der Wälle am Ufer des Flusses lag, oder zumindest glaubten die Stadtleute außerhalb der Wälle an sie: überwiegend wurden die Gespenster den Randbereichen der Stadt zugeordnet, und die Ungläubigen innerhalb der Wälle beharrten darauf, daß sie Ausgeburten vom Sonnenstich geplagter Gehirne waren, von Sinnen, getäuscht durch die Strahlungen der sterbenden Sonne und die Nebel, die sich üblicherweise nahe der Themse zusammenballten. Gespenster waren gewiß aus der Mode für eine Stadtverwaltung, die sich auf ihre Technik etwas einbildete, die den größten Teil von sich selbst auf einen wohlgeordneten Würfel beschränkte (geometrisch perfekt, abgesehen von dem zentralen Bogengang, der der Themse den Durchfluß gestattete), in dem die meisten Einwohner ein präzise geordnetes Leben führten. London besaß seinen eigenen Raumflughafen, unterhielt Büros bedeutender außerplanetarer Gesellschaften und gedieh durch den Handel. Es bezeichnete andere Städte in seiner Nähe als heruntergekommen und degeneriert und nahm für sich selbst in Anspruch, ausgezeichnet und aufgeklärt regiert zu werden. Seit der Restauration und der Einführung des Neuen Bürgermeisteramtes herrschte die Vernunft in London und wurden Traditionen nur insoweit gepflegt, als sie zur Behaglichkeit der Stadt beitrugen und derjenigen, die sie regierten. Wenn die Regierten in der Stadt an Gespenster glaubten und an andere nicht greifbare Dinge, dann war das nur recht: das Vertrauen auf die Astrologie und auf das Glück und auf ektoplasmatische Äußerungen machten es weniger wahrscheinlich, daß die Regierten danach trachten würden, die Taten der Herrschenden weiter oben auf dem Treppchen zu analysieren.

Es gab einige Einzelpersonen, die das Wesen der Dinge analysierten und zu gewissen Schlüssen kamen und Versuche starteten, an die Macht zu kommen.

Für sie war der Tower bestimmt, ein zweiter Würfel, der ein Stück weit flußabwärts lag, der uralte Fundamente besaß und uralte Traditionen. Er wurde genutzt aufgrund einer Inspiration des Neuen Bürgermeisteramtes, das seine historischen Unterlagen studiert und darin eine Möglichkeit gefunden hatte, sich unerwünschte Meinungen vom Hals zu schaffen. Die Stadt war unabhängig. Der Tower ebenfalls. Was im Tower verschwand, tauchte nur selten wieder daraus auf ... und zwischen Tower und Stadt lag der Fluß, ein geheimer, unantastbarer Highway für die Verdammten, so daß es auch keine unpassende Publizität gab.

Normalerweise handelte es sich bei den Passagieren um die gestürzten Mächtigen, die sich durch dieses schreckliche, am Fluß gelegene Tor der Stadt London hinaus auf den Weg machten.

Bei dieser Gelegenheit kam eine Bettine Maunfry die Treppe hinab zu dem rostigen Eisenboot und den Wassern der alten Themse. Ihr Gepäck (drei große Schachteln) wurde von den Polizisten mitgebracht, und obwohl die Polizisten grimmig waren, beschimpften sie sie nicht, dachten an die Persönlichkeit, die sie gewesen war und vielleicht wieder sein würde, wenn die unsichtbaren Sterne ihr wohlgesonnen waren.

Sie bestieg das Boot in einem Schockzustand, setzte sich mit im Schoß verschränkten Händen und starrte auf irgend etwas anderes als die Polizisten, die ihr Gepäck an Bord brachten und dann die Tür der Kabine schlossen. Dieser Teil der Stadt war ein über das Wasser geschwungener Bogen, ein finsterer Tunnel, beleuchtet von Lampen, die bei weitem unzureichend wirkten; und Bettine Maunfry schluckte und klammerte die Hände noch fester ineinander, als die Motoren ihren Weg flußabwärts zu tuckern begannen, auf das Tageslicht zu, das am Ende des Tunnels zu sehen war.

Sie fuhren schließlich in das matte Licht der Sonne hinaus, wo Farben sich in Bernstein- und Orangetönungen auf den schmutzigen Kabinenfenstern ausbreiteten. Die antiken Ruinen des alten London tauchten entlang der Ufer auf, in den Himmel stoßende Monolithen und Säulen und Teile zerstörter Fassaden, die sich nie jemand anschauen mußte außer denen, die draußen geboren waren – wie auch sie einmal, was sie zu vergessen versucht hatte.

Nach nicht sehr langer Zeit trat eine glatte moderne Wand am linken Ufer ins Blickfeld, die Wand des Tower, und das Boot knirschte und schlug an die Landestelle.

Jetzt mußte sie wieder hinaus, und da sie verängstigt war und schwankte, streckte sie die Hand aus, damit die Polizisten ihr über die schmale Rampe ans Ufer und zum offenen Tor in dieser Wand halfen. Sie halfen ihr auch und übergaben sie an die Wärter, die sie ins Innere führten; dort stand sie auf Steinen, die zum Altertümlichsten im ganzen alten London gehörten, und die Stahltore, in keiner Weise altertümlich und sehr solide, gähnten und zischten und schnitten und schlossen sich mit bedrohlicher Autorität. Der Chefaufseher, ein grauhaariger Mann, führte sie am Torhäuschen vorbei in das Innere des Towers, der zu ihrer Überraschung sich nicht als Bauwerk erwies, sondern als Mauer, die zahlreiche Gebäude umschloß, von denen viele aus zerbröckelnden Ziegelsteinen bestanden und außerordentlich alt aussahen. Wärter folgten mit ihrem Gepäck, während sie über diesen seltsamen und öden Hof zwischen zerfallenden Gebäuden ging.

»Was sind das für Steine?« fragte sie den älteren Mann, der sie führte, der korrekt war und militärisch schlank. »Woraus sind sie?«

Aber er wollte ihr nicht antworten, wie überhaupt keiner mit ihr sprach. Sie führten sie zu den Stufen eines modernen Turms, der auf alten Steinen errichtet war, so daß sie einen Teil seiner Struktur bildeten, alte Ziegelsteine mit schimmerndem Stahl. Der ältere Mann führte sie durch den

Eingang und die Treppe hinauf, während die anderen folgten. Es war ein langer Anstieg, und es gab keinen Aufzug, nichts von der Art; die Lampen waren alle abgeschirmt und die Türen, an denen sie vorbeikamen, alle ohne Klinken.

Dritter Stock; der Chefaufseher winkte sie durch eine Tür unmittelbar oben an der Treppe, und diese Tür führte in einen Gang, der an einer geschlossenen Tür endete. Sie sah zu, wie die Wächter ihr Gepäck an ihr vorbei in diesen kurzen Korridor stießen, und als sie selbst sich nicht bewegte, packte sie der Chefaufseher am Arm und schob sie durch den Bogengang, blieb selbst aber draußen. »Warten Sie!« schrie sie. »Warten Sie!« Aber niemand wartete und niemand kümmerte sich darum. Die Tür ging zu. Sie weinte, schlug mit den Fäusten gegen die geschlossene Tür, trat auch dagegen und tat es sicherheitshalber gleich noch einmal, versuchte es dann schließlich mit der Tür am anderen Ende des Gangs, drückte den einzigen Türgriff, den sie hatte und der ihr den Weg in ein funktionell eingerichtetes Ein-Raum-Apartment freigab, teilweise aus Ziegelstein und teilweise aus Stahl, mit einem Bett, das nicht bequem aussah und nur eine dünne Matratze besaß. Das Bad war wenigstens von dem einen Raum abgetrennt, ein Fenster gab es, eine Wandkonsole; auf der Stelle drückte sie panisch auf die Knöpfe darauf, aber sie blieb tot, völlig tot. Tränen strömten ihr übers Gesicht, und sie wischte sie mit dem Handrücken weg und schniefte, denn es war ja auch niemand da, der dieses erbärmliche Verhalten hätte sehen können.

Daraufhin trat sie ans Fenster und blickte hinaus, sah den Hof und die Wärter, die sie gebracht hatten, wie sie jetzt wieder zu den Toren gingen; und die Tore öffneten sich zum Fluß hin und schlossen sich wieder.

Furcht überfiel sie, der Schrecken, daß sie vielleicht allein war an diesem Ort und die Steine und die Maschinen möglicherweise alles, was es hier gab. Sie rannte zur Konsole und drückte auf die Knöpfe und flehte, aber es erfolgte keine Reaktion; dann hatte sie Angst, daß die Apartmenttür vielleicht von selbst zuginge. Sie eilte hinaus in den kurzen Gang und zerrte ihre drei Schachteln ins Zimmer, setzte sich auf die dünne Matratze und weinte.

Der Vorrat an Tränen erschöpfte sich mit der Zeit; sie hatte sehr viel geweint, und es hatte nicht geholfen, und so saß sie da mit den Händen im Schoß und hoffte ernsthaft, daß Bildschirm und Telephon zum Leben erwachten und es Richard sein würde, Seine Ehren Richard Collier, der Bürgermeister, um ihr zu sagen, daß er ihr nun genug Angst eingejagt hatte, und das hatte er wirklich.

Der Bildschirm blieb jedoch dunkel. Schließlich schniefte sie wieder und wischte sich die Augen und erkannte, daß sie zumindest – zumindest eine kurze Weile doch bleiben würde. Sie holte ihre Kleider aus den Schachteln und hängte sie auf; breitete ihre Magazine und Bücher aus, ihr Strickzeug und ihre Näharbeit, den Schmuck und die Kosmetiksachen und all die Dinge, die sie eingepackt hatte ... Wenigstens hatten sie sie packen lassen. Sie ging ins Bad und setzte sich und frischte ihr Make-up auf, malte sich ein völlig unbekümmertes Gesicht auf und fand in dieser profanen Handlung ein wenig Trost.

Sie war nicht die Art von Person, die normalerweise in den Tower gesteckt wurde; sie war nur ein Mädchen (wenn auch dreißig), die Geliebte des Bürgermeisters. Sie war die einfache Bettine Maunfry. Die Ehefrau Seiner Ehren wußte von ihr und hatte nichts dagegen; es konnte einfach nicht sein, daß Marge sich gegen sie gewandt hatte; sie war nicht die erste Geliebte Seiner Ehren und nicht einmal zur Zeit seine einzige. Richard war eifersüchtig, sonst nichts, zornig, weil er herausgefunden hatte, daß es noch jemand gegeben hatte, und er besaß Macht und benutzte sie, um ihr Angst zu machen. So mußte es sein. Richard hatte noch andere Geliebte und eine Ehefrau und besaß keinen Grund, eifersüchtig zu sein. Aber er war es, und obendrein war er nachtragend. Und weil er ein wichtiger Mann war und sie niemand, hatte sie jetzt mehr Angst als je zuvor in ihrem Leben.

Der Tower war für die gefährlichen Kriminellen da. Aber Richard hatte das tun, sich das erlauben können, wovon sie nie zu träumen gewagt hätte; es war ein allzu grausamer Scherz. Er verfügte über enorme Macht, und die Richter taten, was er wollte; oder er hatte sich nicht einmal die Mühe gemacht, ein Gericht einzuschalten.

Wieder rollten die Tränen, und sie schniefte und starrte ohne zu blinzeln auf ihr Spiegelbild, bis die Tränen versiegten. Ihr Gesicht war ihre Abwehrmauer, ihre Schönheit ihr Schutz. Sie hatte sich stets darauf verstanden, anderen zu gefallen. Ihr ganzes Leben hatte sie daran gearbeitet. Sie hatte gelernt, daß darin Macht lag, von den Tagen an, als sie ein kleines Mädchen gewesen war; daß sie es anderen gestatten mußte, die Dinge zu kontrollieren, aber sie mit ihnen spielen und sie dazu bringen konnte, die meisten Dinge zu tun, die sie wollte. *Ich mag Menschen*, waren die Worte, in die sie das kleidete, in einem Dutzend Varianten, von denen alle besagten, daß, sosehr sie technische Dinge haßte, sie alles über die verschiedenen Arten von Persönlichkeiten herausfinden wollte; es hörte sich altruistisch an und gab ihr auch Macht von der Art, die sie wollte. Die meiste Zeit hatte sie sogar an den Altruismus geglaubt ... – bis zu diesem Vorfall, diesem schrecklich grausamen Scherz. Diesmal hatte es nicht funktioniert, und nichts davon hätte geschehen sollen.

Es würde weiterhin funktionieren, wenn sie wieder Richard von Angesicht zu Angesicht gegenüberstehen konnte, Richard, und nicht Richard dem Oberbürgermeister. Sie probierte ein absichtliches, gewinnendes Lächeln vor dem Spiegel, zeigte ihre perfekten Zähne und eine berückende kleine Drehung der Schultern.

Daunenweiche Wimpern, die blaue Augen umrahmten, ein Mund, der schmollen und zittern und Emotionen reflektieren konnte wie der Atem des Windes auf einer Wasserfläche, so zart, so willig reagierend, daß ein Mann wie Seine Ehren sich mächtig vorkam ... das war alles schön und gut;

sie wußte, wie man das machte. Er *liebte* sie – in seiner besitzergreifenden Weise; er hatte das nie gesagt, aber sie nährte seine mittelalterliche Eitelkeit, und diese war es, die verletzt worden war. Das mußte es sein; sie hatte ihn wohl stärker verletzt, als sie geglaubt hatte, und darauf hatte er das getan, um ihr zu zeigen, wie mächtig er war.

Aber er würde kommen müssen und dann sehen, wie sie zur Einsicht gekommen war, und dann würde er bedauern, was er getan hatte, und sie würden sich versöhnen, und Bettine konnte sicher wieder in die Stadt zurückkehren.

Er würde kommen.

Sie zog sich um, legte ihr Straßenkleid an, das einen sehr tiefen Ausschnitt hatte, ging zurück ins Bad und kämmte die Fülle ihres dunklen Haares so, daß es vollkommen zu dem Rubinkleid mit dem tiefen Ausschnitt paßte und dem klein bißchen rubinroten Glitzerstaub, blasser als der blutrote Stoff ... Ein Geschenk von ihm. Er würde sich an jenen Abend erinnern, wenn er sah, wie sie es trug.

Sie wartete. Die Stille hier war tief, so furchtbar tief. Irgendwo in diesem großen Gebäude mußte es *irgend jemanden* geben. Draußen vor dem Fenster war es Nacht geworden, und sie blickte hinaus und konnte es nicht ertragen, tat es kein zweites Mal, denn dort war nur Schwärze, die sie daran erinnerte, daß sie allein war. Sie wünschte sich, einen Vorhang davorziehen zu können; sie hätte irgend etwas vor das Fenster hängen können, aber das Zimmer hätte dann schäbig ausgesehen, wo doch die Schönheit ihr Leben war. Ihr Überleben. Sie setzte sich auf den Stuhl und schaltete das Licht ein und las ihre Magazine, Artikel über Schönheit und darüber, wie man begehrenswert wurde, was jetzt, obwohl es sie früher bloß unterhalten hatte, erschlagend *wichtig* geworden war.

Ihr Horoskop war gut. Es besagte, daß sie Glück in der Liebe haben würde. Sie versuchte, das als hoffnungsvolles Zeichen zu verstehen. Sie war ein Fisch. Richard hatte ihr diesen reizenden Talisman gegeben, den sie um den Hals trug; die Augen des Fisches waren echte Diamanten. Richard lachte über ihre Horoskope, aber sie wußte, daß sie zutrafen.

Diesmal mußten sie es tun. *Meine kleine Auswärtige*, nannte er sie, denn wie die meisten derer, die an Horoskope glaubten, stammte sie von draußen. Aber sie hatte ihre Herkunft überwunden. Sie war ein schönes Kind gewesen, und weil ihr Vater in der Stadt gearbeitet hatte, hatte sie sich Bildung angeeignet – war absolut gebildet in all den Dingen, die für ein Mädchen angemessen waren, nicht in ernsten oder gelehrsamen Dingen, nichts, was wirklichen Sachverstand erforderte, außer den Umgang mit Menschen, denn sie wußte, daß es einfach überhaupt nicht klug war für ein Mädchen, zu offensichtlich gescheit zu sein ... Bescheidenheit brachte ein Mädchen viel weiter ... sie und das Glück, schön zu sein, das es ihr ermöglichte, hübsch zu weinen. Ihre kindischen Wutanfälle hatten raschen Trost gefunden, während ihre Brüder jeweils einen Klaps bekommen hatten, und bei jener Gelegenheit hatte sie zum erstenmal von *dieser* Art Macht erfahren, die sie stets besaß. Es war eben Glück, und das lag in den Sternen. Und ihre Magazine sagten ihr, wie sie sogar noch gefälliger und angenehmer sein konnte und daß sie Erfolg hatte in dem, was sie zu tun glaubte. Daß es funktionierte, erwies sich von selbst; ein Mädchen wie sie, das von draußen stammte, eine Empfangsdame im Büro Seiner Ehren des Bürgermeisters, und von ihm in einem Stil gehalten, den sich die Menschen draußen nicht vorstellen konnten ...

Nur besaß diese Angelegenheit eben auch ihre Schattenseiten, und daß sie hier war, war eine davon, die sie nie erwogen hatte ...

Irgendwo unten ging eine Tür auf. Ihr Herz machte einen Satz. Sie wollte schon aufspringen und überlegte sich dann, daß es besser war, beiläufig zu wirken, dann wieder, ob es vielleicht nicht doch besser sei, ängstlich und besorgt zu wirken, dem Grund angemessen, aus dem Richard sie hierher geschickt hatte. Vielleicht sollte sie weinen. Vielleicht war es Richard. Es *mußte* Richard sein.

Sie legte das Magazin weg und rang die Hände, dieses eine Mal in ihrem Leben nicht wissend, was sie mit ihnen machen sollte, aber selbst das war eine hübsche Geste, und sie wußte es.

Die Tür ging auf. Es war der militärische Aufseher mit dem Abendessen.

»Ich kann nichts essen«, sagte sie. Im Augenblick schien starke Niedergeschlagenheit der Trick der Wahl zu sein. Sie wandte das Gesicht ab, aber er kam herein und stellte das Essen auf den Tisch.

»Das ist Ihr Problem«, sagte er und machte Anstalten zu gehen.

»Warten Sie!« Er blieb stehen, und sie warf ihm ihren besten flehenden Blick zu ... ein älterer Mann und der Typ, dem durch Schönheit sehr stark geschmeichelt werden konnte ... geschmeichelt dann, wenn sie wunderbar wirkte, und sie legte ein entsprechendes Gehabe an den Tag. »Bitte. Ist irgendeine Nachricht ... von Richard gekommen?«

»Nein«, sagte er bestürzend unzugänglich. »Rechnen Sie auch nicht mit einer.«

»Bitte. Bitte sagen Sie ihm, daß ich mit ihm sprechen möchte!«

»Wenn er danach fragt.«

»Bitte! Mein Telephon funktioniert nicht.«

»Soll es auch nicht. Bei keinem Gefangenen funktioniert es. Nur bei denen mit Privilegien. Sie haben keine.«

»*Sagen* Sie ihm, daß ich mit ihm sprechen möchte. Sagen Sie es ihm. Die Nachricht ist für ihn. Wird nicht *er* entscheiden, ob er sie hören will?«

Das traf. Sie erkannte am Mund die Unentschiedenheit. Der Mann schloß die Tür; sie hörte, wie sich seine Schritte entfernten. Sie verschränkte die Hände fest ineinander, als sie feststellte, daß sie zitterten.

Und sie ignorierte das Essen, holte wieder ihre Zeitschriften hervor und versuchte zu lesen, aber es beschäftigte ihren Verstand kaum. Sie wagte nicht, sich auf das Bett zu setzen und die Knie hochzuziehen und zu lesen; oder sich hinzusetzen und zu essen; beides wäre zu formlos gewesen, zu reizlos. Sie wollte sich schon mit der Hand durchs Haar fahren, aber damit hätte sie es in Unordnung gebracht. Sie ging hin und her und verzehrte sich dabei, kam schließlich zu dem Entschluß, daß sie ihr Negligé anlegen konnte, und wenn Seine Ehren zu ihr hereinkäme und sie darin sähe, umso besser.

Sie holte nicht das helle, orangefarbene hervor, sondern das weiße, mit Spitzen besetzte, nur da und dort durchsichtig, unschuldig. Unschuld schien im Moment sehr kostbar. Sie ging ins Bad zum Spiegel, wischte sich den Lippenstift ab und wusch sich das Gesicht und machte alles noch einmal von neuem, mit weichem Rosa und rosigen Tönungen; danach fühlte sie sich tapferer. Aber als sie wieder hinausging, um sich aufs Bett zu setzen, war da dieses schwarze Fenster, leer und kalt und ohne irgendeinen Vorhang, den man vor die Nacht ziehen konnte. Es war sehr einsam, an diesem Ort zu schlafen. Sie ertrug es nicht, allein zu sein.

Und sie hatte so manche Nacht allein geschlafen, bis Tom in ihr Leben getreten war. Tom Ash war ein Angestellter im Büro des Bürgermeisters, in dem Amtszimmer direkt neben ihrem. Und er war süß und nett – schließlich war sie schön und immer noch jung, erst dreißig, und sieben Jahre hatte sie Richard geschenkt, der nicht schön war, wenn auch attraktiv in der Art der älteren und mächtigen Männer; aber Tom war ... Tom war stattlich und ein guter Liebhaber und besaß all die Eigenschaften, die ihr zustanden, wenn man den Liebesgeschichten glaubte, und überdies liebte er sie. Das hatte er gesagt.

Richard wußte nichts von ihm. Argwöhnte es nur. Tom war zur Tür hinausgeeilt, bevor Richard eintraf, und es bestand überhaupt keine Möglichkeit, daß Richard wußte, wer er war; um genauer zu sein: Richard hatte gefragt, wer es war.

Und wenn Richard die Macht hatte, sie entgegen allen Gesetzen hier einzusperren, dann hatte er auch die Macht, Tom hierher zu bringen, und vielleicht noch schlimmere Dinge zu tun.

Sie würde es Richard nicht beichten, das war alles. Sie wollte es nicht beichten, oder sie würde ihm einfach einen anderen Namen nennen und es Richard überlassen, sich alles auszurechnen.

Richard hatte keinen Beweis für irgend etwas.

Und abgesehen davon war sie nicht sein Eigentum.

Nur gefielen ihr einfach die schönen Sachen und hübschen Kleider und die nette Wohnung – all die Dinge, die Tom ihr nie geben konnte. Selbst ihren Schmuck ... Richard konnte einen Weg finden, ihn ihr wieder wegzunehmen. Konnte sie auf die schwarze Liste setzen, so daß sie nie wieder eine Stelle fand, sie im Exil außerhalb der Wälle enden würde.

Sie las gerade eine Liebesgeschichte über eine Frau, die in ein ähnliches romantisches Dreiecksverhältnis geraten war, und diese Geschichte ähnelte ihrer Situation nur allzu sehr. Sie hatte fast Angst davor herauszufinden, wie sie endete. Leichter Lesestoff. Sie hatte stets leichten Lesestoff gemocht, der von wirklichen, *engagierten* Menschen handelte, aber auf einmal war er zu dramatisch und bezog sie mit ein.

Aber die Geschichte mußte ein glückliches Ende haben; alle derartigen Geschichten hatten eines, was der Grund war, warum sie sie immer wieder las; sie gewann daraus die Gewißheit, daß es auch für sie ein glückliches Ende gab, und daß schöne Frauen auch weiterhin klug sein und ein glückliches Geschick haben konnten.

Wer um alles in der Welt *wollte* eigentlich eine Tragödie?

Das Lesen machte sie müde, da sie auch schon mehrfach den Faden verloren hatte, und sie rückte die Kissen zurecht und legte sich in eine so dekorative Position, wie es nur ging, drückte auf den Lichtschalter am Kopfende des Bettes und schloß die Augen.

Sie schlief tatsächlich eine Zeitlang, war erschöpfter, als sie es je gekannt hatte, und kam mit dem bestimmten Eindruck wieder zu sich, daß jemand in ihrer Nähe geflüstert hatte, zwei Personen sogar, mit sehr hellen Stimmen.

Kinder – um alles in der Welt – Kinder im Tower?

Sie öffnete die Augen und starrte in Kerzenlicht, erblickte zu ihrer Verwunderung zwei kleine Jungen an der Ziegelsteinwand, bekleidet mit rotem und blauem Brokat, mit bleichen Gesichtern, zerzaustem Haar und wunderbar hellen Augen.

»Oh«, sagte einer, »sie ist wach.«

»Wer seid ihr?« wollte sie wissen.

»Sie ist schön«, sagte der andere. »Ich frage mich, ob sie auch nett ist.«

Sie setzte sich kerzengerade auf, und die beiden Jungen hielten sich gegenseitig fest, als seien sie von *ihr* erschreckt worden ... – sie konnten kaum älter als zwölf sein –, und starrten sie mit geweiteten Augen an.

»Wer *seid* ihr?« fragte Bettine.

»Ich bin Edward«, sagte der eine; »Ich bin Richard«, der andere.

»Und wie seid ihr hier hereingekommen?«

Edward ließ Richards Arm los und deutete vage nach unten. »Wir leben hier«, sagte er, und ein Teil seiner Hand schien mitten durch die Wand zu gehen.

Da erkannte sie, wer sie sein mußten, wenn sie nicht Geschöpfe eines Traums waren, und das Haar auf ihrem Nakken stellte sich auf, und sie zog die Decke hoch, um sich zuzudecken, denn das Kleid verhüllte sie kaum, und es waren tatsächlich Kinder. Es waren reizende Kinder mit ziemlich klugen Augen, angetan mit Erwachsenenkleidern, die alt und verstaubt aussahen.

»Wie bist du hergekommen?« fragte Richard wie ein Echo zu ihrer Frage. »Wer hat dich hergeschickt? Bist du eine Königin?«

»Richard Collier, der Oberbürgermeister.«

»Ah«, sagte Edward. »Auch uns hat ein Richard hierhergeschickt. Er soll uns beide ermordet haben, aber das hat er nicht, weißt du.«

Sie schüttelte den Kopf. Sie wußte es nicht. Sie hatte sich nie für Geschichte interessiert. Weiterhin hielt sie sich an der Idee fest, daß die beiden Kinder ein Traum waren, irgendeine alte Schulstunde, die aus ihrem Unterbewußtsein hervortrat, denn obwohl sie an Geister und Horoskope glaubte, drehte sich ihr Verstand noch unter dem Einfluß der vorangegangenen Schocks.

»Wir kommen immer als erste«, sagte Edward. »Ich bin ein König, weißt du.«

»Als erste? Wer *seid* ihr? Was macht ihr hier?«

»Na, so ziemlich dasselbe wie alle anderen auch«, erwiderte der junge Edward lachend, und seine Augen wirkten, obwohl sein Gesicht das eines Kindes war, jetzt furchterregend alt. »Wir leben hier, das ist alles. Wie heißt du?«

»Bettine.«

»Bettine? Was für ein seltsamer Name. Aber heutzutage sind die meisten seltsam. Und letztlich sind es so wenige, die hierherkommen. Glaubst du, er läßt dich wieder gehen?«

»Natürlich wird er das tun.«

»Nur sehr wenige gehen jemals wieder von hier weg. Und in letzter Zeit – niemand mehr.«

»Ihr seid tot!« schrie sie. »Geht weg! Geht weg!«

»Wir sind schon länger tot, als wir gelebt haben«, sagte Richard.

»Länger als dieses London steht«, sagte Edward. »Mein London hat mir besser gefallen. Es war heller. Ich werde es immer vorziehen. Spielst du Karten?«

Sie saß nur da und zitterte, und Richard zupfte Edward am Ärmel.

»Ich denke, wir sollten gehen«, sagte er. »Ich denke, sie fängt an, sich zu fürchten.«

»Sie ist sehr hübsch«, meinte Edward. »Aber ich glaube nicht, daß es ihr etwas nützen wird.«

»Das tut es nie«, sagte Richard.

»Ich gehe als erster«, sagte Edward, »da ich König bin.« Und er verschwand mitten durch die Wand; und Richard folgte ihm; und das Kerzenlicht ging aus und ließ Dunkelheit zurück.

Bettine saß reglos da, die Bettücher um sich gewickelt, streckte schließlich die Hand nach dem Lichtschalter aus, fiebrig, wahnsinnig, und blinzelte in dem grellen weißen Schein, der nichts offenbarte, was nicht stimmte, überhaupt nichts. Aber eine tödliche Kälte hing in der Luft.

Sie hatte geträumt. Dieser seltsame alte Ort erzeugte Alpträume in ihr. Das mußte es sein. Tränen strömten ihr aus den Augen. Sie zitterte und stand schließlich auf und stocherte in ihrem kalten Abendessen, weil sie sich von der Einsamkeit ablenken wollte. Sie wollte nicht zu dem Fenster über dem Tisch aufblicken, nicht, solange draußen die Nacht herrschte.

Am nächsten Morgen würde sie Schatten unter den Augen haben und nicht schön sein, aber schön mußte sie sein. Schließlich raffte sie ihren Mut zusammen und legte sich wieder ins Bett, lag dort in ihren Bademantel gewickelt und zitterte bei voller Beleuchtung, die sie auf keinen Fall löschen wollte.

Am nächsten Morgen probierte sie das Telephon wieder aus, und es weigerte sich immer noch, zu funktionieren. Sie fand, daß mit dem durch das Fenster einfallenden Tageslicht alles klarer schien, und der Raum wirkte sogar wärmer dadurch. Sie badete und wusch sich das Haar und trocknete es, bürstete es dabei sorgfältig durch. Es hatte natürliche Locken, und sie arrangierte es zu Ringellocken und machte mehrere Versuche, es um ihr Gesicht zu ordnen.

Plötzlich ging die Tür zu dem kurzen Flur, die offen stand, zu; sie sprang auf und blickte sie bestürzt an, hörte im unteren Stockwerk Schritte und fuhr in Panik herum, zog sich schließlich ein Kleid über und vermasselte sich dabei die Frisur, und während sie hörte, wie Schritte die lange Treppe heraufkamen, beugte sie sich im Bad dicht an den Spiegel heran und trug mit schnellen und sicheren Strichen das Make-up auf, nicht das ganze, denn dafür reichte die Zeit nicht, aber zumindest einen Hauch von Hervorhebung der Augen, Röte auf Lippen und Wangen ...

Es war Richard, der kam, um sie zu holen, sie zu fragen, ob sie genug hatte, und sie hatte, oh, sie hatte genug ...

Die Tür am anderen Ende ging auf. Sie rannte zu der Tür auf ihrer Seite, wartete mit gefalteten Händen und ängstlich, wollte auch ängstlich und zerknirscht aussehen und überhaupt nach allem und jedem, worauf er aus sein konnte.

Dann ging die äußere Tür wieder zu und ihre auf. Sie eilte hinaus, um den Besucher zu empfangen.

Dort stand nur ein Frühstückstablett auf dem Boden, und die Tür war geschlossen, und die Schritte draußen verklangen.

»Kommen Sie zurück!« schrie sie, weinte, jammerte.

Die Schritte entfernten sich weiter die Treppe hinab.

Sie stand da und weinte lange; und als ihr dann nichts anderes einfiel, hob sie das Tablett hoch. Dazu mußte sie sich herabbeugen, was ihr Haar in Unordnung brachte und sie erschütterte und demütigte, sogar hier, wo niemand da war, um es zu beobachten. Sie war zornig und verängstigt und wollte das Tablett wegschleudern und alle Dinge in Sichtweite kaputtschlagen; aber das würde aus der Mahlzeit ein schreckliches Chaos machen, und sie überlegte sich, daß sie wohl darin leben mußte, wenn sie es einmal angerichtet hatte, oder es selbst aufwischen mußte, also ersparte sie sich diese Mühe und trug das Tablett geduldig zurück zum Tisch. Sie verspürte Übelkeit, denn da stand noch das alte Tablett, das mittlerweile stank, und das neue strömte frische, starke Düfte aus. Sie machte sich über beide Gedanken, wo ihr Magen so verspannt war vor Furcht und ihre Kehle so verengt vor Zorn und Enttäuschung, daß sie kaum ihre Atemzüge hereinbekam, ganz zu schweigen, vom Essen.

Sie trug das alte Tablett in den Vorraum und stellte es auf den Boden, und fing plötzlich, durch eine Inspiration angeregt, damit an, ihre Habseligkeiten nach Papier zu durchsuchen ... sie *hatte* etwas in ihrem Nähkasten mitgebracht, denn sie entwarf darauf Muster für ihre Stickereien und das Stricken. Sie wühlte sich durch die Nadeln und das Garn und entdeckte das Papier auf dem Grund, fand den Schreiber und setzte sich an den Tisch, kaute auf der Kappe des Schreibers und versuchte nachzudenken.

»Richard«, schrieb sie, nicht »Liebster Richard«, was, wie sie glaubte, vielleicht nicht die richtige Anrede für einen zornigen Mann war. »Ich habe Angst hier. Ich muß dich sehen. Bitte. Bettine.«

So war es richtig, dachte sie. Zurückhaltend sein, ruhig sein, und es ihm zur gleichen Zeit ausreden, ihr noch größere Angst einzujagen. Pathos. Das war der richtige Ton. Sie faltete den Zettel zusammen, und auf einen schlauen Gedanken hin verschloß sie ihn mit einem Faden, den sie hindurchstieß, damit der Wärter nicht neugierig werden konnte, ohne es zu verraten. »An Seine Ehren Richard Collier«, schrieb sie auf die Außenseite, mit den schönen Buchstaben, die zu schreiben sie immer wieder geübt hatte. Und dann nahm sie den Brief und legte ihn draußen auf das Mittagessentablett im Gang, damit er mit dem Geschirr hinausgelangte und jeder es sich überlegen mußte, was er damit machte, denn einen Brief an den Bürgermeister einfach wegzuwerfen, war nicht klug.

Danach schniefte sie befriedigt, setzte sich und verzehrte ihr Frühstück, was einen kleinen Teil der Einsamkeit in ihrem Bauch stillte und anschließend in ihr ein Gefühl der Schuld und des Elends hervorrief, denn sie hatte zuviel gegessen; sie würde fett werden, das war es, was sie wollten, indem sie sie mit all dem Zeug fütterten und ihr nichts anderes zu tun erlaubten als zu essen. In Kürze würde sie dick und reizlos sein, wenn sie hier nicht mehr zu tun fand, als zu essen und auf und ab zu gehen.

Und vielleicht stand ihr hier ein langer Aufenthalt bevor. Dieser Gedanke drang jetzt mit einer Kraft in sie ein, die er bisher nicht besessen hatte. Ein zweiter Tag an diesem Ort ... und wie viele Tage überhaupt; und Beschäftigung und Lesestoff würden ihr ausgehen ... Sie stellte auch das zweite Tablett in den Flur, um den Essensgeruch loszuwerden, drückte dann einige Schalter in dem Versuch, die Tür von innen zu schließen; die ganze Konsole war kompliziert angelegt, und sie begann, indem sie die Schalter aufs Geratewohl drückte. Sie fand Kontrollen, die sie nicht kannte, drückte verschiedene Kombinationen und hatte nur darin Erfolg, das Licht auf eine Weise auszuschalten, daß sie es nicht mehr anbekam, nicht durch irgendeine Kombination von Schaltern, bis sie den am Bett benutzte. Die Sache machte ihr Angst davor, vielleicht die Heizung auszuschalten oder das Licht gänzlich zu verlieren und allein in der Dunkelheit zu sein, sobald die Sonne unterging. Sie ließ die Schalter in Ruhe, da sie doch nicht wußte, was sie mit ihnen machte, obwohl sie auf der Schule auch einen Kurs im Umgang mit Computern absolviert hatte ... – aber das war etwas, was die anderen Mädchen taten, die einfache lange Gesichter hatten und ihr Haar hinten hochsteckten und flache Brüste hatten und an nichts dachten als an das Studium und die Arbeit. Sie haßte sie. Haßte die ganze Sache. Haßte Gefängnisse, die aus solchen Dingen gebaut werden konnten.

Sie nahm ihr Strickzeug und dachte an Tom, an seine Augen, seinen Körper, seine Stimme ... Er *liebte* sie, und Richard tat es vielleicht nicht, sondern benutzte sie, weil sie schön war, und damit mußte man sich abfinden. Es brachte andere Dinge mit sich. Würde ihr einen Ausweg von hier verschaffen. Richard mochte stolz und zornig sein und verletzte Gefühle haben, aber letztlich wollte er bestimmt seinen Stolz retten, wozu sie ihm ausgiebig verhelfen konnte, wenn sie ihm zusicherte, zerknirscht zu sein – letztlich schon alles, was sie tun mußte.

Es war Tom, um den ihre Tagträume kreisten, und sie fragte sich, ob er wohlauf war, oder ob er auch im Tower steckte. Oh, ganz bestimmt nicht; aber die Bücher, die sie las, wirkten so furchteinflößend real, und aus Eifersucht geschahen furchtbare Dinge. Sie machte sich langsam mit dem Gedanken vertraut, daß Tom auch in Schwierigkeiten steckte, während ihre Hände das bunte Garn handhabten und rhythmisch strickten, klick, klick, klick, die Zeit maßen, Stich auf Stich und Reihe auf Reihe. Frauen führten solche Dinge aus und fuhren damit fort, während die Sonne starb, weil es im Leben aller Frauen so viele Augenblicke gab, die den Geist töteten, wenn man darüber nachdachte, die das Herz aussaugten und einem das Leben entzogen, Furchen in das Gesicht gruben und das Haar grau machten, wenn man nur gestattete, daß der eigene Geist jemals arbeitete. Aber im Rhythmus und der Faszination des Strickens lag ein Verlust des Denkens, eine Leere, eine weiße Fläche, die nur aus Zahlen bestand und nicht einmal daraus, denn nicht der Geist mußte zählen, sondern die Finger taten es, denn die Länge eines Fadens wurde gleichmäßig anhand eines Fingers gemessen, wie es sonst nur ein Lineal konnte, der leichte Spannungsunterschied so fein empfunden wie sonst nur bei einer Maschine möglich, und die genaue *Zahl* der Stiche wahrte ihr Muster, ohne daß man wirklich zählen mußte, war vielmehr etwas so Innerliches und Regelmäßiges wie der Herzschlag, wie das langsame Verstreichen der Zeit, die in solchen Handlungen stehenbleiben konnte oder auch schneller vorübergehen.

So verging der Tag; und klick, klick, klick machten die Nadeln, brauchten das Garn auf, wenn sie nicht gerade las; und sie wickelte weiter und strickte weiter, Reihe auf Reihe, ohne zu denken.

Keine Mittagsmahlzeit wurde gebracht; langsam ging die Sonne unter, und im Zimmer wurde es kälter. Eines Tages werde ich um mehr Garn bitten müssen, dachte sie mit überraschender Gelassenheit, und sie erkannte, was dieser Gedanke einschloß, weigerte sich dann, weiterzudenken. Endlich hörte sie wieder die Schritte zur Tür heraufkommen, lehnte es diesmal ab aufzuspringen und zu erwarten, daß es Richard war. Sie strickte weiter, klick, klick, während die Schritte heraufkamen und die Tür öffneten und wieder schlossen.

Dann ging sie völlig ruhig hinaus und holte das neue Tablett herein, sah mit leicht aufwallender Hoffnung, daß die Nachricht mit den anderen Tabletts abgeholt worden war. So, dachte sie; so, sie wird ihn erreichen; und sie setzte sich und verzehrte ihr Abendessen, wenn auch nicht alles. Danach brachte sie das Tablett wieder in den Vorraum, kam zurück und machte sich für das Bett fertig.

Das Licht draußen vor dem Fenster verblaßte, und die Welt dort wurde wieder schwarz. Auch an diesem Abend wollte sie nicht hinausblicken, weil es sie so deprimierte und das kleine Zimmer im dritten Stock so einsam und isoliert erscheinen ließ.

Und erneut ließ sie das Licht brennen, als sie zu Bett ging, denn sie wollte nicht wieder solche Halluzinationen bekommen ... – es *waren* Halluzinationen gewesen, und sie hatte sich den ganzen Tag lang geweigert, an sie zu denken. Sie *glaubte* an das Übernatürliche, aber das hatte jetzt aufgehört, etwas zu sein, was anderen Leuten widerfuhr, war jetzt vielmehr etwas, das darauf wartete, ihr zu widerfahren, und das war nicht schaurig unterhaltsam, ganz und gar nicht. Eher flößte es ihr die Furcht ein, daß sie ihren Realitätsbezug verlor und auch die Herrschaft über ihre Einbildungskraft, und sie weigerte sich, das zuzulassen.

Wieder legte sie das weiße Negligé an, weil sie sich überlegte, daß sie vielleicht von einem Anruf direkt aus dem Bett geholt wurde ... – schließlich war es immerhin *möglich,* daß ihre Nachricht direkt an Seine Ehren Richard Collier weitergegeben wurde. Wahrscheinlicher jedoch war, daß sie zuerst in sein Büro kam und der Anruf demzufolge erst morgen erfolgte, also konnte sie sich ein wenig entspannen und schlafen, was sie auch wirklich brauchte. In dieser zweiten Nacht hatte sie keine richtige Angst, und so lange die Lichter brannten, war es auch nicht wahrscheinlich, daß sie idiotische Träume von toten Kindern hatte.

Tote Kinder. Sie erschauerte, entsetzt darüber, daß ein solcher Traum aus ihrer eigenen Vorstellungskraft entstanden sein konnte; das war ja nun überhaupt nichts von der Art, worüber sich ein Mädchen Gedanken machen wollte.

Tom ... nun, *er* war es wert, daß man an ihn dachte.

Sie las in ihrer Geschichte weiter; und die Frau darin hatte Probleme, die *nicht* ernster waren als ihre eigenen, was ihre eigenen schlimmer erscheinen ließ und die Geschichte noch trivialer. Aber sie würde ein Happy-End haben. Dessen war sie sich sicher, und das würde sie aufheitern.

Würden sie ihr weitere Bücher geben, fragte sie sich, wenn sie ihre durch hatte? Sie überlegte, am Morgen wieder eine Notiz auf das Tablett zu legen und um Bücher für sich zu bitten. Und vielleicht sollte sie es nicht tun, denn damit würde sie dem Wärter gegenüber zugeben, daß sie damit rechnete zu bleiben; und *das* würde auch Richard erreichen, der sicher danach fragte, wie sie sich hielt. Sie war sich ganz sicher, ob er danach fragte.

Nein. Sie würde nicht um Sachen bitten, die auf einen langen Aufenthalt hindeuteten. Möglicherweise gaben sie sie ihr, und das würde sie nicht ertragen können.

Wieder stellte sie fest, daß sie den Faden der Geschichte verloren hatte, und legte das Buch neben das Bett. Sie versuchte, an Tom zu denken, schaffte es aber nicht, verlor auch dabei den Faden. Sie träumte nur von den Stricknadeln, die hin und her gingen, rein und raus, klick, klick.

Das Licht wurde matter ... und zu Kerzenlicht; sie spürte es matt durch die Augenlider. Eines öffnete sie äußerst vorsichtig einen Spalt weit, ihre Muskeln starr und kurz davor zu zittern. Der Traum war wieder da; sie hörte die Kinder einander zulachen.

»Na«, sagte Edwards Stimme, »hallo, Bettine.«

Sie sah hin; sie mußte es, da sie nicht wußte, wie nah sie bei ihr standen, fürchtete, daß sie sie vielleicht berührten. Wieder standen sie beide an der Wand, machten feierliche Gesichter wie Jungen, die irgendeinen großartigen Witz für den rechten Augenblick zurückhielten.

»Natürlich sind wir wieder da«, sagte einer der Jungen, Richard. »Wie geht es dir, Lady Bettine?«

»Geht weg!« sagte sie; und dann sagte eine winzige Ecke ihres Herzens, daß sie das nicht wirklich wollte. Sie blinzelte und setzte sich auf, und eine Frau kam aus der Wand heraus auf sie zu, wurde größer und größer, während die Jungen sich zurückzogen. Die Neuankommende war schön auf ihre altertümliche Weise, trug ein goldenes Brokatkleid. Die Besucherin machte einen kurzen Knicks vor dem jungen König Edward, der sich seinerseits vor ihr verneigte. »Madam«, sagte der Knabenkönig; und »Majestät«, sagte die Fremde und richtete dann ihren neugierigen Blick auf *Bettine.* »Das ist Bettine«, stellte Edward sie vor. »Sei höflich, Bettine; Anne ist eine der Königinnen.«

»Königin Anne?« fragte Bettine und wünschte sich jetzt, etwas mehr über den alten Tower zu wissen. Wenn man schon von Spukgestalten heimgesucht wurde, dann war es zumindest hilfreich, wenn man wußte, um wen es sich dabei handelte; aber sie hatte der Geschichte herzlich wenig Aufmerksamkeit geschenkt – es war ein so umfangreiches Gebiet.

»Boleyn«, sagte die Königin, breitete ihre Röcke aus und setzte sich auf das Fußende des Bettes, verfehlte dabei nur knapp Bettines Füße, sehr direkt für einen Traum. »Und wie geht es Ihnen, meine Liebe?«

»Sehr gut, danke, Majestät.«

Die Jungen lachten. »Sie glaubt gar nicht richtig an uns,

aber sie spielt mit, nicht wahr? Heutzutage haben sie keine Königinnen mehr.«

»Wie hübsch sie ist«, meinte die Königin. »Ich war es auch.«

»Ich werde nicht hierbleiben«, sagte Bettine. In diesem Netz der Illusionen schien es wichtig, das klarzustellen. »Ich glaube eigentlich nicht ganz an Sie. Ich träume es auf jeden Fall.«

»Keineswegs, meine Liebe, aber na ja, glauben Sie, was Sie gerne möchten.« Die Königin drehte sich um, blickte zurück. Die Kinder waren verschwunden, und jemand anderes kam durch die Wand, ein stattlicher Mann in elegantem Brokat. »Robert Devereaux«, sagte Anne. »Robert, sie heißt Bettine.«

»Wer ist das?« fragte Bettine. »Ist er der König?«

Der Mann namens Robert lachte freundlich und verneigte sich schwungvoll. »Ich hätte es sein können«, sagte er. »Aber es ist schiefgegangen.«

»Der Earl of Essex«, sagte Anne sanft, stand auf und nahm seine Hand. »Die Jungen sagten, hier sei jemand, der trotzdem an uns glaubt. Wie nett. Es ist so lange her.«

»Sie machen mich sehr nervös«, sagte Bettine. »Wenn Sie echt wären, glaube ich, würden Sie anders sprechen, irgendwie altertümlich. Sie sind aber ziemlich so wie ich.«

Robert lachte. »Aber wir sind nicht wie die Mauern, Bettine. Wir verändern uns tatsächlich. Wir hören zu, und wir lernen und beobachten die ganze verstreichende Zeit.«

»Sogar die Kinder«, sagte Anne.

»Sie sind hier gestorben.«

»In der Tat. Und auf die gleiche Weise.«

»Ermordet?« fragte Bettine mit einem Schauder.

Anne runzelte die Stirn. »Enthauptet, meine Liebe. Eine ganze Menge Leute hatten ihre Finger im Spiel, als das arrangiert wurde. Sehen Sie, man hat mich manipuliert. Und woher sollte ich wissen, daß man uns ausspionierte?«

»Sie und Essex?«

»Ah, nein«, sagte Robert. »*Wir* waren damals kein Liebespaar.«

»Erst heute«, sagte Anne. »Wir haben uns ... ah ... von meiner Warte aus posthum kennengelernt. Und wie sind Sie hergekommen, meine Liebe?«

»Ich bin die Geliebte des Bürgermeisters«, erzählte Bettine. Es war schön zu reden, sogar wenn man nur Schatten als Gesprächspartner hatte. Sie beugte sich vor und legte die Arme um die Knie. Plötzlich brach sie in Tränen aus, wischte sich mit dem Bettuch über die Augen, fühlte sich ein wenig töricht, daß sie mit Phantasiegestalten, mit Ektoplasmen redete, deren Existenz alle modernen Leute abstreiten würden; und doch half es. »Wir haben uns gestritten, und er hat mich hier hineingesteckt.«

»Oh, meine Liebe«, sagte Anne.

»In der Tat«, meinte Lord Essex und tätschelte Annes Hand. »Deshalb sagten die Jungen, wir sollten kommen. Es ist ziemlich so wie bei uns.«

»Sie sind der Liebe wegen gestorben?«

»Der Politik wegen«, sagte Anne. »Wie Sie es werden.«

Sie schüttelte heftig den Kopf. Dieser Traum gehorchte nicht ihren Befehlen, und sie versuchte, die Dinge in ihre Richtung zu ziehen. »Aber es war ein dummer Streit. Und ich werde nicht sterben. Sie bringen hier keine Leute um, das machen sie nicht.«

»Sie machen es«, flüsterte Anne. »Genauso wie früher.«

»Na ja«, meinte Essex. »Nicht mehr mit Äxten. Heute sind sie viel hygienischer als früher.«

»Verschwinden Sie!« schrie Bettine. »Verschwinden Sie! Verschwinden Sie! Verschwinden Sie!«

»Es wäre gut für Sie, mit uns zu sprechen«, meinte Anne. »Wir könnten Ihnen begreiflich machen, was Sie wirklich zu erwarten haben. Und da gibt es wirklich sehr viel, das Sie anscheinend nicht sehen, Bettine.«

»Denken Sie nicht an Liebe«, sagte Essex. »Wissen Sie, es ist nicht wegen der Liebe, daß die Leute hergeschickt werden. Alles nur Politik. Ich weiß das. Und Anne auch. Abgesehen davon hören Sie sich nicht wie jemand an, der verliebt ist, nicht wahr? Sie hören sich nicht wie jemand an, der verliebt ist, Bettine.«

Sie zuckte die Achseln und senkte den Blick, erwartete, daß sie verschwunden sein würden, wenn sie wieder aufsah. »Es *gibt* jemanden, den ich liebe«, sagte sie mit der Andeutung eines Flüsterns, als sie sah, daß sie nicht verschwunden waren.

Anne schnaubte zierlich. »Das hat hier keinen großen Wert. Die Ewigkeit dauert lang, Bettine. Und es gibt Liebe und Liebe, Bettine.« Sie verschränkte ihre substanzlosen Finger mit denen des Earl. »Sie dürfen es nicht als Liebe betrachten. Das ist nicht der Grund, warum Sie hier sind. Seien Sie klug, Bettine. Diese Steine haben viel kommen und gehen sehen. Ebenso wir; und Sie haben nicht das Gesicht von jemandem, der liebt.«

»Was wissen *Sie* denn schon?« schrie sie. »Sie sind nichts. Ich verstehe etwas von *Menschen,* glauben Sie mir. Und ich kenne Richard.«

»Gute Nacht, Bettine«, sagte Anne.

»Gute Nacht«, sagte Essex sehr sanft und geduldig; anscheinend hatte sie keinen von ihnen verärgert. Und auch die Kinder waren wieder da, verneigten sich zu einem ironischen Abschiedsgruß und verblaßten. Die Lampen leuchteten wieder.

Sie drehte sich zwischen ihren Bettdecken um und schmollte über diese deprimierenden Vorstellungen, und sie hatte nicht wenig Angst; zwar nicht vor den Geistern ... wohl aber vor ihrer Situation. Vor den Dingen, die sie gesagt hatten. Kälte lag in der Luft und ein Hauch von getrockneten alten Blumen und Gewürzen ... die Blumen, dachte sie, stammten von Anne; und der Gewürzdurft mußte von Essex herrühren. Oder vielleicht von den Kindern, von Edward und Richard. Die Erscheinungen bedrohten sie nicht; sie faßten ihre Ängste nur in Worte. Das war es, woraus sie letztlich wirklich bestanden. Ektoplasma, in der Tat. Bettine vergrub sich in den Decken und löschte das Licht, nachdem sie ihre Angst vor den Geistern abgelegt hatte. Die Augen taten ihr weh, und sie war müde. Sie streckte sich in völliger Selbstvergessenheit aus, was sie seit ihrer Ankunft nicht mehr getan hatte, vergrub sich in den Kissen und versuchte, überhaupt nicht mehr zu denken oder zu träumen.

Am Morgen meldete sich das Telefon und erwachte der Bildschirm zum Leben.

»Bettine«, sagte Richard mit sehr strenger, zorniger Stimme.

Sie sprang aus den Decken hervor, wurde für einen Moment ausdruckslos und legte dann einen ihrer Schlafzimmerblicke an den Tag, lockerte die dichte Masse ihres Haares, erhob sich mit einer geschmeidigen Bewegung und blickte in die Kamera, zeigte ein besorgtes Stirnrunzeln, ein Zittern, ein Gesicht, als wolle sie jeden Moment in Tränen ausbrechen.

»Richard. Richard, ich hatte solche Angst. Bitte.« Ihm die Möglichkeit bieten, sich überlegen vorzukommen, sich groß und mächtig zu fühlen, das war letztlich, *wofür* sie in der Welt gut war und lebte. Sie trat näher an die Kamera und lehnte sich an. »Ich möchte hier raus, Richard. Ich verstehe nicht, was hier vorgeht.« Naivität und Hilflosigkeit nützten immer. Und abgesehen davon entsprach es auch der Wahrheit. »Der Wärter war schrecklich.« Eifersucht, wenn es ihr gelang, sie zu wecken. »Bitte, laß mich zurückkehren. Ich hatte nie vor, etwas Unrechtes zu tun ... was habe ich überhaupt *getan,* Richard?«

»Wer war er?«

Ihr Herz schlug sehr schnell. Entrüstung jetzt; ihn aus dem Gleichgewicht bringen. »Niemand. Ich meine, es war nur eine kleine Sache, und er war niemand Besonderes, und ich habe vorher nie so etwas gemacht, Richard, aber du hast mich alleingelassen, und was soll ein Mädchen dann letztlich machen? Zwei Wochen, und du hattest weder angerufen noch mit mir gesprochen ...«

»Wie lautet der *Name,* Bettine? Und wo ist die Rang-Fünfzig-Akte? Wo ist sie, Bettine?«

Sie war es, die aus dem Gleichgewicht war. Sie führte eine zitternde Hand an die Lippen, blinzelte, schüttelte in echter Verwirrung den Kopf. »Ich weiß überhaupt nichts von der Akte.« Das war es nicht, das war überhaupt nicht, was es sein sollte. »Ehrlich, Richard, ich weiß es nicht. Was für eine Akte? Geht es *darum?* Daß du glaubst, ich hätte etwas *gestohlen?* Richard, ich habe niemals etwas gestohlen.«

»Jemand ist in das Büro eingedrungen. Jemand, der dort nichts zu suchen hat, Bettine. Und du hast einen Schlüssel, und ich habe einen, und das bedeutet eine recht kleine Auswahl, nicht wahr? Mein Büro. Mein Privatbüro. Wer war es, Bettine?«

»Ich weiß nicht«, jammerte sie und schob das Haar zur Seite ... die hübschen Gesten waren ein Leben lang erlernt und erfolgten automatisch. »Richard, ich bin da in etwas geraten, wovon ich gar nichts verstehe; ich verstehe es nicht, ich verstehe es nicht, und ich habe da nie jemanden hineingelassen.« (Aber Tom war eingedrungen; *er* hätte es jederzeit tun können, da er im angrenzenden Büro tätig war.) »Die Tür vielleicht ... vielleicht habe ich sie offen gelassen, und hätte es nicht tun sollen, aber, Richard, ich weiß nicht einmal, was in dieser Akte steht, das schwöre ich dir.«

»Wer war in dieser Nacht in deiner Wohnung?«

»Ich ... das hatte nichts damit zu tun, auf keinen Fall, Richard, und ich wünschte, ich würde das alles begreifen. Es war überhaupt nichts, außer daß ich einsam war und alles ein schrecklicher Fehler, und wenn ich dir jetzt einen Namen nennen würde, dann geriete jemand in Schwierigkeiten, der nie etwas damit zu tun hatte; ich meine, ich war vielleicht unvorsichtig, Richard, ich schätze schon; es tut mir schrecklich leid wegen der Akte, aber ich habe die Tür wirklich manchmal offen gelassen, und du warst häufig weg. Ich meine ... es ist möglich, daß jemand hineingehen konnte, aber du hattest mir nie gesagt, daß es da Schwierigkeiten solcher Art geben könnte ...«

»Die Zugangszahlen. Verstehst du?«

»Das tue ich nicht. Ich habe diese Akte nie gesehen.«

»Wer war in deiner Wohnung?«

Sie schwieg und dachte an Tom, und ihre Lippen bebten. Sie bebten auch weiter, während Richard sie anfunkelte, denn sie konnte sich nicht entschließen, was sie tun sollte und was sicher war. Sie konnte mit Richard *umgehen*. Sie war sicher, daß sie es konnte.

Und dann schaltete er von sich aus ab.

»Richard!« kreischte sie. Vergebens drückte sie auf die Schalter. Der Bildschirm war tot. Sie schritt im Zimmer auf und ab und rang die Hände und starrte zum Fenster hinaus.

Sie hörte den Wärter kommen, und ihre Tür ging zu und die äußere auf, um die Auswechslung der Tabletts zu ermöglichen. Dann öffnete sich die innere Tür wieder, und sie ging in den Vorraum hinaus, um das Tablett zu holen. Sie trug es herein und stellte es auf den Tisch, ging dann ins Bad und betrachtete sich im Spiegel, sah das vom Schlaf verwirrte Haar, die beschatteten Augen und die Flecken alter Kosmetik. Sie war entsetzt über das Gesicht, das sie Richard gezeigt hatte, der sie überrumpelt hatte, ihm das zu zeigen. Sie schrubbte es sofort ab und bürstete sich das Haar und zog Pantoffeln über die nackten Füße, die sich durch die Kälte der Fliesen schon fast wie betäubt anfühlten.

Dann verzehrte sie sparsam ihr Frühstück, denn sie wollte auf ihre Figur achtgeben, und zog sich an, setzte sich hin und nähte. Die Stille wirkte doppelt so schwer wie vorher. Sie summte sich selbst etwas vor, versuchte, die Leere auszufüllen. Sie sang ... sie hatte eine schöne Stimme, und sie sang, bis sie heiser zu werden fürchtete, während das Muster wuchs. Eine Zeitlang las sie auch, und als sie sich langweilte, entdeckte sie eine neue Frisur; aber nachdem sie sich entsprechend zurechtgemacht hatte, dachte sie, daß diese

Frisur Richard vielleicht nicht gefiele, wenn er wieder anrief, und es war wichtig, daß ihm ihr Aussehen gefiel. Sie kämmte das Haar also wieder in den alten Stil und mißtraute doch die ganze Zeit diesem Instinkt, diesem Vertrauen auf ein Aussehen, das bereits versagt hatte.

So ging der Tag vorüber, und Richard rief nicht mehr an.

Sie wollten Tom. Es bestand die Möglichkeit, daß, wenn sie Richard Toms Namen nannte, er der richtige war, denn es war nur zu offensichtlich, wer eine Akte aus Richards Büro geholt haben *konnte,* denn Richard war häufig nicht da gewesen und Tom ihr währenddessen bei ihren Pflichten nachgestiegen, hatte sie dabei geneckt.

Am sichersten war es, nicht zu fragen und nichts zu wissen. Dazu war sie entschlossen. Ihr widerstrebte, was geschehen war ... Politik ... Politik. Sie haßte die Politik.

Tom ... war jemand zum Lieben. Jemand, der sie liebte; und Richard hatte so seine eigenen Gründe, aber letztlich lief alles auf zwei Männer hinaus, die eifersüchtig waren. Und Tom, der unschuldig war, hatte keine Vorstellung davon, was für einer Sache er sich gegenübersah ... Tom konnte verletzt werden, aber Richard würde niemals sie verletzen; und solange sie ihm nichts sagte, hatte sie weiterhin die Macht, ihn zu verwirren. Solange er verwirrt war, würde er nichts tun.

Sie war nicht ganz überzeugt ... – von Toms Unschuld oder von Richards Einstellung. Sie war es nicht gewöhnt, nein zu sagen. Sie war es nicht gewöhnt, in eine schwierige Position gebracht zu werden. Tom hätte das nicht von ihr erbitten sollen. Er hätte es besser wissen sollen. Es war nicht fair, was er tat, in was er sich da auch selbst verwickelt hatte – irgendein billiges kleines Aktenschwindelstück –; es war nicht fair, daß er sie in diese Lage gebracht hatte.

Das Muster wuchs, feine Reihen von Stichen, ein vielschichtiges Design, das keine Überlegung erforderte, sondern nur einen Blick, und sie weinte manchmal und wischte sich die Augen, während sie weiterarbeitete.

Das Licht verblaßte vor dem Fenster. Das Abendessen wurde gebracht, und sie aß, und an diesem Abend machte sie sich nicht für das Bett zurecht, sondern hüllte sich in ihren Bademantel, um sich zu wärmen, setzte sich auf den Stuhl und wartete; sie hatte keine Angst und wartete auf die Kinder, erwartete sie mit einem seltsam starken Verlangen, denn sie waren zumindest Gesellschaft für sie, und es war schön, an diesem grimmigen Ort Gelächter zu hören. Sogar das Gelächter ermordeter Kinder.

Eine gewaltige Stille trat ein. Und nicht das Lachen der Kinder diesmal, sondern der Tritt schwererer Füße, das gedämpfte Klirren von Metall. Ein grimmiges, stoppeliges Gesicht materialisierte im abgeschwächten Licht.

Sie stand beunruhigt auf und wärmte die frierenden Hände an ihren Lippen. »Edward!« rief sie laut. »Edward, Richard ... seid ihr da?« Aber der auf sie zukam, war größer und nackt an Gesicht, Armen und Beinen; ansonsten war überall Bronze zu sehen, und er trug obendrein noch ein *Schwert.* Bettine wollte die Kinder, wollte Anne oder Robert Devereaux, irgendeinen von den anderen. Aber dieser jetzt ... war anders.

»Bettine«, sagte er mit einer Stimme, die in großer Ferne widerhallte. »Bettine.«

»Ich denke nicht, daß ich Sie mag«, sagte sie.

Der Geist blieb mit leisem metallenen Klirren stehen, schwankte weiterhin zwischen klarer Sichtbarkeit und Verblassen. Er war jung, sogar stattlich auf eine fremdartige Weise. Er nahm den Helm ab und klemmte ihn sich unter den Arm. »Ich bin Marc«, sagte er. »Marcus Atilius Regulus. Sie sagten, ich sollte kommen. Könntest du dir eine Möglichkeit vorstellen, dir in den Finger zu stechen?«

»Warum sollte ich das tun?«

»Ich bin der Älteste«, sagte er. »Na ja, beinahe – und von einer anderen Überzeugung. Vielleicht ist sie altmodisch, aber sie würde unsere Unterhaltung erleichtern.«

Sie hob ihre Nähnadel auf und stach einmal heftig in einen ihrer kalten Finger, und das Blut quoll in dem matten Licht wie schwarz hervor und tropfte auf den Boden. Sie steckte sich den verletzten Finger in den Mund und starrte ihren Besucher ziemlich verwirrt an, denn er war jetzt viel deutlicher und schien einen lebendigen Atemrhythmus zu haben.

»Ah«, sagte er, »ich danke dir von ganzem Herzen, Bettine.«

»Ich bin mir überhaupt nicht sicher, ob ich es hätte tun sollen. Ich denke, du könntest gefährlich sein.«

»Ah, nein, Bettine.«

»Warst du ein Soldat, so eine Art Ritter?«

»Ein Soldat, ja; und ein Ritter, aber nicht von der Art, an die du denkst. Ich glaube, du meinst die Art, wie es sie in diesem Land gegeben hat. Ich komme aus dem Land des Tiber. Ich bin ein Römer, Bettine. Wir legten hier einige der ältesten Steine ...« Er hob einen mit Reifen geschmückten Arm und deutete ziemlich verlegen auf eine der Stahlwände. »Aber der größte Teil der alten Bauten besteht jetzt nicht mehr. Es gibt hier noch ältere Ebenen; die meisten verdrießlichen Typen sammeln sich vorzugsweise dort, darunter sogar Leute aus neuerer Zeit und manche, die nie zivilisiert waren, nicht wirklich, oder die es nie ganz akzeptierten, daß sie jetzt tot sind, sie alle ...« Er machte eine vage und mißbilligende Geste. »Aber wir haben jetzt nicht mehr viele Zugänge, denn hier war niemand mehr drin, der an uns glauben konnte ... seit so langer Zeit ... – tut der Finger weh?«

»Nein.« Sie saugte daran und wischte die Feuchtigkeit weg und betrachtete ihn sich genauer. »Ich bin mir nicht sicher, ob *ich* an euch glaube.«

»Du bist dir nicht sicher, daß du es nicht tust, und das ist genug.«

»Warum bist du hier? Wo sind die anderen?«

»Oh, sie sind dort hinten.«

»Aber warum du? Warum wollten sie nicht kommen? Ich habe mit den Kindern gerechnet.«

»Oh. Sie sind da. Nette Jungs.«

»Und warum bist *du* gekommen? Was hat ein Soldat mit mir zu schaffen?«

»Ich ... komme wegen der Toten. Ich bin der Psychopomp.«

»Der was?«

»Psychopomp. Seelenführer. Wenn du stirbst.«

»Aber ich werde nicht sterben«, jammerte sie, schlang die Arme um sich und betrachtete, ohne es zu wollen, das antike Schwert, das er trug. »Das Ganze ist ein Irrtum, mehr nicht. Ich habe versucht, es den anderen zu erklären, aber sie begreifen es nicht. Wir sind zivilisiert. Wir gehen nicht herum und bringen hier drin die Leute um, was immer auch *früher* passiert ist ...«

»Oh, sie *tun* es, Bettine; aber wir bekommen sie nicht, denn sie sind sehr stur und glauben an nichts, und sie können uns nicht sehen. Letzten Monat habe ich einen verloren. Ich hatte ihn schon fast soweit, mich zu sehen, aber dann, zum Schluß, konnte er es einfach nicht. Und er entglitt mir; ich bin mir nicht sicher, wohin. Es sah hoffnungslos eintönig aus. Ich versuche es bei allen. Ich freue mich, daß du nicht so bist wie sie.«

»Aber du irrst dich. Ich werde nicht sterben.«

Er zuckte die Achseln, und seine dunklen Augen blickten sehr traurig.

»Ich kann hier hinauskommen«, sagte sie, entmutigt durch seinen mangelnden Glauben an sie. »Wenn ich wirklich muß, finde ich immer einen Weg. Ich kann ihnen einfach sagen, was sie wissen wollen, und sie werden mich gehen lassen.«

»Ah«, sagte er.

»Es ist wahr.«

Sein junges Gesicht, so schmal und ernst, wirkte noch trauriger. »Oh, Bettine.«

»Es *ist* wahr; was weißt *du* eigentlich?«

»Warum hast du ihnen nicht schon gegeben, was sie wollen?«

»Weil ...« Sie setzte an zu erklären und schüttelte dann nur den Kopf. »Weil ich glaube, daß ich auch hinauskomme, ohne es zu tun.«

»Aus Stolz? Oder der Ehre wegen?«

Es hörte sich letztlich nach etwas an, das *er* sagen sollte, so angetan mit einer antiken Rüstung und mit einem Schwert gegürtet. »Du bist schon seit langem tot«, sagte sie.

»Fast schon die längste Zeit von allen. *Superbia,* nannten wir es. Das ist die falsche Art von Stolz; es bedeutet, aufgeblasen zu sein, und zu wichtigtuerisch, und die Dinge wirklich nicht richtig zu sehen. Und dann gibt es noch *Exemplum.* Das ist etwas, was man tut, weil die Welt es braucht, wie zum Beispiel, daß man etwas aufstellt, damit die Leute es anschauen, ein kleines Zeichen, das besagt, hier stand Marcus Regulus.«

»Und was, wenn es niemand sieht? Was nützt es dann, wenn ich nie mehr hier wegkomme? Man kann tapfer sein, und man kann dumm sein.«

Er schüttelte sehr ruhig den Kopf. »Ein *Exemplum* ist ein *Exemplum,* selbst wenn es niemand sieht. Es sind einfach Zeichen, die kundtun, daß dort jemand stand.«

»Sieh nach draußen, alter Geist! Die Sonne erlischt, und die Welt liegt im Sterben.«

»Und doch«, sagte er, »bleiben die *Exempla* bestehen ... – denn niemand könnte irgend etwas tun, um sie auszulöschen.«

»Was, wie alte Steine?«

»Nein. Einfach Bedeutungen. Bedeutungen sind das eigentlich Wichtige. Nicht jede Bedeutung, aber mehr, als manche denken.«

»Na ja«, sagte sie verblüfft und beunruhigt. »Na ja, das ist alles sehr schön für Männer, die herumgehen und altertümliche Kriege ausfechten, aber ich kämpfe gegen niemanden. Ich mag überhaupt keine Gewalt, und ich tue für Tom, was ich kann, aber ich bin nicht tapfer und habe meine Grenzen.«

»Wo, Bettine?«

»Das nächstemal, wenn Richard mich fragt, da liegt sie. Ich möchte hier hinaus.«

Er machte ein trauriges Gesicht.

»Hör auf damit!« fuhr sie ihn an. »Ich nehme an, du hältst dich für überlegen.«

»Nein.«

»Ich bin nur ein Mädchen, das sich durchs Leben schlagen muß, und sie können mir meinen Beruf nehmen, und ich kann außerhalb der Wälle enden und hungern, das ist es, was mir passieren könnte.«

»Ja, manchmal sind *Exempla* einfach nicht schnell. Meines wäre es gewesen. Und ich habe versagt.«

»Du bist ein Soldat. Ich bin eine Frau.«

»Denkst du überhaupt nicht an die Ehre, Bettine?«

»Du bist nicht auf der Höhe der Zeit. Ich bin keine Jungfrau mehr, seit ich dreizehn wurde.«

»Nein. *Ehre,* Bettine.«

»Ich wette, du warst so eine Art Held, nicht wahr? Ein Held aus irgendeinem alten Krieg?«

»O nein, Bettine. Das war ich nicht. Ich bin weggelaufen. Aus diesem Grund bin ich der Psychopomp, denn der alte Tower ist ein schrecklicher Ort; und ein großer Teil der Toten bricht wirklich zusammen, sobald der Tod kommt. Es gab auch andere, die den Job hätten übernehmen können: die Kinder kommen üblicherweise als erste, nur damit sich die Gefangenen an die Vorstellung von Geistern gewöhnen, aber ich komme zuletzt ... weil ich weiß, was es bedeutet, Angst zu haben, und wie das ist, wenn man weglaufen möchte. Ich bin ein Atilius Regulus, und in meiner Familie fanden sich Helden, oh, sogar ein sehr großer ... Ich könnte dir die Geschichte erzählen. Eines Tages werde ich es auch. Aber in derselben Familie gab es mich, und nach mir war sie nie mehr so edel. *Exemplum* hat etwas damit zu tun. Ich wünschte, ich hätte ein besseres hinterlassen. Die Gelegenheit eröffnete sich mir so schnell ... nur ein Augenblick;

man lebt sein ganzes Leben, um für Augenblicke bereit zu sein, wenn sie kommen. Ich habe mir immer selbst gesagt, weißt du, daß, wenn meiner einfach ... langsam herangekrochen wäre, dann hätte ich ihn besser durchdacht. Ich habe immer nachgedacht. Aber ich habe so viel erlebt, so furchtbar viel, und ich kenne menschliche Wesen, und weißt du ... ob es nun rasch oder langsam kommt, das, was ich *war,* machte letztlich den Unterschied, mit oder ohne Nachdenken. Und zu jenem Zeitpunkt war ich einfach nicht der, der ich jetzt bin.«

»Tot«, sagte sie rachsüchtig.

Er lachte lautlos. »Und um Zeitalter klüger.« Dann wurde sein Gesicht wieder ernst. »Oh, Bettine, der Mut entsteht daraus, daß man bereit ist, wann immer der Augenblick eintritt, nicht mit dem Verstand ... Ich glaube nicht, daß das bei irgend jemandem jemals geht. Aber das, was du *bist* ... kann bereit sein.«

»Was ist mit dir geschehen?«

»Ich war Offizier, verstehst du ...« Er deutete auf seine Rüstung. »Und als die Britannier über den Wall kamen ... lief ich weg und nahm meine ganze Einheit mit. Ich dachte nicht über das nach, was ich tat; *ich* war auf dem Weg in die Freiheit. Aber ein kluger alter Zenturio kam mir entgegen und durchbohrte mich gleich dort. Daraufhin hörten die Männer auf zu fliehen und trieben den Feind über den Wall zurück; das taten sie wirklich. Und viele Männer wurden gerettet und die Disziplin aufrechterhalten. Also war ich letztlich doch ein *Exemplum,* wenn ich auch das von jemand anderem war. Es tat weh. Ich meine damit nicht die Wunde – die machen nie ganz das, was du meinst, das kann ich dir erzählen –, sondern ich meine wirklich, daß es weh tat, so daß es eine sehr lange Zeit dauerte, bis ich wieder ins Freie hinauskam – nachdem man aus dem Tower ein Gefängnis gemacht hatte. Nachdem ich so viele Menschenleben hier habe vorbeigehen sehen. Da entschloß ich mich, hinauszugehen. Darf ich dich anfassen?«

Sie wich zurück, stieß gegen den Sessel und zitterte. »Das ist doch nicht, wie du ...«

»O nein. *Ich* nehme niemandem das Leben. Darf ich dich anfassen?«

Sie nickte mißtrauisch und hielt die Augen weit geöffnet, während er heranschwebte und eine Hand unter einem Armreifen sich ihrem Gesicht näherte, beringt und männlich und nur ein klein bißchen durchsichtig. Es war wie ein Hauch kalten Windes, und sein junges Gesicht wurde wehmütig. Weil sie schön war, glaubte sie, ein wenig stolz, und er jung und sehr gutaussehend – und schon lange tot.

Sie wunderte sich ...

»Wärme«, sagte er, sein Gesicht sehr nahe, und seine dunklen Augen sehr schön. »Ich bin wieder in meine melancholische Stimmung geraten ... in all diesen letzten, langen Jahrhunderten, seit es für mich nichts mehr zu tun gab, keine Seelen, die ich in Empfang nehmen konnte, kein einziger, der glaubte, überhaupt niemand. Ich dachte schon, alles sei vorüber. Gibt es noch mehr, die immer noch glauben?«

»Ja«, sagte sie. Und fuhr zusammen, denn Anne und Essex standen, sich an den Händen haltend, innerhalb der Mauer oder dahinter oder irgendwo, und außer ihnen noch weitere schattenhafte Gestalten. Die Kinder waren da und ein Mann, der betrunken aussah und leicht nach Alkohol stank, und es wurden immer mehr, Schatten, die außer Brokat auch Metall trugen, Leder, Felle und seltsame Helme.

»Geht weg!« schrie Bettine diese Menge an und floh, warf das Tablett vom Tisch und drängte sich in eine Ecke. »Geht weg von hier! Ich werde nicht sterben! Ich bin nicht tapfer, und ich will es auch nicht sein! Soll doch sonst jemand sterben! Ich will nicht sterben!«

Sie murmelten leise und verblaßten; und etwas berührte ihre Wange wie eine kalte Brise.

»Geht weg!« kreischte sie – und fand sich allein mit den Echos. »Ich werde verrückt«, sagte sie zu sich selbst, ließ sich auf den Stuhl fallen und stützte den Kopf in die Hände. Als sie schließlich ins Bett ging, setzte sie sich voll angezogen in die Ecke und ließ das Licht brennen.

Das Frühstück traf ein, und sie badete und zog sich an, las dann weiter in ihrem Buch, das sich langsam seinem leeren und glücklichen Ende näherte. Sie warf es zur Seite, denn ihr Leben würde nicht so verlaufen, und sie dachte weiter an Tom, weinte auch weiter, keine Schluchzer, sondern ein geduldiges, langsames Rinnen der Tränen, das ihr Make-up verwischte und ihre Augen verschwollen machte. Sie hatte keine Macht. Sie hatte alle diesbezüglichen Illusionen verloren. Sie wollte nur noch lebendig herauskommen, wollte leben und das alles vergessen. Sie versuchte sich erneut am Telefon, aber sie konnte aus der Tastatur nicht schlau werden, von der sie glaubte, sie könnte ihr vielleicht Zugang zu *irgend jemandem* verschaffen, wenn sie nur etwas über solche Systeme gewußt hätte, was nicht der Fall war.

Zum erstenmal kam sie zu der Überzeugung, daß sie in der Gefahr schwebte, hier zu sterben, oder daß statt dessen Tom sterben und sie in gewisser Weise die Verantwortung dafür tragen würde. Sie war niemand, einfach niemand angesichts der Gefahren, die sie umherwirbelten. Sie war vollkommen hilflos; und überhaupt nicht tapfer, und nichts in ihrem Leben hatte sie je darauf vorbereitet, es zu sein. Sie dachte zurück an die Tage ihrer Kindheit, an die Schule und all die Arten von Wissen, die vor ihr ausgebreitet worden waren. Sie hatte es nutzlos gefunden ... was es auch war für ein zehnjähriges Mädchen, das in der Überzeugung lebte, die ganze Welt sei hübsch ordentlich um ihren Finger gewickelt. Das in diesem Alter glaubte, alles zu wissen, was wichtig war, daß die Welt stets in Ordnung sein würde, wenn sie nur anderen zu Gefallen war.

Abgesehen davon handelte die Vergangenheit von toten Leuten, während sie die Lebenden mochte. Und das Erlernen der Wissenschaft bedeutete das Erlernen der Tatsache,

3·84·3

daß die Welt sich auf ihr Ende zu entwickelte, und darin lag keine Ermutigung. Sie wollte einfach Bettine Maunfry sein, die alles hatte, was sie je brauchte. Niemals, niemals an Tage denken, die zu weit in der Zukunft lagen, oder an Dinge, die zu weit entfernt beiderseits des Weges lagen, oder Dinge verstehen, die es erforderlich machten, Entscheidungen und Vorbereitungen zu treffen.

Augenblicke. Sie hatte sich nie vorstellen wollen, daß solche Augenblicke kommen würden. Zu keinem Zeitpunkt hatte sie die langen Ströme ihres Lebens hinabblicken können, die schließlich auch gar nicht lang *waren,* und niemals hätte sie vorhersagen können, daß Bettine Maunfry sich selbst in eine derartige Situation bringen konnte. Die Leute hätten eigentlich für sie sorgen sollen. Das bedeutete es doch schließlich, weiblich zu sein und schön und jung. Aber so, wie es sich entwickelt hatte, hätte es nicht kommen dürfen.

Tom, dachte sie. O Tom, was mache ich denn jetzt, was soll ich denn jetzt machen?

Aber natürlich lag es an ihr, etwas zu machen.

Mit ihm.

Sie hatte keine Ahnung, wie ihr oder sein Horoskop für diesen Tag aussah, aber sie dachte, daß es eine Katastrophe erwähnen müßte, und sie befingerte die kleinen Fische, die sie immer noch in ihrem Ausschnitt trug, damit Seine Ehren Richard Collier sie sah.

Und sie wartete darauf, sich beugen zu können, wie sie gelernt hatte, sich zu beugen; nur ... sie begann an die Vielseitigkeit der guten Bettine zu denken ... niemals einen Vorteil aufgeben. *Niemals!*

Sie ging ins Bad und wusch sich das Gesicht und trug wieder das Make-up auf, hörte mit dem Weinen auf und reparierte all die feinen Beschädigungen, die die Tränen herbeigeführt hatten.

Sie zog ihr hübschestes Kleid an und wartete.

Und gegen Sonnenuntergang kam der Anruf.

»Bettine«, sagte Seine Ehren. »Hast du es dir überlegt?«

Sie trat vor den Bildschirm und stand dort mit bebenden Lippen und zitterndem Kinn, denn Schwäche arbeitete für die, die sie zu nutzen verstanden.

»Ich könnte es«, sagte sie.

»Es gibt dabei kein ›könnte‹, Bettine«, sagte Richard Collier, sein breites Gesicht mit Röte überzogen. »Entweder du tust es oder du tust es nicht.«

»Wenn du hierherkommst«, sagte sie, »wenn du hierherkommst und mich holst, sage ich es dir.«

»Bevor ich komme.«

»Nein«, sagte sie, zeigte dabei das Beben überdeutlich. »Ich habe *Angst,* Richard; ich habe Angst. Wenn du persönlich herkommst und mich herausholst, verspreche ich, dir alles zu sagen, was ich weiß, was nicht viel ist, aber ich werde es dir sagen. Ich nenne dir seinen Namen, aber er hat mit nichts etwas zu tun, außer daß er sich dumm verknallt hatte, und ich einsam war. Aber ich werde überhaupt nichts sagen, wenn du nicht kommst und mich hier nicht herausholst. Du bist weit genug gegangen, Richard. Ich fürchte mich. Bring mich nach Hause!«

Er starrte sie finster an. »Wenn ich hinüberkomme und du es dir anders überlegst, Bettine, kannst du jede Gunst vergessen, die ich dir deiner Meinung nach schulde. Ich lasse keine Spielchen mit mir treiben. Verstehst du mich, Mädchen?«

Sie nickte.

»In Ordnung«, sagte er. »Du gibst mir seinen Namen, und du überlegst dir auch jedes andere Detail, das erklären könnte, wie es ihm möglich war, in dieses Büro zu gelangen, und du tust das noch heute abend. Ich bin sicher, daß sich in diesem hübschen Kopf etwas Verstand findet, Mädchen. Du überlegst es dir einfach, Bettine, du überlegst es dir schwer, und auch, wo du sein möchtest. Zu Hause, mit all seinem Komfort – oder dort, wo du jetzt bist, was überhaupt nicht komfortabel ist, nicht wahr, Bettine?«

»Nein«, sagte sie weinend. Sie schüttelte den Kopf. »Nein, es ist nicht komfortabel, Richard.«

»Ich sehe dich morgen früh, Bettine. Und du kannst pakken, wenn du den richtigen Namen hast.«

»Richard ...« Aber er hatte ausgeschaltet, und sie lehnte dort bebend an der Wand, die Hände zu Fäusten geballt und von dem Gefühl erfüllt, daß sie wirklich sehr klein war. Sie wollte keine weitere Nacht im Tower bleiben, wollte sich nicht den Geistern gegenübersehen, die sie mit traurigen Augen anstarrten und mit ihr über Ehre sprachen, über Dinge, die nicht zu Bettine Maunfry gehörten.

Es tut mir leid, dachte sie für sie. Ich werde schließlich doch nicht hierbleiben und sterben.

Aber Tom würde es. Dieser Gedanke bedrückte sie gewaltig. Sie fühlte sich irgendwie verantwortlich, und das war eine ernste Bürde, ernster als alles, womit sie es je zu tun gehabt hatte, abgesehen von den zehn Tagen, in denen sie einmal geglaubt hatte, schwanger zu sein. Vielleicht würde Tom – die anderen anlügen; vielleicht würde Tom versuchen, sie davon zu überzeugen, daß Bettine irgendwie die Schuld traf, in etwas, was nicht ihr Fehler war.

Das erschreckte sie. Aber Tom liebte sie. Das tat er wirklich. Tom würde nichts sagen, was ihr Schaden zufügte, wo er doch ein Mann war und tapferer als sie und motiviert durch irgendwelche vage andersartigen Absichten, die etwas mit Stolz zu tun hatten und damit, stark zu sein, Eigenschaften, denen sie ihr ganzes Leben lang aus dem Wege gegangen war.

Sie widmete sich der Routine des Tages, soviel von dem Tag noch übrig war, und packte alles ein, außer dem Kleid, von dem Richard gesagt hatte, es passe zu ihren Augen. Dieses zog sie an, weil sie die ganze Nacht sitzenbleiben wollte, denn sie wollte sicherstellen, daß Richard sie nicht in einem Zustand überraschte, in dem sie nicht schön war, und es würde ihm ähnlich sehen, diesen gemeinen Trick zu versuchen. Sie würde einfach, ganz mit Kissen abgestützt, im

Sitzen schlafen und damit erreichen, daß ihre Röcke keine Falten bekamen. Auf diese Weise konnte sie gleichzeitig schön sein und etwas schlafen.

Und sie ließ das Licht an wegen der Geister, die sich wohl betrogen fühlen würden.

War er wirklich auf diese Weise gestorben? überlegte sie, im Fall des Römers, des jungen Römers, der über Schlachten aus vergangenen Zeitaltern berichtet hatte. War er wirklich so gestorben, oder hatte er es nur erfunden, damit sie ihm zuhörte? Sie dachte an Schlachten, die vielleicht genau hier geführt worden waren, wo dieses Gebäude stand, in all den vielen, vielen Zeitaltern.

Und das Licht verblaßte.

Die Kinder kamen, machten ernste Gesichter, erst Edward und dann Richard, der dastand und sie mit wäßrigen, mißbilligenden Augen anstarrte.

»Es tut mir leid«, sagte sie kurz. »Ich werde gehen.«

Dann die anderen, Anne und Robert, Anne mit ihrem herzförmigen Gesicht und dunklem Haar und den liebreizenden Manieren, Essex groß und elegant, und beide blickten sie nicht ganz mit dem Ausdruck an, mit dem sie gerechnet hatte – nicht mißbilligend, mehr, als hätten sie Geheimnisse verschluckt. »Es war schließlich doch Politik«, fragte Anne, »nicht wahr, Bettine?«

»Vielleicht war es das«, sagte Bettine kurz angebunden, haßte es, daß sie unrecht gehabt hatte. »Aber was bedeutet mir das? Ich werde doch von hier wegkommen.«

»Was, wenn dein Liebhaber dich beschuldigt?« fragte Essex. »Es passiert schon mal, daß eine Liebe endet.«

»Das wird er nicht«, meinte sie. »Das würde er nicht. Wahrscheinlich nicht.«

»*Exemplum*«, sagte eine traurige Stimme. »O Bettine, ist das deines?«

»Halt den Mund!« wies sie Marc zurecht. Ihm gegenüberzustehen, war am schwersten, denn sein trauriger dunkler Blick schien etwas Besonderes von ihr zu erwarten. Es tat ihr sofort leid, daß sie grob gewesen war; er machte ein Gesicht, als wollte ihm das Herz brechen. Er schwankte, und sie sah, daß er mit Staub bedeckt war, seine Rüstung gespalten und blutig, und Tränen strömten an seinem Gesicht herunter. Sie schlug entsetzt die Hände vors Gesicht.

»Du hast ihm weh getan«, sagte Anne. »Wir kehren in unseren schlimmsten Augenblick zurück, wenn man uns derartig weh tut.«

»O Marc«, sagte sie, »es tut mir leid. Ich möchte dich nicht verletzen. Aber ich möchte *leben,* verstehst du ... kannst du dich nicht daran erinnern? Hättest du dafür nicht auch alles hergegeben? Und du hattest so viel ... als die Sonne noch jung war und alle Dinge neu. O Marc, machst du mir Vorwürfe?«

»Es stellt sich nur eine Frage«, sagte er, seine Augen in Trauer schmelzend. »Es ist dein Augenblick, Bettine. Deiner.«

»Na ja, ich bin nicht wie du; ich war es nie und werde es nie sein. Was nützt es, recht zu haben und tot zu sein? Und was ist recht? Wer weiß das schon? Es ist alles relativ. Tom ist nicht so wundervoll, muß ich dir sagen. Und Richard auch nicht. Und ein Mädchen schlägt sich durch, so gut es eben kann.«

Ein Wind blies und eine Regung ging durch die anderen, das Einziehen von Atem. Essex umfaßte Annes schlanke Gestalt, und die Kinder zogen sich an ihre Röcke zurück. »Es ist *sie*«, sagte der junge Edward. »*Sie* ist gekommen.«

Nur Marc entzog sich der Panik, die von den anderen Besitz ergriff; jetzt wieder deutlich, bewegte er sich mit militärischer Präzision an eine Seite, warf einen Blick zurück durch die hindernde Wand, wo eine winzige Gestalt näher kam.

»Sie ist nicht hier gestorben«, sagte er ruhig. »Aber sie hat viele Bindungen an diesen Ort. Sie ist eine der Königinnen, Bettine, eine große Königin. Und nur sehr selten kommt *sie* hervor.«

»Wegen mir?«

»Weil du eine der letzten bist, vielleicht.«

Sie schüttelte den Kopf und blickte verwirrt, als Anne und Robert und der junge Richard sich verbeugten und Edward den Kopf senkte. Marc faßte nur an sein Herz und trat einen Schritt weiter zurück. »Marc!« protestierte Bettine, wollte ihn nicht verlieren, den einen, dem sie vertraute.

»Nun«, sagte die Besucherin mit einer Stimme wie das Knacken von Eis. Sie schien weniger eine Frau zu sein als vielmehr ein kleines Denkmal, in einem roten und goldenen Kleid, bedeckt mit Stickereien und Perlen, und ganze Bänder mit Perlen und nochmals Perlen in festem, rotem Haar. Sie hatte ein verkniffenes Gesicht, aus dem zwei Augen blickten wie lebendige Asche. »Nun?«

Bettine verbeugte sich wie die anderen; sie glaubte, es tun zu sollen. Die Königin machte einige langsame Schritte, hatte einen Blick für Essex und ein kurzes Nicken für Anne übrig. »Nun?«

»Meine Tochter«, sagte Anne. »Die erste Elisabeth.«

»In der Tat«, sagte die Königin. »Und Marc, guten Abend. Marc, wie geht es dir? Und die jungen Prinzen. Ein ziemlicher Aufruhr, meine Liebe, wirklich ein Aufruhr, den du hier herbeigeführt hast. Ich habe meine Spione; nicht nötig, sich zu wiederholen.«

»Ich werde nicht sterben«, sagte Bettine. »Ihr irrt euch alle. Ich habe ihnen gesagt, daß ich nicht sterben werde. Ich kehre zu Richard zurück.«

Die Königin blickte zu Essex und reichte ihm die Hand. Essex küßte sie und hielt sie dann fest, lächelte ironisch. »Sagtest du nicht einmal etwas in der Art?« fragte die Königin.

»Das tat er«, sagte Anne. »Es war letztlich dein Fehler, meine Tochter.«

»Damals«, sagte Elisabeth. »Aber es war sehr dumm von dir, Robert, daß du alten Geliebten als Botschaftern vertraut hast.«

Essex zuckte die Achseln und lächelte wieder. »Wenn nicht in diesem Jahr, dann im nächsten. Es war vorherbestimmt, daß wir nicht übereinstimmen.«

»Natürlich«, sagte Elisabeth. »Einmal gibt es Liebe und zum anderen Macht; und wir alle drei wollten das letztere, nicht wahr? Und du ...« Wieder wurde dieser brennende Blick auf Bettine gerichtet. »Was für eine Art bist du? Keine Gebieterin über, aber vielleicht eine Sucherin nach Macht?«

»Weder noch. Ich bin die Geliebte des Oberbürgermeisters, und ich gehe wieder nach Hause.«

»Die Geliebte des Oberbürgermeisters.« Elisabeth schnaubte. »Die Geliebte des Oberbürgermeisters. Ich habe meine Spione. In ganz London spukt es. Ich habe Fragen gestellt. Dieser Bursche hat dich überlistet, dieser Tom Ash. Ah, er selbst ist niemand. Er arbeitet für andere. Er braucht die Nummern, das ist alles, und dafür wird er bezahlt. Und mit dieser Liste in fremden Händen ist dein kostbarer Oberbürgermeister in ernsten Schwierigkeiten. Revolution, meine Liebe, der Sturz von Fürsten. Bist du derart blind? Dein Oberbürgermeister ist gar nicht so sicher, obwohl er ein Tyrann ist ... wenn nicht diese Gruppe von Männern in diesem Jahr, dann im nächsten andere. Sie werden ihn kriegen. Die Stadt London hat sich nie etwas aus Despoten gemacht, gekrönten oder bürgerlichen. Nicht einmal in ihrem Alter ist sie auf den Kopf gefallen. Nur geduldiger geworden.«

»Ich möchte nichts davon hören. Tom hat mich geliebt, das ist alles. Wo immer er die Finger drin hat ...«

Elisabeth lachte. »Ich wurde für die Macht geboren? War es Zufall? Frage meine Mutter hier, wie sie bezahlt hat. Frage Robert hier, wie er dafür hat bezahlen müssen, nach meiner Macht die Hand auszustrecken, und wie ich sie trotzdem behielt ... keine harten Gefühle, überhaupt keine. Aber meinst du, dein Oberbürgermeister sei zufällig an die Macht gekommen? Du bewegst dich in trübem Wasser und hältst dabei die Augen *geschlossen.* Dein ganzes Leben lang hat es dich nach Macht gelüstet, und du hast geglaubt, es gäbe einen leichten Weg dorthin. Aber den gibt es für dich nicht, denn du begreifst nicht, was du möchtest. Wenn sie dir ganz London auf einem Tablett reichten, würdest du nur den Flitter sehen. Du würdest nach anderen Händen suchen, um die wirkliche Macht in sie zu legen. Du bist hilflos. Das zu sein hast du dein ganzes Leben lang geübt, da wette ich. Ich kenne deinen Typ. Bettine. Was für ein Name ist das? Abgekürzt und verniedlicht – herabgesetzt. *E-li-sa-beth* lautet unser Name in schönen runden Klängen. Du bist groß; du versuchst, anders zu erscheinen. Du kleidest dich, um allen anderen zu gefallen; ich habe nur *Elisabeth* gefallen, und andere haben mich nachgeahmt. Wenn ich etwas mochte, dann waren es Männer, aber da ich allen Grund dazu hatte, gab ich keinem je meine Krone. Wie schmerzlich die Entscheidung auch immer war ... wie sehr mich auch die vielen sich selbst dienenden Minister in diese oder jene Richtung drängten, ich habe mir doch immer meine eigenen Gedanken gemacht. Ja, Essex, sogar bei dir. Natürlich habe ich stets gezögert, natürlich es den Ministern ermöglicht, mich zu drängen, natürlich empfand ich Kummer – ich bin nicht unmenschlich –, aber zur gleichen Zeit konnten sie herzlos erscheinen und ich gnädig. Und die Tat wurde vollbracht, nicht wahr, Robert?«

»Wirklich«, sagte er.

»Du warst einer meiner Günstlinge. Soviel du auch tatest, ich mochte dich immer; liebte dich natürlich, aber mochte dich auch, und davon gab es weniger als von den anderen. Und du, Mutter, auch eine von dieser Sorte. Aber diese neuzeitliche Trägerin meines Namens – du hast nichts davon, überhaupt kein Rückgrat.«

»Ich gehöre nicht zu Ihrer Klasse«, sagte Bettine. »Das ist nicht fair.«

»Jammern und winseln. Du bist das geborene Opfer. Ich könnte dich zu einer Königin machen, und innerhalb von vierzehn Tagen wärst du eine tote Königin.«

»Ich möchte es einfach gut haben, und ich möchte glücklich sein.«

»Nun, schau dich an!«

»Ich werde es wieder sein. Ich werde nicht sterben, sondern hier rauskommen.«

»Ah, du möchtest, möchtest, möchtest. Machst dir niemals die Mühe, die Dinge zu sehen, wie sie *sind*. Du verbringst dein ganzes Leben, indem du nur auf das reagierst, was andere tun. Jemals daran gedacht, den ersten Streich zu führen? Nein, natürlich nicht. Ich bin Elisabeth. Du bist nur Bettine.«

»Ich wurde nicht mit Ihren Vorzügen geboren.«

Elisabeth lachte. »Ich war ein Bastard ... entschuldige, Mutter. Und was warst du? Warum bist nicht *du* der Bürgermeister? Jemals danach gefragt?«

Bettine wandte sich mit bebenden Lippen ab.

»Sieh mich an!« sagte die Königin.

Sie tat es, ohne es zu wollen, aber die Stimme hatte einfach Befehlsgewalt.

»Warum tatest du es?«

»Was?«

»Sieh mich an!«

»Sie haben gefragt.«

»Machst du alles, wonach die Leute fragen? Du bist jedermanns Opfer, mehr nicht. Die Geliebte des Bürgermeisters. Du hast dich dafür entschieden und kommst nicht mehr hinaus. Du hast dich *entschieden*, sogar durch die Entscheidung, dich nicht zu entscheiden. Du kehrst zurück und gibst Seinen Ehren, was er will, und du kommst dann zurück in deine Wohnung – vielleicht.«

»Was meinen Sie mit ›vielleicht‹?«

»Denk nach, Mädchen, denk nach! Ein Mädchen bist du; du hast dein ganzes mündiges Leben mit dem Versuch zugebracht, ein Nichts zu sein. Ich glaube, du könntest es erreichen.«

»Da wäre noch die Themse«, sagte Essex.

»Es ist nicht, was sie dir nehmen«, meinte Anne. »Es ist, was du aufgibst.«

»Das Wasser«, sagte Edward, »ist schrecklich kalt, habe ich gehört.«

»Was weißt du denn? Du hattest gar kein Leben.«

»Hatte ich doch«, sagte der Junge, und seine Augen tanzten. »Ich hatte meine Jahre ... wie du schon sagtest, als die Sonne sehr gut war.«

»Ich hatte ein Pony«, sagte Richard. »Jungen haben so etwas heute nicht mehr.«

»Sei stolz«, sagte Elisabeth.

»Ich weiß etwas über Sie«, sagte Bettine. »Sie wurden alt und hatten keine Familie und keine Kinder, und ich bin sicher, da war der Stolz ein kalter Trost.«

Elisabeth lächelte. »Ich hasse es, dir die Illusionen zu nehmen, meine Liebe, aber ich *war* glücklich. Ah, ich habe ein paar Tränen vergossen, wer tut das nicht in seinem Leben? Aber ich hatte genau das, wofür ich mich entschieden hatte. Und wenn ich etwas hergab, dann wußte ich, daß ich es hergab. Ich tat genau das, was ich wollte. Nicht immer das Märchenbuch, wie ich es gerne gehabt hätte, aber trotzdem innerhalb meiner Möglichkeiten genau das, was ich wollte, mein ganzes Leben lang bis zu seinem Ende. Ich lebte, und ich war neugierig. Es gab nichts, was mir fremd vorkam. Ich sah mit einem flüchtigen Blick mehr von der Welt, als du dir für ein ganzes Leben vorstellen konntest. Ich war meiner Zeit voraus, wurde niemals von dem haarsträubend Unerwarteten eingeholt; aber dein ganzes Leben ist ein einziger Zufall, nicht wahr, kleine Elisabeth?«

»Bettine«, sagte sie und reckte das Kinn. »Ich heiße *Bettine*.«

»Gut«, lachte die Königin und schlug sich auf die Schenkel. »Exzellent. Denke auch *weiterhin;* und straffe dein Rückgrat, Frau! Sieh dir die Augen an! Sieh dir stets die Augen an!«

Die Königin verschwand mit einem kurzen Donnerschlag;

Essex fluchte, und Anne tätschelte seinen Arm. »Sie war nie angenehm«, sagte sie. »Ich hätte ihr gerne freundlichere Manieren beigebracht.«

»Wenn ich dein Sohn wäre ...«, sagte Essex.

»Wenn«, sagte Anne.

»Unten werden sie alle beunruhigt sein«, meinte der junge Edward. »Sind sie *bestimmt,* wenn sie durchkommt.«

Sie verblaßten – alle außer Marc.

»Sie können mich nicht von meiner Absicht abbringen«, sagte Bettine. »Die Königin war unverschämt.«

»Nein«, sagte Marc. »Königinnen sind das nicht. Sie sind einfach das, was sie sind.«

»Unverschämt«, wiederholte Bettine, noch immer aufrecht.

»Sei, was du bist«, sagte Marc. »Ich gehe jetzt. Es ist dein Augenblick.«

»Marc?« Sie streckte die Hand nach ihm aus, hatte schon vergessen. Berührte nichts. Sie war wieder allein, und es war zu still. Lieber hätte sie es gehabt, wenn Marc geblieben wäre. Er verstand, was Angst war.

Sein, wer sie war. Sie lachte traurig, wischte sich über die Augen und ging ins Bad, um mit dem Schönsein anzufangen, blickte in Augen, die geschwollen waren und ständig gerötet aus Schlafmangel. Und vom Weinen. Sie stellte fest, daß sie auch jetzt weinte, wußte nicht, warum, außer vielleicht über den Anblick der Bettine Maunfry, wie sie war, kleine schlanke Hände, die nie etwas gemacht hatten, ein Gesicht, das ganz Sex war, und eine Stimme, der nie jemand gehorchen und die nie jemand ernst nehmen würde – lediglich zum Spielen war Bettine da. An diesem ganzen großen Ort, wo es verzweifelte Verbrecher gegeben hatte und in Ungnade gefallene Königinnen und Helden und Herren, nur Bettine, die das Naheliegende tun und Tom ausliefern wollte, Tom, der sie nie geliebt, sondern nur etwas gewollt hatte.

Tom ist auch so einer, dachte sie mit merkwürdig klarer

Einsicht, ein *schöner* Mensch, der gut in dem war, was er machte, aber es war nicht er, der wichtig sein würde, sondern er war bloß glatt und gut und ganz hohl, und nichts war zu finden hinter den lächelnden weißen Zähnen und den klaren blauen Augen. Wenn man ihn zerbrach, wäre es wie bei einer Porzellanpuppe – innen hohl.

Genau wie bei Bettine.

»Ich liebe dich«, hatte er protestiert. Soweit sie wußte, hatte niemals jemand Bettine Maunfry wirklich geliebt, obwohl sie alles hergegeben hatte, was sie besaß, nur um den Leuten zu gefallen und sie zum Lächeln zu bringen, ihr ganzes Leben lang. Wenn sie darüber nachdachte, war sie sich nicht sicher, was sie täte, *falls* sie jemand liebte, oder ob sie überhaupt wissen würde, daß er es tat. Sie drehte sich um und betrachtete die Zeitschriften mit den Bildern von Augen und Lippen und den Artikeln darüber, wie man seine Seele verkaufte.

Artikel über Liebe.

Es gibt Liebe und Liebe, hatte Anne gesagt.

Den Leuten gefallen. Zu jedem nett sein, damit sie nett zu Bettine waren. Hübsche Kinder wurden fürs Weinen belohnt und Jungen wurden dafür verhauen. Solange die Welt versöhnt war, würde sie Bettine nicht weh tun.

Augen und Lippen, uranfängliche Symbole.

Sie schminkte sich sorgfältig, machte ihr Haar zurecht, packte die letzten Sachen ein.

Außer ihrer Handarbeit, mit der sie ihren Verstand bewahrte. Klick, klick. Geistlose Geistesklarheit, Rhythmen und Muster. Licht fiel durch das Fenster herein. Wahrscheinlich würde bald das Frühstück eintreffen, aber sie war nicht hungrig.

Und schließlich waren die Türen zu hören und kamen die Schritte den Turm herauf.

Richard Collier kam. Er schloß die Tür hinter sich und blickte auf sie finster herab; und sie erhob sich vor dem einzigen Fenster.

Blick ihnen in die Augen, hatte die Königin gesagt. Sie betrachtete Richard jetzt unter diesem Gesichtspunkt, dem der Königin, und es gefiel ihm offensichtlich nicht.

»Den Namen«, sagte er.

Sie trat zu ihm, ihre Augen selbstvergessen mit Tränen erfüllt. »Ich will ihn dir nicht nennen«, sagte sie. »Es würde jemandem weh tun; und wenn du mir vertrauen würdest, würdest du es mir ermöglichen, die Sache zu klären. Ich kann deine Akte zurückholen.«

»Überlaß das mir!« sagte Richard. »Den Namen, Mädchen, und sonst kein ...«

Sie hatte keine Vorstellung, warum sie es tat. Sicherlich war Richards Ausdruck einer der Überraschung, als hätte er irgend etwas völlig falsch berechnet. Blut bedeckte sie, und die lange Nadel war zwischen seinen Rippen vergraben, und er sank zu Boden, um dort zu kreischen und sich umherzuwälzen, oder es zumindest zu versuchen. Der Raum war sehr gut geräuschisoliert, und niemand kam. Sie stand dabei und sah zu, völlig taub in dem Bereich ihrer selbst, der das Gewissen hätte sein sollen, und wenn sie überhaupt etwas empfand, so ein vages Gefühl von Rechtfertigung.

»Bettine«, sagte sie ruhig und setzte sich, wartete darauf, daß er starb, oder daß jemand, der ihn zum Turm begleitet hatte, ihn vermißte. Wer immer die Nummern besaß, hatte jetzt die Möglichkeit, von ihnen Gebrauch zu machen; eine neue Ordnung würde in der Stadt entstehen; viele Veränderungen würden eintreten. Sie überlegte, daß sie, hätte sie ihr Leben besser geordnet, jetzt vielleicht besser vorbereitet gewesen wäre und vielleicht eine Möglichkeit zur Flucht gehabt hätte. Aber das war nicht der Fall. Sie hatte es nicht geplant. Das ist keiner von den Augenblicken, die man planen kann, hätte der Römer gesagt. Es ist das Leben – das zu ihnen führt.

Und führte das Leben Londons – wirklich zu Bettine Maunfry? Sie verdächtigte sich selbst eines tiefen Gedankens. Sie war sogar stolz darauf. Richards Augen starrten jetzt ausdruckslos. Er hatte keine großen Schmerzen gehabt. Sie hatte das auch nicht eigentlich gewollt, wenn sie auch nicht davor zurückgeschreckt wäre. In einem solchen Augenblick hatte man nicht die Zeit zum Zurückschrekken.

Es gab Macht, und es gab Liebe, und sie war ohne beides durchs Leben gegangen. Sie konnte nicht erkennen, was das eine mit dem anderen zu tun hatte; nichts, entschied sie, außer in dem Sinn, daß nie eine Bettine Maunfry existiert hatte, nur eine Puppe, die auf die Impulse anderer reagierte. Und nichts an ihr hatte irgend jemand lieben können.

Sie verspürte nicht den Wunsch, rückgängig zu machen, was sie getan hatte; das war Elisabeths Probe für das Glücklichsein. Sie fragte sich, ob Richard sich anders entschieden hätte.

Wahrscheinlich nicht, wenn man bis zu den Augenblikken ging. Aber Richard war in manchen Dingen nicht besonders gescheit gewesen.

Ich frage mich, ob ich Bügermeisterin hätte sein können, überlegte sie. Irgendwann habe ich eine Entscheidung dazu getroffen, und doch nie gewußt, daß ich sie traf.

Auf der Treppe waren jetzt Geräusche zu hören. Sie kamen. Sie saß reglos da und fragte sich, ob sie auch gegen diese Leute kämpfen sollte, entschied sich aber dagegen. Sie war schließlich nicht verrückt. Es war Politik. Es hatte mit der Politik Seiner Ehren des Bürgermeisters zu tun und mit einer gewissen Bettine, einem Mädchen, das sich entschieden hatte, einen Namen nicht zu nennen.

Sie brachen ein, Soldaten, die die Leiche des Bürgermeisters mit großer Bestürzung entdeckten. Sie packten Bettine und brüllten Fragen.

»Ich habe ihn getötet«, sagte sie. Sie schwenkten Gewehre nach ihr und beschuldigten sie, Anteil an einer Revolution zu haben.

»Ich habe meine eigene durchgeführt«, sagte sie.

Die Soldaten betrachteten sie daraufhin unsicher, besprachen sich untereinander und machten Anrufe in der Stadt. Bettine saß unter der Bewachung durch Gewehre da, und sie trugen den Bürgermeister hinaus, den armen toten Richard. Sie redeten von Mord und wunderten sich, wie sie die Kraft gehabt haben konnte, die Nadel so tief hineinzustoßen. Und was unglaublich war, sie erkundigten sich schließlich beim Wärter, was für eine Art Gefangene sie war, als glaubten sie, sie sei mehr, als die Akten besagten, die eingesperrte Anführerin irgendeiner Sache, das Zentrum der Bewegung, auf die sie Jagd gemacht hatten. Sie sprachen über mehr Wachtposten. Und die bekam Bettine letztlich in großer Zahl, und zum Abend hin war der ganze Tower von Soldaten umringt, schwere Geschütze fuhren in Stellung, große Batterien davon im Innenhof. Zwei Tage später blickte Bettine zum Fenster hinaus und sah Rauch dort, wo das äußere London lag, und sie wußte, daß in der Stadt Aufruhr herrschte.

Die Wachtposten behandelten sie mit Respekt. Bettine Maunfry riefen sie sie, wenn sie mit ihr zu tun hatten, nicht Mädchen und nicht Bettine. Und obendrein forderten sie sie auf, einen Aufruf zur Feuereinstellung aufs Band zu sprechen.

Aber was ihre nächtlichen Besucher anbetraf ... – da war nichts mehr. Vielleicht scheuten sie sich zu kommen, denn nachts stand ein Posten draußen im Vorraum. Vielleicht war sie letztlich doch ein wenig verrückt. Ihre Abwesenheit bereitete Bettine Kummer, während sie in diesem Limbus einer tragischen Komödie lebte, Richard und Tom fehlten ihr jedoch nicht. Sie beobachtete, wie die Stadt brannte, und lauschte dem Schritt von Soldaten auf dem Hof, beobachtete aus ihrem einsamen Fenster auch die Geschützbesatzungen. Es war die Zeit vor dem Abendessen, als sie sie ein wenig sich selbst überließen – wenn man einen Posten an der Tür zur Treppe dabei vernachlässigen konnte. Sie hatten wie üblich den Vorraum abgeschlossen, um die Hereinreichung des Essens vorzubereiten.

»Ein ganz schöner Aufruhr, den du erzeugt hast.«

Sie wandte sich vom Fenster ab und starrte Marc erstaunt an. »Aber es ist noch Tag.«

»Ich *bin* ein wenig blaß«, sagte er und betrachtete dabei seine Hand, blickte dann wieder auf. »Wie geht es dir, Bettine?«

»Es ist lächerlich, nicht wahr?« Sie deutete auf den Hof und die Kanonen. »Sie halten mich für gefährlich.«

»Aber das bist du auch.«

Sie dachte darüber nach, überlegte, wie verängstigt die Soldaten waren und was in London passierte. »Sie fragen mich ständig nach Namen. Heute haben sie mich bedroht. Ich bin nicht sicher, daß ich *so* tapfer bin, Marc. Das bin ich wirklich nicht.«

»Aber du kennst überhaupt keine.«

»Nein«, sagte sie, »natürlich nicht. Also gelte ich als tapfer, oder nicht?«

»Die andere Seite braucht einen Märtyrer, und das wirst du sein. Du weißt es.«

»Was passiert draußen? Hat die Königin es von ihren Spionen erfahren?«

»Oh, ziemlich viel Gewalt. Wäre ich noch am Leben, würde ich draußen mitmischen; das ist eine Sache für Soldaten. Die Sternenschiffe halten sich abseits und warten nur. Der alte Bürgermeister hat unter dem Tisch Geschäfte zugunsten einer bestimmten Gesellschaft gemacht; die Büros dieser Gesellschaft, die ihn unterstützte, wurden demoliert; andere halten sich bereit, einzugreifen und die Rebellen zu unterstützen, die eigenen Rivalen auszumanövrieren. Die Ausläufer dieser Sache gehen bis zu Sternen, die du nie gesehen hast.«

»Erstaunlich.«

»Du hast keine Angst.«

»Natürlich habe ich Angst.«

»Gestern bot sich eine Gelegenheit für dich, in einer Machtposition zu landen. Ein Mob war hierher unterwegs, um dich herauszuholen, aber die Soldaten haben ihn abgewehrt.«

»Na, es ist wahrscheinlich gut, daß sie nicht bis zu mir durchgekommen sind. Ich fürchte, ich wüßte nicht, was ich mit London machen sollte, wenn sie es mir geben würden. Elisabeth hatte recht.«

»Aber die wahren Anführer der Revolution sind inzwischen hervorgetreten. Sie benutzen deinen Namen, um daraus einen Fall zu konstruieren. Das ist der Funke, den sie schon so lange brauchen. Dein Name ist ihre Waffe.«

Sie zuckte die Achseln.

»Sie haben einen Mann hier innerhalb der Mauern, Bettine ... verstehst du, was ich sagen will?«

»Nein, tue ich nicht.«

»Ich konnte nicht vorher kommen; es war immer noch dein Augenblick – diese letzten Tage. Niemand von uns konnte sich einmischen. Es wäre nicht richtig gewesen. Aber ich verschiebe die Linie etwas – nur ein wenig. Das mache ich immer. Verstehst du mich jetzt, Bettine?«

»Werde ich sterben?«

»Er ist unterwegs. Er gehört zu den Revolutionären – nicht zu den Loyalisten. Die Revolution braucht einen Märtyrer. Und sie haben Angst, du *könntest* hinauskommen. Sie können nicht zulassen, daß ihnen irgendein Mob die eigene Bewegung aus den Händen nimmt. Du wirst sterben, ja. Und sie werden behaupten, die Soldaten hätten dich getötet, um eine Rettung zu verhindern. Wie es auch ausgeht, sie gewinnen.«

Sie blickte zur Tür und biß sich auf die Lippen. Sie hörte, wie eine Tür aufging und Schritte heraufkamen. Ein kurzes Handgemenge.

»Ich bin hier«, sagte Marc.

»Mußt du nicht wieder weggehen? Ist das nicht ... etwas, was ich selbst tun muß?«

»Nur wenn du willst.«

Die innere Tür ging auf. Ein Mann mit wildem Blick stand

dort. Er hatte eine Pistole und feuerte mitten in ihr Gesicht. Es *tat weh*. Es schien zu rasch zu kommen, zur falschen Zeit; sie war nicht bereit, hatte noch nicht alles gesagt, was sie sagen wollte.

»Es gibt noch vieles, was ich tun wollte«, beschwerte sie sich.

»Das gibt es immer.«

Sie hatte nicht gewußt, daß Marc noch da war; dieser Ort war unbestimmt und seltsam.

»Ist es vorbei? Marc, ich war noch nicht fertig. Ich hatte gerade erst angefangen, mir über die Dinge klarzuwerden.«

Er lachte und streckte die Hand aus. »Dann bist du den meisten voraus.«

Er war für sie klar und deutlich zu sehen; es war die Welt, die verschwommen war. Sie blickte sich um. Stimmen waren zu hören, das geschäftige Murmeln angehäufter Zeitalter, eine Zeit von solchem Gewicht, daß die Welt es kaum tragen konnte.

»Ich hätte es besser machen können.«

Die Hand blieb ausgestreckt, als sei die Geste von Bedeutung. Sie streckte die eigene aus, und seine war warm.

»Bis die Sonne stirbt«, sagte er.

»Was dann?« Es war die erste Frage.

Er sagte es ihr.

Eis

(MOSKAU)

Schönheit lag überall um das uralte Moskava in der ungeheuren Flut von Weiß am Ende der Welt. Moskva durchlebte die letzten Zeitalter eingehüllt in Schnee, während Wälder vorrückten und sich wieder zurückzogen und die Schiffe von den Sternen nicht mehr kamen.

Die Stadt verlor die Verbindung zu anderen Städten und machte sich wenig daraus, denn sie hatte ihren eigenen Kampf zu führen, einen Kampf, der ihr eigentümlich war: ein Kampf der Seele, ein innerer und endloser Krieg, den jeder Bürger und jede Bürgerin auf seine oder ihre Weise kämpfte. In diesem Kampf wurde Moskva zu dem, was es war, eine Stadt, die zum größeren Teil nicht mehr aus Stein bestand, sondern aus Holz, wie schon zu ihren Anfängen. Ah, alte, uralte Monumente lagen darunter, erstarrt, verzogen und verändert, dienten nur noch als Fundamente. An manchen Stellen überall in der Stadt erhoben sich immer noch riesige Statuenköpfe und die Dächer altertümlicher Bauwerke in seltsamen Winkeln, aber ihre Kennzeichen und ihre Ecken waren verwischt, von den Winden weiß und rund und glatt gescheuert, der Stein eins geworden mit dem Schnee, wie die Schneemassen überhaupt die ganze Vergangenheit in reinstes Weiß gehüllt hatten und alles bedeckten, was war und was noch kommen sollte.

Aber die Häuser dieser Zeit, farbenprächtig, mit Schnitzereien geschmückt, die warmen Häuser, in denen die Menschen lebten, waren aus dem Holz des letzten schwindenden Waldes gefertigt, aus Holz, an dem die Menschen ihre letzte und höchste Kunstfertigkeit gezeigt hatten. Auf jedem Zoll der Oberflächen und Säulen wanden sich Blumen ineinander, starrten menschliche Gesichter hervor, und Reben und Muster aus hellen Farben zogen den Blick auf sich. Tierhäute schmückten die Böden, und Sträuße getrockneter

Blumen, Erinnerungen an Sommer, standen auf Tischen, die ebenfalls geschnitzt waren und rot und grün und golden und blau angestrichen. In jedem Heim brannten Feuerstellen hell und schickten fröhlichen dunklen Rauch nach oben, den die Winde forttrugen, sobald er den Himmel berührte.

Die Menschen schritten auf den schneebedeckten Straßen, angetan mit Pelzen, deren Säume aus hellen Filzstickereien bestanden, rot und blau und grün, mit Bordürenmustern aus kompliziertesten Stickereien, die Lilien darstellten und andere Blumen und goldene Ähren; mit Schals, handbestickt mit verschlungenen Rebenmustern, alle edelsteinhell, jedes Kleidungsstück voller Glanz, eine Erinnerung an Farbe, eine Freude für das Auge. Die Seele all der Menschen, die in Moskva lebten, ergoß sich in die Anfertigung dieser vielfarbigen Schönheit, des reichen Erbes von all dem Land und den Feldern und der Herzensleidenschaft, sowohl der Holzbauten innerhalb der Holzmauern Moskvas als auch der frohen Farben, die die Menschen trugen. Sie kannten Tänze, die eine Zelebrierung des Lebens waren – ein Tanzen und Singen, nach dem die Teilnehmer erschöpft zu Boden fielen, voller Wärme und Freude, Feiern, in denen sie das Leben selbst tanzten, im hellen Wirbel der Kleider und Quasten und Schals und dem Stampfen verzierter Stiefel, alle unterscheidbar an Blumen und Rentieren und Pferden. Die Musik von Saiten und von Stimmen stieg aus Moskva empor zu den Winden.

Aber über der Stadt veränderten sich die Lieder und übertönte sie die Stimme des Windes, der die tapferen Worte zu Klagelauten verzerrte und das Klagen schließlich verwandelte in das Flüstern von Pulverschnee entlang des rauhen Eises auf dem Geflecht von Flüssen innerhalb Moskvas, die nur für wenige Wochen im Jahr auftauten und meistens tief und fest gefroren waren ... Körner fauchten über eisige Grate außerhalb der Stadtmauern und erzählten flüsternd vom Norden, von Boden, endlos mit Schnee bedeckt und frei vom Abdruck jeglichen Fußes für alle Zeiten.

Weiß – aber nur selten wirklich weiß – war die Welt außerhalb der hölzernen Mauern. Darüber starb die Sonne ihren langsamen äonenlangen Tod mit phantastischem Aufflammen von Strahlungen, die nächtliche Vorhänge dahintreibenden Lichtes über den Himmel zogen; dieser Tod brachte auch Tage aus seltsamem Licht, aprikosen- und lavendel- und orangefarben und auch unheimliche Mischungen feinerer Schattierungen, die den Schnee und das Eis berührten und darüber hinwegflossen, dabei Glanz und Schimmer erzeugend, der seinerseits tausend feine Abstufungen von Licht und Schatten hervorrief. Die Schneemassen brachten zahllose Feinheiten hervor – Nächte, wenn der opale Mond erschreckend tief hing in einem Himmel, der manchmal violett war und manchmal fast blau und nur sehr selten schwarz und mit den altbekannten Sternen bestäubt. Zu solchen Zeiten wurde der Schnee hell und blaß und auch so reglos, ein Hintergrund für die schwarzen borstigen Schatten von Kiefern im Süden, während im Norden sich endlose stille Schneeflächen ausbreiteten. Oder die Blässe wurde noch stärker, im Sturm ... wenn die Wolken grau wurden und seltsam und der Wind mit unheimlicher Stimme sang, wenn Schneefall einsetzte für endlose weiße Tage, als hätte die Welt aufgehört zu bestehen und als gäbe es nur noch die Weiße und den Wind.

Das war der Kampf, der Grund für die hellen Feuer, die hellen Farben, die lauten Feiern, die Abbilder von Blumen und Reben. Andere Städte in der Umgebung waren vielleicht schon untergegangen. Nie kamen Reisende. Aber die Seele Moskvas blieb standhaft, und die Geschäftigkeit, mit der sich die Menschen ihren eigenen Angelegenheiten widmeten, rettete sie, denn sie weigerten sich, aufzublicken oder nach draußen zu schauen, und ihre hellen Farben hielten den Schneemassen stand, und ihre grobe, menschengemachte Schönheit setzte sich durch gegen die schreckliche, wechselhafte Schönheit des Eises.

Die Tapfersten in ganz Moskva waren diejenigen, die sich

2.84.3

zu den Mauern hinauswagen *konnten,* die sich in ihre hellen Felle und ihren Mut kleideten und sich hinauswagten in die gefrorene Ödnis – die Jäger, die Holzarbeiter, diejenigen, die sich aufmachten, die hinausblicken konnten in die kalte weiße Hölle und dabei die Farben in ihren Herzen bewahrten.

Aber selbst sie wurden manchmal von der Krankheit befallen, die zum Schwund führte und ihren Blick erstarren ließ, hinausgerichtet zum Horizont; denn wenn diese Kälte sie einmal befallen hatte, währte ihr Leben nicht mehr lange. Wölfe streiften außerhalb der Mauern umher, und ernste Gefahren waren dort verborgen, und stets wartete der Tod, aber der weiße Tod war ein innerer und stiller und die schlimmste Art des Todes.

Andreij Gorodin trug keine Furcht in sich. Der Winter raubte ihm nicht den Mut, und wenn der Schnee kam und die Felle der Füchse und Hermeline ganz weiß wurden, war er einer der wenigen, die auch weiterhin hinausgingen, er und sein Scheckenpony, ein zotteliges Tier mit einem Fell, so farbenfroh wie die Malereien der Stadt, das die eisige Welt durch eine Matte aus gelber Mähne und Stirnlocke betrachtete, die alle Welt mit der Frage konfrontierte, ob ein Pferd darin steckte oder nicht. Wie Andreij war auch das Pony furchtlos, immun gegen die Schrecken, die andere Tiere des Menschen ergriffen, Schrecken, die ihre Rippen ausmergelten und ihre Augen starr machten, so daß sie letztlich dem Siechtum verfielen und starben. Nicht jedoch Umnik, das mit sicherem Schritt über den Schnee trabte und die Welt mit einem nur selten gesehenen und mißtrauischen Blick berachtete.

Sein Herr, Andreij Wasiljewitsch Gorodin, ritt auf der Heimkehr nach der guten Jagd eines Tages in Luchsfell gehüllt, mit Gürteln und Stiefeln aus hell besticktem Leder; und um sein Gesicht war ein geblümter Lederschal gewikkelt, den Anna Iwanowna für ihn gemacht hatte (die auch andere schöne, glänzende Geschenke für ihn machte und sie in einer geschnitzten Truhe unter ihrem Bett verwahrte. Sie würde im nächsten Frühjahr seine Braut sein, wenn der Frühling kam und die Hochzeiten mit Glück bedacht waren). Eine Stange mit steifgefrorenen Hasen hing an seinem Sattel. Sein Bogen, an dem bunte Quasten flatterten, hing über seinem Rücken; und aus seinen Fallen hatte er einen Schneefuchs geholt, den er Anna geben wollte, damit sie einen Umhang mit ihm verbrämen konnte. Er pfiff, während er einherritt, und Umniks Atem puffte fröhlich in die stille Luft, und das Knirschen der Hufe auf verkrustetem Schnee und das Knarren des Geschirrs maßen die Zeit. Andreij hatte eine Feldflasche dabei und trank von Zeit zu Zeit einen Schluck daraus, wärmte damit seinen Bauch. Um ihn herum leuchtete der Schnee in reinem Weiß, denn Wolken verschleierten die Sonne, und er brauchte im Moment nicht die geschnitzten Augenschirme, die um seinen Hals hingen, und die, zusammen mit dem blumenbestickten Schal getragen, ihm das Aussehen eines seltsamen hell gemusterten Tieres verliehen, das auf dem Rücken eines anderen scheckigen Zotteltieres hockte. Es war einer der seltenen ruhigen Tage, so still, daß er und Umnik allein auf der Welt zu sein schienen; und als er das Pony anhielt, um auszuruhen, dabei die stille Luft zu genießen, konnte er das Knacken des Eises in der Kälte hören und den Fall einer Zweigladung Schnee bei der leichtesten Luftbewegung. Er lauschte solchen Geräuschen, und nur eine leise Berührung der Stille drang bis zu seinem Herz durch, was schon gefährlich war. Er raffte seinen Mut zusammen und pfiff seinem Pony zu, drängte es zum Weitergehen. Er sang, wurde dabei immer lauter im ungeheuren Schweigen der weißen Welt, und Umnik zockelte fröhlich voran und zuckte mit den Ohren unter dem Lied.

Aber der Gesang war nicht von Dauer, und die Stille kehrte zurück, schien sogar das Knirschen des Eises unter Umniks Hufen zu dämpfen. Und ganz plötzlich blieb Umnik stehen und drehte den Kopf nach Norden: seine Ohren richteten sich steil auf, und seine Nasenflügel weiteten sich, um die Luft einzusaugen. Und das Pony begann zu zittern, und Andreij nahm rasch den Bogen von der Schulter und spannte ihn, zog einen rot befiederten Pfeil aus dem bestickten Köcher und blickte sich um, nach Norden, betrachtete die weiße Unendlichkeit und ihre sanften Wellen, blickte auch nach Süden zum Saum des Kiefernwaldes, an dem sie entlangritten. Das Pony blickte unverwandt zu einer schmalen Spalte im offenen Land zwischen zwei Hügeln. Es stand starr, die Mähne aufgerichtet in einem leisen kalten Wind, während sich Kristalle des wehenden Schnees zwischen den rauhen gelben Haaren sammelten.

Da war nichts. Andreij stieß Umnik mit den Fersen an. Manchmal sahen Pferde Gespenster, sagten die alten Jäger, und dann setzte die Auszehrung ein, und sie starben; aber das würde Umnik nicht ähnlich sehen, der ein Tier mit schlichtem Geist war und nicht zu Phantasievorstellungen neigte. Umnik ging unruhig und mit zaghaften Schritten weiter. Andreij glaubte dem Pferd, das ihn noch nie getäuscht hatte, behielt den Bogen in der Hand und einen Pfeil auf der Sehne, die Augen nach Norden gerichtet, wohin auch das Pferd blickte, während es weiterstapfte, obwohl seine Richtung der Westen war, wo ihr Heim stand.

Für einen Moment teilten sich die grauen Wolken, und die Sonne schien hindurch, vergoldete die Schneeverwehungen mit leuchtenden Farben. Umnik scheute und wich seitlich aus, schüttelte den Kopf. Eine weiße Gestalt war in dem Glanz aufgetaucht, bewegte sich langsam und schleichend – ein Wolf, weiß wie der Winterwind. Andreijs Herz krampfte sich zusammen; und er hob den Bogen und spannte ihn, hin- und hergerissen zwischen Angst vor dem Wolf und Sehnsucht nach seiner Schönheit, denn ein solches Tier hatte er noch nie gesehen. Der Pfeil schwirrte los, während Pferd und Wolf in Bewegung waren, und der Wolf war hinter dem Kamm einer Verwehung verschwunden. Andreij gab Umnik die Fersen, wiederholte das mehrmals,

2·84·4

und das tapfere Pony durchquerte die Verwehung und verließ seinen Weg, zögernd und wachsam. Die Wolkendecke hatte sich wieder geschlossen, und die Sonne war fort, und eine plötzliche Windbö riß den Schnee von dem Hügel zur Rechten und trug ihm stechende Schneekörner in die Augen.

Umnik scheute, und Andreij riß ihn an den Zügeln herum, tätschelte den zottigen Nacken des Ponys und ritt wieder zurück. Da war nichts, weder ein Wolf noch auch nur so viel wie ein Fußabdruck oder die winzige Wunde der Federn eines Pfeiles in den Schneehängen. Andreij sah sich nach dem Pfeil um, zertrampelte dabei den ganzen Bereich mit Umniks Hufen, denn der Pfeil hatte einen sorgfältig gefertigten Schaft, und es war ihm gar nicht recht, ihn zu verlieren oder überhaupt vor einem solchen Rätsel zu stehen. Er dachte, er sei vielleicht in einer tiefen Verwehung verschwunden, und das war gewiß so, denn so sehr er sich auch mühte, er konnte ihn nicht ausfindig machen. Schließlich gab er die Suche auf, zog das Pony herum und brachte es wieder auf den Weg, versuchte so zu tun, als sei nichts geschehen – die Sonne war immer täuschend, und er hatte mit ungeschützten Augen geschaut, was freilich niemals klug war; es war sehr gut möglich, daß er den Wolf nur geträumt hatte. Aber der Pfeil war verschwunden. Während er einherritt, schien die Welt kälter geworden zu sein, der Schnee von stärkerem Weiß, und es verlangte ihn jetzt genauso wie das Scheckenpony nach der Stadt und den hellen und geschäftigen Straßen, die den Maßstäben der Menschen gehorchten. Er ritt einher, während die tiefgefrorenen Kadaver seiner Jagdbeute von seinem Knie herabbaumelten, blickte hin und wieder über die Schulter zurück, um zu sehen, wie es im Osten dunkler wurde. Er wünschte sich, er hätte sich nicht so lange wegen des Pfeils aufgehalten und auch nicht mit Wölfen gespielt, denn es war immer noch ein langer Ritt.

Wieder versuchte er zu pfeifen, aber seine Lippen waren

trocken, und die Geräusche, die Umnik beim Laufen machte, wirkten gedämpft und nicht so laut, wie sie sein sollten. Der Wind blies ihm heftig in den Rücken.

Schneefall setzte ein, wo es doch am Morgen überhaupt nicht danach ausgesehen hatte, so weiß waren die Wolken gewesen. Aber der Tag war seit der Verzögerung immer mieser geworden, und langsam machte sich Andreij Sorgen. Der Wind blies seufzend und pfeifend, riß den Schnee wieder hoch, den er gerade erst auf dem Boden ausgebreitet hatte, um ihn in feinen Strömen über die krustige Oberfläche zu treiben und von den Graten gefrorener Verwehungen zu reißen. Umnik kannte die Gefahren; das kleine Pferd ging gleichmäßig weiter, schüttelte aber irritiert den Kopf, als der Wind sich allmählich anhörte, als riefe er mit Stimmen, und diese Stimmen schienen zu beiden Seiten von ihnen zu heulen.

»Lauf!« bat Andreij das Pony. »Lauf, mein Kluger, schnell, schnell!« denn der Wind blies ihnen jetzt heftiger in den Rücken, ein Wind mit vielen Stimmen, Stimmen wie die von Wölfen. Aber das Pony verlor nicht den Kopf und schonte seine Kräfte. Umnik überquerte den letzten Hügel, und auf halbem Weg hangabwärts galoppierte er los, wie er nur konnte, die letzte Wegstrecke nach Hause, die sie um den Hügel herum und daran vorbei zur Stadtmauer führte. Das Heulen hinter ihnen klang jetzt unmißverständlich, und es kam von der Bergflanke zur Linken. Umnik ließ diese Flanke mit höchstem Tempo hinter sich, als Moskva jetzt in Sicht kam, und Andreij hob das Horn, das an seinem Gürtel hing, und blies nun mit aller Kraft hinein, ein Klang, der fast im Wind verlorenging; immer wieder blies er – und zu seiner Freude öffneten sich die großen hölzernen Tore Moskaus für ihn im weißen Schleier des Schnees.

Umniks fliegende Hufe donnerten über die vereiste Brükke, hinauf zu den Toren und hindurch, über neuen Schnee auf dem Torweg hinweg und den zertrampelten in den Straßen der Stadt; die Tore schwangen zu. Andreij zügelte

Umnik, zog ihn herum und legte dabei ein mutiges Gesicht an den Tag, winkte dem alten Pjotr und seinem Sohn Fjedor, die die Tore hüteten, einen munteren Gruß zu. Dann leitete er Umnik im Trott in die engen Straßen, vorbei an Bürgern, die sich gegen den fallenden Schnee vermummt hatten, an Leuten, die ihn kannten, an Kindern mit rosigen Wangen, die begeistert aufblickten und winkten, als sie ihn, den Jäger, vorbeikommen sahen.

Er wandte sich stadteinwärts zum gemütlichen Haus von Iwan Nikolajew, in Wahrheit zwei Häuser, Nachbarn, die sich vor Jahren schon auf der Suche nach Wärme und Gesellschaft aneinandergelehnt hatten und schließlich zusammengewachsen waren in dem Jahr, in dem seine Eltern starben und ihn den Nikolajews und ihren Verwandten hinterließen. Die mit geschnitzten Zäunen umgebenen Höfe waren zu einem geworden, die Häuser verbanden sich miteinander und ebenso die bemalten Ställe, wo das rotbraune Pony der Nikolajews und die drei Ziegen der Orlows warteten, Umniks stubenhockerische Stallgefährten.

Der Haushalt wartete schon auf Andreij. Die Seitentür ging auf, und Katja, seine Ziehmutter, kam gegen die Kälte vermummt heraus, um Umniks Zügel zu nehmen. Andreij sprang auf den schneebedeckten Hof und zog den Schal herab, um sie auf die Stirn zu küssen und willkommenheißend an sich zu drückend, warf dann fröhlich die erstarrte Jagdbeute über die Schulter, während er dem Pony das Geschirr abnahm, um es ins Haus zu bringen. Umnik schüttelte sich gründlich und trottete dann selbständig zum Hafer im warmen Stall, und Andreij, der sich den Sattel mit einer Hand über die Schulter hängte und mit der anderen seine Mutter Katja an sich drückte, machte sich auf den Weg zur Veranda. Sicher hatte sie sich Sorgen um ihn gemacht angesichts der späten Stunde und des einsetzenden Schneefalls; aber jetzt lächelte sie nur. Und mit einem zweiten Schlagen der Tür kam auch Anna heraus, ihre Wangen vom Wind rotgebrannt, und ihre Augen leuchteten. Sie kam auf ihn zugerannt, und ihre blonden Zöpfe flogen, der bestickte Mantel und die Röcke bleich wirkend in dem wehenden Schnee. Andreij ließ seine Ausrüstung fallen und umarmte sie und schwang sie herum, wie er es schon getan hatte, als sie noch Kinder im selben Alter gewesen waren; er küßte sie (oberflächlich, denn ihre Mutter stand lachend daneben), hob dann das Geschirr wieder auf und ging weiter, den Arm um Anna gelegt und Katja an seiner Seite, hob die Hand von Annas Schulter, um ihrem Bruder Ilja zuzuwinken, der herausgekommen war und noch damit beschäftigt, sich einzumummen.

Der älteste Nikolajew war Holzfäller und sein Sohn Iwan war Holzfäller, aber der junge Ilja, Annas Zwillingsbruder und nicht von kräftigem Bau, war ein Künstler, ein Schnitzer, dessen Werke sie umgaben, die leuchtenden Pfosten der Veranda, die geblümten Fensterläden ... »Ah«, sagte Ilja fröhlich zu Andreij, »sicher zurück – wie könnte es bei ihm auch anders sein? Ich habe es ihr gesagt.« Andreij drückte auch Ilja im Schnee begrüßend an sich, stampfte den Schnee von den Stiefeln und hängte das Wild an der Veranda auf, huschte dann mit den anderen ins Haus, in eine Wärme, die so massiv war wie eine Mauer. Bogen und Geschirr hängte er in die Diele, zog die schneebedeckten Felle aus und die Hausstiefel an. Katja eilte geschäftig davon und brachte ihm lauwarmes Wasser zu trinken, und Frau Orlow erwartete sie alle an der inneren Tür mit heißem Tee. Das Aroma der wunderbaren Kochkunst der Frauen lag in der Luft, und Andreij erwarteten die Jubelrufe der vermischten Familien, die strahlten und ihn begrüßten, als er das Wohnzimmer betrat, und überall plapperten die Kinder, unvermeidlich und unausweichlich im ganzen Haus. Der junge Iwan kam herbeigerannt, um hochgehoben und umhergeschwungen zu werden, und Andreij hob ihn erfreut hoch, so müde er auch war. Feuer prasselte im Kamin, und alle waren sie jetzt versammelt und nahmen endlich zum Essen Platz: Andreij selbst, ein Gorodin; und junge und alte

Nikolajews und Orlows; und die warme Luft roch, wie es das Haus immer tat, nach Holzspänen und Harz und Leder und Fellen und nach guter Küche.

Da schien die Furcht wirklich sehr weit entfernt zu sein.

Andreij ruhte sich mit vollem Bauch aus, und sie tranken dampfenden Tee und ein wenig Wodka. Der alte Nikolajew und sein Sohn Iwan unterhielten sich über ihr Handwerk, besprachen, wo sie im kommenden Frühling Holz schlagen würden; und Großvater Orlow und sein Sohn, beides Zimmerleute, unterhielten sich über die Veranda der Stadthalle weiter unten an der Straße, die sie reparieren würden. Großmutter Orlow saß in ihrem Sessel, der stets dicht am Feuer stand, zugedeckt, mit geblümten Kissen und Steppdecken. Die Kinder – sieben waren es von den fruchtbaren Orlows – spielten am warmen Kamin; und die Frauen unterhielten sich und nähten und entwarfen Muster. »Erzähl uns eine Geschichte!« baten die Kinder jeden, der dazu bereit war. Getränke machten erneut die Runde; eine solch angenehme Stunde war es. Die jungen Leute pflegten das Geschichtenerzählen zu beginnen und die älteren es zu beenden, denn sie hatten immer schon die tieferen Schneemassen gesehen und die seltsameren Dinge und die kälteren Winter erlebt.

»Erzähle uns«, bat der kleine Iwan, während er gegen Andreijs Knie stieß, »ah, erzähle uns von der Jagd heute.« Andreij seufzte, nahm seinen Arm von Annas Taille, lächelte die runden kleinen Gesichter um sich an und ließ Iwan auf seinem Fuß hüpfen, hielt ihn dabei an seinen zwei kleinen Händen, machte Späße mit ihm und entlockte ihm Quietscher. Er erzählte die Geschichte mit Talent und Schwung, erwärmte sich für diese Aufgabe, während die Kinder einen Halbkreis zu seinen Füßen bildeten; sein Freund Ilja nahm sich einen frischen Block Kiefernholz und sein Lieblingsmesser, eine sehr feine und scharfe Klinge ... Am intensivsten von allen lauschte Anna Andreijs Geschichte, blickte zu ihm auf, wenn er sie anschaute, und ihre Augen leuchteten und waren weich. Draußen heulte noch immer der Sturm, aber die Menschen innen wärmten sich alle aneinander, während die Balken unter der Kälte hin und wieder laut knackten. Andreij erzählte von dem wilden Ritt nach Hause, von den Wölfen ... *Wölfen,* denn etwas in ihm scheute davor zurück, von dem Wolf zu erzählen und dem verlorenen Pfeil. Die Augen des kleinen Iwan wurden so rund wie Knöpfe, und als Andreij zu der Stelle mit dem geschlossenen Tor kam und wie es sich geöffnet hatte, klatschten alle Kinder vor Vergnügen in die Hände, ausgenommen Iwan, der weiterhin mit runden Augen und weit offenem Mund dasaß.

»Schäm dich!« sagte seine Großmutter und rieb das Kind an ihren mit Decken umwickelten Knien. »Du hast ihn erschreckt, Andreij.«

»Ich habe keine Angst!« rief das Kind und machte sich frei, um einen Bogenschuß nachzuahmen. »Wenn ich groß bin, werde ich ein Jäger außerhalb der Mauern, wie Andreij.«

»Was, kein Zimmermann?« fragte sein Großvater.

»Nein, ich werde *tapfer* sein«, sagte der kleine Junge, und plötzlich war Schweigen im Raum, ein Schmerz, eine Einsamkeit, die Andreij bis ins Herz spürte – der letzte der Gorodins, der einzige Jäger dieses Hauses, und ein Gast, der hier durch die alte Freundschaft von Elterngenerationen lebte. Nie hatte er vorgehabt, eines Sohnes Herz zu stehlen. Da knackte ein Balken sehr laut, und vom Dach fielen ein paar Eiszapfen herab, und alle lachten über die Stille, um sie zu verscheuchen.

»Das wirst du werden«, sagte Ilja, streckte die Hand aus und zerzauste dem kleinen Jungen das Haar. »Tapferer als ich. Ich werde dir einen Wolf schnitzen, wie würde dir das gefallen?«

Die Augen des Kindes tanzten, und rasch lief er davon und hängte sich an Iljas Knie und schaute zu, wie Iljas flinke

Klinge duftende Holzkringel von dem Kiefernstück schälte ... Ilja, der Annas Gegenstück war, schön wie eine Frau, dessen zierliche Hände ebenfalls keine Begabung für die Arbeit des Vaters hatten, aber die aus Holz Schönheit machten, unnachahmlich in ganz Moskva. Andreij sah zu wie das Kind, und mit erstaunlicher Schnelligkeit nahm das Holz die schreckliche Gestalt eines Wolfes an. »Ich erinnere mich an Wölfe«, hob Großvater Orlow an zu erzählen, und die kindlichen Augen wurden wieder abgelenkt, wanderten zwischen Iljas Fingern und dem Gesicht des alten Mannes hin und her und zeigten einen Ausdruck reizenden Erschreckens.

Andreij hielt Annas Hand fest und zog sie an sich, ein Bündel aus Pelzen und Röcken neben dem prasselnden Feuer. Er lauschte dieser Erzählung, die er schon früher gehört hatte, und Großvater Orlows Stimme wirkte wie aus der Ferne. Er beobachtete, wie Iljas rasiermesserscharfe Klinge im Licht des Feuers blitzte, und wie der Wolf immer deutlicher aus dem Holz hervor in Erscheinung trat. Er hörte den Schnee fallen; nie zuvor hatte er das wirklich *gehört;* Stille war dazu erforderlich und das Gefühl von der Nacht draußen, wie die Flocken in einer immer dichteren Schicht sich auf dem Dach niederließen, ähnlich einem Schwarm von Gänsen, und ihre Stimmen stiegen auf gegen den Wind und entflohen hinaus in die Kälte.

Sie alle redeten an diesem Abend von Wölfen, und Andreij hörte nicht mit ganzem Herzen zu und zitterte jetzt auch nicht. Er blickte schließlich wieder auf, als die Geschichten zu Ende waren, und sah, wie Ilja dem jungen Iwan den Wolf überreichte, während sich die anderen Kinder eifersüchtig um ihn drängten, ein lärmender Auflauf, worauf sie rasch ins Bett geschickt wurden, mit Decken überhäufte Lager im hintersten Zimmer des oberen Stockwerks, in die Behaglichkeit tiefer Matratzen und geschützt vor dem Rütteln und Seufzen des Windes an den Fensterläden.

»Gute Nacht«, wünschte Andreij Mutter Katja und Vater

Iwan, und »Gute Nacht« wünschte er auch Anna mit einem Kuß; dann suchten er und Ilja ebenfalls ihr Zimmer im oberen Stockwerk auf, legten sich zusammen nieder, wie sie es schon immer getan hatten, seit sie kleine Jungen wie Iwan gewesen waren, tief eingekuschelt zwischen Haufen von Steppdecken und weichen Matratzen.

»Ich hatte Angst«, gestand er Ilja, als sie schon einige Zeit Seite an Seite dalagen in der Dunkelheit. »Ich hätte es dem Jungen sagen sollen.«

»Jungen werden erwachsen«, meinte Ilja. »Und sie werden dabei klüger. Trifft das nicht auf uns alle zu?«

Andreij dachte darüber nach und blieb wach, starrte an die Balken und lauschte, hörte den Wind unmittelbar über ihnen. Es schien ihm, als seien die Daunen unter ihm wie die Schneewehen, endlos tief und weich; und wenn er die Augen schloß, konnte er die blaue Dunkelheit der Nacht sehen und eine gespenstisch weiße Gestalt, die mit geschmeidigen Bewegungen über den Schnee sprang. Tiefe weiche Wehen und wölfische Augen voller Nacht ... ein dreieckiges Gesicht und wehender Schnee, und Wolfsaugen voller Geheimnisse ... eine Gestalt, die den Winden hinterherjagte, Strömungen des Windes, die sich in weitere Wölfe verwandelten, schneekalt und sich auf seine glücklosen Träume stürzend wie Jäger auf ihre Beute.

Da empfand er eine tiefe Furcht, erinnerte sich an den Pfeil, denn der vorderste Wolf hatte eine Wunde, aus der sein Herzblut tropfte, und die Tropfen erstarrten zu rubinrotem Eis, das geräuschlos herabfiel.

Er erwachte am nächsten Morgen in einer inneren Stille, tiefer noch als am Tag zuvor, obwohl die Balken ächzten, und Schnee war vom Dach gerutscht und taumelte zu den Vorsprüngen herab, und das war es, was ihn und Ilja geweckt hatte. »Keine Jagd heute«, meinte Ilja, als er den Wind hörte. Andreij sagte nichts, sondern lauschte dem Sturm.

Und als die Kinder aufwachten und schaudernd die

Treppe hinabliefen, die Frauen im Haus zu werken begannen und es kein Bleiben im Bett mehr gab, raffte sich Ilja auf und zog rasch die Stiefel an. Andreij folgte seinem Beispiel, als er die große Stadtglocke läuten hörte, gedämpft und weich in dem Sturm, der den Morgen zudeckte.

Er und Ilja und Anna und die anderen Nikolajews und Orlows, die die Kraft hatten zu helfen, zogen ihre wärmste Kleidung an und wagten sich hinaus in eine Stadt, die ganz weiß geworden war. Schneewehen lagen mannshoch auf den Straßen; sie schirrten die Ponies an und machten sich an die Arbeit – wie Gespenster, die sich durch den bleichen, wehenden Schnee bewegten; und sie arbeiteten, bis ihnen allen der Rücken schmerzte, schufen Wege, stützten Dächer ab und die Mauer selbst. Der Marktplatz wurde freigeschaufelt und war rasch offen, und die Winde hielten ihren Zorn aufrecht, der in der Luft brüllte, und trugen den Schnee zurück, so schnell sie ihn wegschaufelten. Letztlich gaben sie auf und kehrten alle in ihre Häuser zurück, zu warmen Mahlzeiten und warmen Feuern und geduldiger Aufmunterung.

Aber innerhalb des Hauses erlangte die Stille noch tieferen Halt, während sich rings um die Außenmauern der Schnee häufte und der Gesang des Windes in immer größere Ferne rückte. Es war ein Sturm jener Art, der einsetzen und tagelang andauern konnte; während die weiße Einsamkeit sich fest um die ganze Stadt hüllte. Gegen Ende des Tages band Andreij ein Seil um sich und ging hinaus, denn er fürchtete um die Sicherheit Umniks und der anderen Tiere; aber er fand sie wohlbehalten und behaglich in ihrem Stall, wo es warm war mit all dem Schnee ringsherum. Er machte sich auf den Rückweg, ging hinaus in das weiße Treiben, folgte dem Seil, das er um sich gewickelt hatte und das in der Weiße verschwand. Nicht einmal der Schatten des Hauses war in dem Sturm zu sehen; und als er sich umdrehte, konnte er auch den Stall nicht erkennen.

Weiß. Alles war weiß. Er blickte sich in allen Richtungen

um, verspürte auf einmal schreckliche Angst vor der schleichenden Gestalt, die vielleicht in dieser Weiße auf ihn zukam, makellos und schnell wie der Nordwind. Er stellte sich vor, plötzlich zwei seltsame Dunkelheiten sehen zu können, die ihn anstarrten und wölfisch schräggestellt waren; eine heraushängende rosa Zunge und sehr, sehr weiße Zähne.

Er blickte hinter sich und drehte sich dann aufschreckend um, packte hastig das Seil und folgte ihm, schob sich durch eine Wand aus treibendem Schnee, stolperte gegen die vergrabene Veranda und stieg hinauf zur Tür, fand sie zugefroren. In seinem Nacken kribbelte es, aber er wollte sich nicht umblicken. Etwas atmete dort in der Stille des heulenden Windes, aber er wollte sich nicht umdrehen, um es zu sehen. Er klopfte an die Tür und rief nach denen im Haus, unterdrückte seine aufsteigende Panik. Aber die Stille wurde dichter, und er konnte sich kaum noch bewegen vor lauter Kälte in seinen Knochen, als die Tür aufging und Anna und Ilja ihn hineinzogen.

»Oh, er ist kalt«, sagte Anna, und sie drängten ihn zur Feuerstelle im innersten Raum und setzten ihn dorthin, damit sie ihm die Pelze ausziehen konnten; sie wärmten Dekken am Feuer und hüllten ihn dann hinein, brachten ihm anschließend Tee. Das ganze Haus versammelte sich um ihn, und sie murmelten wie in großer Ferne, und die Kinder kamen und berührten Andreijs kalte Hände, wie es auch Anna und Iljas Mutter taten, wobei letztere ihn an sich drückte und seine Finger wundrieb und ihn auf die Stirn küßte, damit ihre große Besorgnis zeigte; und von dem Sims oberhalb des Feuers starrte Iljas Wolf auf sie herab.

Sie tanzten an diesem Abend und tranken und sangen; Andreij trank viel und lachte, und doch ... – die Stille war da.

Er lag in dieser Nacht im Bett und träumte von blauen Nächten und stillem Schnee und von dieser weißen Gestalt, die mit dem Wind schnürte, zwischen im Mondlicht funkelnden Schneeflocken einher und über Verwehungen hinweg, ohne jemals darauf eine Spur zu hinterlassen.

Der nächste Tag dämmerte hell und klar herauf.

Ganz Moskva schien an diesem Tag zu lächeln, als bunte Dachvorsprünge aus den tiefen Schneewehen hervorblickten, die zwischen den Häusern lagen, als Kinder und Erwachsene, eingemummt wie Puppen mit dicken Gliedern und dicken Fäusten, aus den Schneemassen hervorbrachen, um über die Straßen zu gehen und Verwandte und Freunde zu besuchen. Die Orlowkinder quietschten vor Begeisterung, brachen durch die Schneewehen auf dem Weg zu den Ställen und brachen Eiszapfen von den Vorsprüngen der Veranda. Manche Kinder hatten Schlitten auf die Straßen gezogen, und überhaupt machten die Kinder ihren eigenen Lärm.

Nur Andreij sah diesem Morgen mit weniger Freude entgegen, zog still seine Stiefel für draußen an und seine warmen Felle, holte das Geschirr hervor und sattelte Umnik, der unruhig war und streitlustig. Andreij sagte kein Wort zu Anna oder ihren Eltern, auch keines zu Ilja, lächelte nur die Kinder freudlos an, die ruhiger wurden, wenn sie ihn anschauten, und die, als sie mit dem Schlittenfahren aufhörten, wie eine Reihe zusammengekauerter Vögel entlang des Zaunes standen, als er durch das Tor ritt und dann die Straße hinab.

»Guten Morgen«, sagten die Nachbarn fröhlich und hielten in ihrem Schneeschaufeln inne. »Einen guten Morgen, Andreij Wasiljewitsch.« Er nickte abwesend und ritt weiter. »Guten Morgen«, sagte der weißbärtige Pjotr am Torwärterhäuschen, und Andreij vergaß, den Gruß zu erwidern, stieg aber von Umnik, um den Torhütern dabei zu helfen, die Torflügel nach innen zu stemmen, stieg dann wieder auf den Rücken seines Ponys. Das Pony schüttelte den zotteligen Kopf und ging gegen die Schneeverwehung vor, die ihnen den Weg versperte, sprang hindurch und lief dann gleichmäßiger weiter, auf die Brücke und das offene Land zu, schnaufte in der kalten Luft mit rot geäderten Nüstern und stellte die Ohren auf, als es über die Brücke trappelte und dann zu den Hügeln trabte.

Die Sonne stieg höher und überschritt den Mittag. Andreij wickelte sich den Schal ums Gesicht, um seinen Atem zu wärmen, und versäumte es, die Augenschirme aufzusetzen, denn der Himmel war immer noch dunstig, und der Schnee lag überall weiß und dick. Er sah nur wenige Spuren, keine Verheißung einer guten Jagd; der Schnee lag noch nicht lange genug, um die wilden Tiere verzweifelt und leichtsinnig zu machen – und der Tag war auch nicht warm genug, sie in die Versuchung zu führen, ihre warmen Unterschlüpfe zu verlassen. Er hätte noch einen Tag warten sollen, aber der Gedanke an den dunklen Dachboden und das Sitzen am Feuer, ohne etwas zu tun zu haben, bedrückte ihn. In Untätigkeit hatte er nur üble Erinnerungen an Gesellschaft. Er war hinausgeritten, um ihnen zu trotzen, über sie zu lachen, zu jagen und diesmal zu gewinnen.

Er hatte Angst. Er hatte noch nie zuvor etwas Derartiges empfunden. Sogar im hellen, klaren Tageslicht spürte er das, was er auch bei jenem Ritt zu den Toren gespürt hatte mit dem Gebell der Wölfe im Rücken. Er fürchtete die Angst, denn die Jagd sicherte seinen Lebensunterhalt, und wenn er zu viel Angst bekam, konnte er die Stadtmauern nicht mehr verlassen.

Er richtete sich in den Steigbügeln auf und blickte zurück, setzte sich dann wieder und ritt weiter. Die hölzernen Stadtmauern waren schon lange außer Sicht; schneebedeckte Hügel und verschneite Felder erstreckten sich in allen Richtungen außer dem Süden, wo der Wald unter einer dicken Schneeschicht lag, weiß und eisig. Kein Geräusch war zu hören, außer Umniks regelmäßigen Bewegungen, dem Knarren des Geschirrs, dem Schnauben des Atems.

Umnik ging jetzt langsamer, nachdem er seinen ersten Atem erschöpft hatte, watete fast knietief über den Pfad. Und der weiße Schnee brachte eine solche Schönheit zum

Ausdruck, daß Andreijs Furcht nachließ. Er hielt das Pferd an und sah sich in allen Richtungen um, hörte ein rasches, hundeartiges Keuchen im Rücken.

Er fuhr herum, riß heftig an den Zügeln, und Umnik scheute auf der tiefen Verwehung, stieg auf die Hinterhand und stürzte beinahe.

Da war nichts. Andreij beruhigte das Pferd und tätschelte es. Nichts war da. Das Licht wurde heller; die Wolken teilten sich. Er griff nach den Augenschirmen, als der Schnee das Sonnengleißen sammelte, trübes Gold und Rosa und Bernstein. Umnik stand reglos und Andreij hielt inne, die Augenschirme in der Hand ... empfand die Faszination dieses Lichtes – denn Licht hatte den Wolf verborgen. Er blickte zu den fernen Hügeln – und zum Himmel hinauf, in die Sonne. Er hatte nie in seinem Leben aufgeblickt, abgesehen von einem verstohlenen Blick, um den Zustand des Himmels auszumachen, aber nicht, um ihn zu sehen. Der Anblick drang ihm schlagartig bis ins Herz. Und er blickte nach Norden. Der Wolf stand dort wachsam oben auf einer frischen Verwehung, und seine Augen waren wie die Sonne, sein Fell überzogen von ineinander übergehenden Farben.

Andreij peitschte Umnik und ritt los; er erinnerte sich nicht mehr an den Beginn der Flucht, aber er und Umnik stürmten in Panik über den Schnee, und der weiße Wolf war nie weit hinter ihnen.

Schließlich lag die Stadt vor ihnen, und er nahm das Horn vom Gürtel und blies hinein, aber der Klang wirkte matt. Umnik schwankte, und er peitschte das Pony, trieb es weiter, den Weg zur Stadt hinauf, über die hölzerne Brücke zum südlichen Tor, während weiße Gestalten rings um ihn herum hochsprangen und hechteten und Stimmen heulten, fern und leise, als habe sein Gehör nachgelassen, und die ganze Welt war von Kälte umstellt. Umnik wurde langsamer, als es auf die sich öffnenden Tore zuging, aber er peitschte das Pony heftiger und ritt auf die Straßen, wo Umniks Hufe ausrutschten, und überraschte Bürger und

Kinder, die hastig einen Schlitten aus dem Weg des Pferdes zogen. Er hielt an und sah sich um, und die Tore schlossen sich langsam. »Die Wölfe!« schrie er, aber Pjotr und der andere Torwächter starrten ihn seltsam an, während sie sich gegen die Torflügel stemmten.

Nichts war dort gewesen. Die Wölfe befanden sich in seinen Augen, in seinem Kopf. Er wußte es plötzlich, und die Kälte in seinem Herzen wurde tiefer.

»Alles in Ordnung mit dir, Andreij?« fragte Pjotr.

Er nickte, kalt und beschämt durch den Tod, den er für sich sah. Er griff unbestimmt nach den Zügeln Umniks, erinnerte sich daran, wie er das Pony geschlagen hatte, und tätschelte ihm den Nacken, während er es die Straße hinablenkte. Umnik schüttelte sich, ging langsam und mit hängendem Kopf, als sei vielleicht ein Teil der Kälte auch in sein Herz gelangt, als sei er mit Schlägen dort hineingetrieben worden.

Andreij ritt nicht nach Hause. Er wandte sich zum Haus Mischas, des alten Jägers, das sich klein und mit Geweihstangen geziert, nicht so farbenfroh wie die anderen, zwischen die Marktställe und die öffentlichen Bäder kauerte. Viel Schnee lag dort und vergrub es auf einer Seite fast bis zu den Dachvorsprüngen. Der Steinkopf eines vergessenen Helden ragte dort auf, starrte mit nur der leichtesten Andeutung von Gesichtszügen aus dem Schnee hervor. Andreij stieg zur Veranda hinauf und band Umnik an deren Geländer, stampfte seine Stiefel ab und öffnete die erste Tür, ging durch die Diele und klopfte an die zweite Tür.

Keine Antwort erfolgte, auch kein Verbot. »Mischa!« rief er. »Hier ist Andreij Gorodin!« Er trat ein, verging bereits beinahe in der Wärme, die innen herrschte, wo es nach kochenden Ölen duftete, nach verbranntem Fett und getrockneten Kräutern. So war Mischas Haus, und überall hingen auch Geweihe und Federn und ein Durcheinander von allen möglichen Einzelheiten. Und ein Haufen Decken vor dem Feuer, das war Mischa selbst, ein runzeliges Gesicht und dunkle schmale Augen und ein Strang ergrauter Haare, der unter der Kapuze hervorhing. In einer Hand hielt er ein Bündel Kräuter, die er schon teilweise in eine Untertasse gekrümelt hatte; eine linke Hand war nicht vorhanden: die hatte sich ein Wolf geholt, als Mischa noch selbst auf die Jagd gegangen war – aber das war zu Zeiten vor Andreijs Geburt gewesen. Andreij kauerte sich nieder und blickte in Mischas blicklose Augen.

»Und?« fragte Mischa.

Die Frage stockte ihm hinter den Lippen. Und langsam hob Mischa die Hand und berührte mit gespreizten Fingern Andreijs Gesicht, wanderte dann zu seiner Brust hinab, als suchte sie auch dort nach etwas.

»Ein Besuch ohne Fragen, Andreij Wasiljewitsch?«

»Ich habe mein Glück verloren, Mischa.«

»So.« Mischa schöpfte Wasser aus dem Kessel, goß es in die Schale und reichte sie ihm. Andreij nahm die Schale zwischen die behandschuhten Hände, atmete den Dampf ein und nippte kurz an der Oberfläche, denn eine so starke Hitze bot nach der Kälte draußen Gefahren. Nach einem Moment trank er mehr, aber die Kälte verließ ihn nicht, und auch der Schleier über der Welt wurde nicht klarer.

»Ich sehe Wölfe«, sagte Andreij.

Die stumpf gewordenen Augen ruhten in den seinen, von Runzeln umgeben, als steckten sie in gebrochenem Gestein.

»Einen weißen Wolf«, sagte Andreij. »Weiß wie Schnee. Weiß wie Eis.«

Der alte Mischa krümelte weitere Kräuter in eine weitere Schale und schöpfte wieder Wasser hinein, trank daraus, die schwarzen Augen verdeckt.

»Ich habe auf ihn geschossen«, erzählte Andreij. »Aber er war heute doch wieder da. Ich habe in die Sonne geblickt, Mischa.«

Mischa starrte ihn an, als könnten seine Augen sehen.

»Was soll ich nur *machen,* alter Jäger?«

Mischa bewegte den linken Arm, zeigte ihm den Stumpf.

»Beschwichtige ihn«, sagte er. »Das ist alles, was du zu tun hoffen kannst.«

Andreij setzte die Schale ab, schlang die pelzbedeckten Arme um so fester um sich und starrte den alten Jäger an. Zauberer. Visionär ... der die weiße Krankheit gehabt – und überlebt hatte.

»Du hast es gesehen«, meinte der Seher. »Du hast mit dem Wind gesprochen und seine Antwort gehört. Du bist vor dem Wolf hergelaufen. Und das Licht ist in deine Augen gedrungen, wie schon in die deines Vaters, meines alten Freundes. Es hat ihm alles genommen. Ich gab ihm auch einen Teil von mir. Und ich bin immer noch am Leben, Andreij Wasiljewitsch. Deine Mutter gebar dich und siechte dahin; und so starben sie beide. Aber ich bin noch am Leben, Sohn meines Freundes.«

Andreij erhob sich taumelnd und eilte zur Tür, blickte zurück in das verhutzelte Gesicht, verschleiert von einer grauen Kapuze, mit einer Hand die Schale haltend. Er empfand die Kälte sogar noch stärker als vorher, auf dem Gesicht und im Herzen, überall, wo ihn die Finger des blinden Jägers berührt hatten. »Ich bringe deine Gebühr«, sagte er, »von meiner nächsten Jagd mit, ein paar fette Kaninchen, Mischa.«

»Ich nehme nichts«, sagte der alte Mann. »Nicht von dir, bis du siehst, Andreij Wasiljewitsch.«

Andreij floh aus dem Haus, stampfte draußen auf und schloß die äußere Tür. Umnik wartete. Er stieg die Stufe zu dem Pony hinab und bemerkte jetzt zum ersten Mal, wie sich die Bemalung von dem gegenüberliegenden Haus abschälte, wie alle Farben Moskvas knallig wirkten, wie schmutzig der Schnee war und wie unordentlich die Menschen, eingemummt in nicht zueinander passende Felle.

Langsam, das Auge zusammendrückend und die Schulter drehend, blickte er nach *oben*. Farben trieben über den Himmel, tanzten die Dachfirste entlang, liefen über die Kanten, ein fließender Glanz von Rosa und Gold. *Das* war

Schönheit. Rings um ihn war flüchtig bemalte Häßlichkeit.

Mit ganzem Herzen verlangte es ihn danach, weiter Ausschau zu halten, hinaus auf das Eis zu gehen und in den Norden zu reiten, in die reine strahlende Schönheit.

Aber der Wolf war dort. Und die Schönheit tötete.

Er erschauerte, nahm Umniks Zügel und ging langsam auf die Straße, ging sie hinunter, vorbei an Menschen, die ihn neugierig anstarrten und hinter vorgehaltener Hand flüsterten. Es war der Schwund. Er wußte es jetzt ... das, was die Seelen derjenigen austrank, die dieser Krankheit zum Opfer fielen. Es war die Vision. Es war der Blick auf alles, was Hände fertigten, und das Wissen dabei, daß man nur nach oben schauen mußte – und nachdem man es getan hatte, sich dieser Leere zu ergeben, die bestehen würde, nachdem die ganze Welt verbraucht war. Sich selbst zu messen und die eigenen Taten angesichts dieser weißen Decke, und zu entdecken, daß sie letztlich klein waren und unschön.

Die Schönheit wartete außerhalb der Stadtmauern, war so nahe wie ein Blick in den offenen Himmel; die Schönheit wartete – und mit ihr der Wolf.

Beschwichtige ihn, hatte der alte Jäger gesagt, der keiner mehr war, Mischa, der keine Sonnenaufgänge mehr sah, der einen Teil seiner selbst den Wölfen gegeben hatte – dem Wolf.

Er ging nach Hause. Ilja und Iwan Nikolajew liefen hinaus, um ihn zu begrüßen, und auch die Frauen und Kinder kamen, hatten sich Sorgen um ihn gemacht. Anna kam und Katja, und beide drückten ihn an sich. Ruhig nahm er Umnik das Geschirr ab und erwartete, daß das Tier zum Stall trottete – aber es blieb stehen. »Bring ihn hinein!« befahl er dem kleinen Iwan, und der Junge führte das Pony weg. Andreij blickte dem zockelnden Tier hinterher und zitterte. Er spürte innerhalb seines Handschuhs eine andere Hand, eine Berührung auf seinem Arm ... Er blickte in Annas liebende Augen, in ihr Gesicht, sah Mängel, die er zuvor nie gesehen hatte, die Nasenlänge, die Wangenbreite, die Unvollkommenheit ihrer Stirn. Darauf erkannte er den kleinen Fleck einer Narbe, jedoch nicht in der Mitte, und ihr Haar, das er immer für so hell wie den Sonnenuntergang auf Schnee gehalten hatte, war stumpf, die Zöpfe glanzlos angesichts der Schneeflocken, die sie umwehten, winzige Sterne, die in dem lockeren Haar steckten ... Das war Schönheit, und sie rief die Kälte zurück und die Furcht.

»Komm herein!« drängte ihn Anna, und er übergab Ilja das Geschirr und folgte Anna, hielt sie dabei an der Hand, und vor ihnen gingen alle anderen zum Haus und betraten die Diele. Er legte seine Stiefel und Felle für draußen ab und begrüßte die Kinder mit einer Handberührung und die Alten am Kamin mit einem Kuß, erblickte überall die Sterblichkeit, die kurze Lebensspanne des Menschen und seine Kleinheit.

»Andreij?« Anna setzte sich neben ihn, dicht am Kamin, und ergriff wieder seine Hand. Er küßte und hielt die ihre, weil es freundlich war, aber Liebe und Hoffnung waren in ihm vertrocknet ... – ein Jäger, der die Stadtmauern nicht mehr verlassen konnte, der dasaß, während die Seele in ihm verwelkte.

Nichts Schönes war an den Menschen. Nur die Schönheit existierte, die über Moskva lag und die die Stadt umgab. Sie würde ihm den Geist rauben oder ihn das Augenlicht kosten. Er starrte in das Feuer, und es war nichts im Vergleich zum grellen Glanz der Sonne auf Eis.

Eine Stille legte sich um ihn, ob es nun die Stille des Hauses war, weil die anderen wußten, daß etwas mit ihm nicht stimmte, oder die Stille in seiner Seele. Er dachte daran, wie einfach es sein sollte, wie furchtbar einfach, am nächsten Mittag hinauszugehen und in die Sonne zu starren, bis er nicht mehr sehen konnte, aber selbst dann würde es noch die Erinnerung geben.

Er dachte immer wieder an den alten Mischa, der seine Augen und seine Hand verloren hatte ... – beschwichtige ihn: aber was war zuerst gegangen, was half gegen den Wolf? Er hätte danach fragen sollen.

»Andreij?« Ilja packte ihn am Arm. Er hörte jemanden neben sich weinen, vielleicht Anna, oder auch jemand anderes, der ihn liebte. Vielleicht war er es selbst. Er sah Iljas Gesicht vor sich, die große Besorgnis darin, sah eine Hand vor seinen Augen vorbeihuschen, hörte die anderen alle über seine Not diskutieren, aber es war ihm nicht mehr möglich, von diesem fernen Ort zurückzukehren und sich mit ihnen auseinanderzusetzen. Er hatte auch nicht den Wunsch.

Sie fütterten ihn, steckten ihm das Essen in die Hände. Und er aß, schmeckte dabei kaum etwas. Schließlich nahm Anna sein Gesicht zwischen ihre weichen Hände und küßte ihn auf die Stirn, und Mutter Katja folgte ihrem Beispiel. »Was *hat* Andreij denn?« fragte eine Kinderstimme. Er hätte es dem Kind erklärt, aber jemand anderes tat es: »Er ist krank. Er ist verwundet. Geh ins Bett, Kind!«

»Seine Hände sind kalt«, sagte wieder ein anderer. Und Annas Stimme: »Verschließt die Türen! Oh, verschließt die Türen, laßt ihn nicht weglaufen!« Manche gingen nämlich fort, um zu sterben, wenn der Schwund von ihnen Besitz ergriffen hatte, suchten die Nacht und den eisigen Tod.

»Ich werde nicht gehen«, sagte er, und es kostete ihn große Mühe zu sprechen. Es war auch nicht einfacher, als er es gesagt hatte. Es heiterte alle auf. Sie drückten ihn nacheinander an sich und rieben seine Hände.

»Vielleicht«, sagte Annas ruhige, ferne Stimme, »vielleicht hat er nur für einen kurzen Moment aufgeblickt. Vielleicht wird er wieder gesund.«

»Das wird er«, versicherte jemand, aber Andreij wußte nicht genau, wer. Es wäre leichter gewesen, sich an diesen fernen Ort zurückzuziehen, aber sie ließen ihn nicht in Frieden.

»Ich bringe ihn ins Bett«, sagte Ilja. »Geht schlafen. Ich kümmere mich um ihn. Nein, Anna – Anna, bitte geh!«

Jemand küßte ihn, zärtlich und traurig. Langsam kehrte

Schweigen im Haus ein. Andreij ruhte sich aus, starrte ins Feuer, wurde erst gestört, als Ilja sich daran machte, die Glut anzufachen. »Willst du hinaufgehen?« fragte Ilja schließlich. »Wagst du es, schlafenzugehen?«

Er stand auf aus Freundlichkeit denen gegenüber, die ihn liebten, hielt sich dabei am Kaminsims fest, starrte unverwandt in das Gesicht von Iljas geschnitztem Wolf, der härter und echter wirkte als alles andere im Zimmer. Er betrachtete Iljas anderes Werk, den geschnitzten Sims selbst, fuhr mit den Fingern über die gewundenen hölzernen Reben und Blätter, berührte die geschnitzten Blumen, zeichnete die knalligen, schreienden Farben nach.

»Ich habe Schönheit gesehen«, sagte er. »Ilja, du hast keine Ahnung. Sie wartet da draußen ...«

»Andreij«, sagte Ilja.

»Ich habe Farben gesehen ... – die du nie erblickt hast.«

Ilja streckte die Hand aus und drehte Andreijs Gesicht in seine Richtung, schlug ihm leicht auf die Wange. Ein furchtbarer Schmerz war in Iljas Gesicht zu erkennen, genau wie bei Anna.

»Erzähl mir davon!« sagte Ilja.

Er dachte darüber nach und wollte nicht.

»Andreij, wenn du gehst, wird Anna dir folgen. Verstehst du? Anna liebt dich; und du wirst nie allein gehen.«

Er dachte auch darüber nach, und tief in seinem Inneren, gefärbt durch sein Selbst und klein, war eine Freundlichkeit, dort, wo zuvor Liebe gewesen war, und das bildete den anderen Pol, der ihn anzog. Der Tod draußen zog an ihm, aber innerhalb der Mauern bestand ein Band zu lebenden Seelen, so daß er endlich wußte, wofür er sich entscheiden sollte, nämlich für den Weg Mischas. Er wollte diese Qual nicht denen zufügen, die ihn liebten. Nicht Anna.

»Scheint die Sonne noch?« fragte er.

»Nein«, sagte Ilja sanft. »Die Sonne ist untergegangen.«

»Dann morgen.«

»Was, morgen?« fragte Ilja. »Was wird morgen sein?«

Es war schwer, Ilja zu widerstehen, der ihm nahestand und schon so lange sein Freund war. Ein Bruder. Sein zweites Ich. »Da war ein Wolf«, sagte er langsam, dort am Kaminsims lehnend, und befingerte dabei die von Iljas Hand gefertigten Schnitzereien. »Ich habe ihn gejagt – und er jagt mich. Ich habe mit dem alten Mischa gesprochen, weißt du, Ilja? Und Mischa kennt dieses Tier. Er sagte, ich müsse es beschwichtigen und würde dann frei sein; und ich werde es tun. Du liebst die Schönheit, Ilja, und ich habe sie gejagt und habe sie gesehen ... da draußen habe ich die Sonne gesehen und das Licht und das Eis, und mir ist kalt, Ilja. Ich werde jetzt in kurzen, gestohlenen Augenblicken hinschauen, und früher oder später werde ich zu den Mauern hinausgehen müssen. Er wird dort warten.«

»Anna ... würde dir folgen. Begreifst du das, Andreij? Wie sehr sie dich liebt?«

Er nickte. »Also«, sagte er, weiterhin den Wolf anstarrend, »also werde ich nicht den Wunsch haben zu gehen. Ich werde versuchen, es nicht zu tun, Ilja.«

»Was ... hast du gesehen?«

Er blickte Ilja in die Augen und sah dort einen Hauch derselben Kälte. Eines heimlichen Verlangens. »Nein«, sagte er. »Laß es. Bleibe nicht in meiner Nähe. Laß mich in Ruhe!«

»Damit du gehen und sterben kannst?«

Er zuckte die Achseln. Ilja betrachtete ihn verzweifelt. Andreij tätschelte seine Schulter und ging zur Leiter, die zum Dachgeschoß hinaufführte. Blieb dann stehen, denn er konnte den Wind draußen heulen und nach ihm rufen hören, hinaus zum Wolf. »Er ist da«, sagte er. »Unmittelbar vor der Tür.«

»Ich werde auf dich achtgeben«, sagte Ilja. »Das werde ich; auch Anna, einer nach dem anderen, wir alle. Wir lassen dich nicht gehen.«

Andreij blickte zur Tür und konnte durch sie hindurchsehen in die blaue Nacht. Ilja packte ihn am Arm, trug eine brennende Kerze, um den Weg zum Dachgeschoß zu beleuchten. »Komm!« befahl er ihm, und er kletterte die Holzleiter mit ihren Blumenschnitzereien hinauf zwischen die bemalten Säulen und Pfosten des Dachgeschosses, ging leise zwischen den im ganzen Raum schlafenden Kindern hindurch. Da lag ihre eigene Nische; Ilja schloß die Tür, führte die Kerze an die Nachtlampe und blies den Docht aus, kleine alltägliche Handlungen, die sie an jedem Abend ihres Lebens ausführten und die jetzt tröstlich waren. Andreij bewegte sich lebenslangen Gewohnheiten folgend, schnallte den Gürtel ab und hängte ihn an den Bettpfosten auf seiner Seite, zog die Stiefel aus und krabbelte unter die kalten, schweren Bettdecken. Ilja deckte ihn fest zu, nachdem er sich hingelegt hatte, wie es früher Katja jede Nacht getan hatte, wozu sie jedesmal die Leiter heraufgestiegen war; und er täuschte vor, rasch einzuschlafen. Ilja blieb für einen Moment stehen, ging dann über die knarrenden Bretter herum um das Bett und legte sich auf der anderen Seite hinein.

Das Bett war wie Eis. Das blieb es auch, aber Andreij zitterte nicht. Er lag reglos da und lauschte dem Wind und den Schritten draußen vor der Tür unten, leise tapsende Schritte, die keine Spuren auf dem Schnee hinterlassen würden. Lauschte auch dem Wehen der Schneeflocken vom Firstbalken herunter und wie diese Flocken auf die Verwehungen fielen. Balken knackten wie Donnerschläge, und er fuhr jeweils auf und lag dann wieder still.

Schließlich konnte er keinen Widerstand mehr leisten und regte sich, streckte einen Fuß in die kalte Luft und zum Boden aus. »Andreij«, sagte Ilja sofort, drehte sich um und erhob sich auf einen Ellbogen, streckte die Hand aus und packte seine Schulter. »Alles in Ordnung mit dir, Andreij?«

Er legte sich zurück. »Laß mich gehen!« sagte er bittend. »Ilja, der Wolf ist da draußen. Er wird immer dort sein.«

»Ruhig. Sei still!« Und als Andreij sich bewegte, sich kaum dessen bewußt, daß er sich aufzurichten versuchte, hielt Ilja ihn fest. »Er wartet«, protestierte er. »Er wartet auf mich, Ilja, und die Kälte wird sich ausbreiten, auch andere befallen. Das weißt du.«

»Still!« Ilja rollte sich schweigend aus dem Bett, kam herum und setzte sich auf seiner Seite auf die Kante. »Ich werde keinen Schlaf finden«, meinte er. »Ich werde nie wissen, ob du in deinem nicht herumwanderst. Wie soll ich Schlaf finden, Andreij? Ich habe Anna versprochen, auf dich achtzugeben.«

Andreij wollte nichts davon hören, aber es drang doch durch die Taubheit, die von ihm Besitz ergriffen hatte. »Du solltest mich gehen lassen«, sagte er. »Ich werde auch gehen – morgen oder übermorgen. Er wird nie weit sein, sondern direkt vor der Tür. Umnik und mich – er wird uns kriegen.«

»Still!« Ilja band den Gürtel um sein Handgelenk und befestigte ihn am Bettpfosten. Er duldete es, denn es war schließlich Ilja, und er wußte, wie sehr Ilja sich grämte. Und es war nicht in Ordnung, daß Ilja sich solche Sorgen machte. Ilja gab sich große Mühe, auch mit der anderen Hand, saß da und fuhr ihm durchs Haar, eine freundliche Bewegung. »Schlaf jetzt«, sagte Ilja. »Schlaf jetzt! Du wirst in deinen Träumen nicht umherwandern. Du bist in Sicherheit.«

Andreij schloß die Augen und dachte, daß der Tag kommen würde und auch noch weitere Nächte, und sobald er die Augen geschlossen hatte, war der Wolf da, nicht weniger deutlich als vorher auch schon, mit Augen wie die Sonne, ein weißer Wolf in blauer Nacht, unsichtbar auf der dichten Schneedecke des Hofes. Die Pferde wieherten leise und beunruhigt. Die Ziegen meckerten – aber sie hatten keinen Grund zur Angst. Sie waren sicher in ihrem warmen Stall, wo die Kälte nie eindringen würde ... – und es war die Kälte, die wartete.

Er spürte, wie sich Ilja zurückzog, hörte das Knarren der Bretter, wie die Tür aufging und Ilja die Leiter hinabstieg. Er empfand etwas Kummer und zerrte an den Fesseln, um sich zu befreien, aber Iljas Knoten saßen gut, und die Vision saugte ihn wieder auf, die blaue Nacht, der bleiche Schnee.

Irgendwo hörte er sehr leise Geräusche, und er träumte davon, wie sich der Wolf entfernte und dann wachsam draußen am Zaun stand. Und weitere waren dort, weiß und abgezehrt vor Hunger. Eine Vision befiel ihn, wie sich die Haustür leise in der Dunkelheit öffnete und eine Gestalt in seinen Fellen zu sehen war, die seinen Bogen trug und seine Pfeile. Umnik wieherte leise und kam von selbst aus dem Stall, und seine Ohren waren steil aufgerichtet und seine Augen erfüllt mit den treibenden Vorhängen aus Licht, die über den blauen Himmel hinwegsprangen und -tanzten und -strömten ... Die Morgenröte, ungewöhnlich hell und seltsam. Das Pferd kam herbei und beschnupperte seine ausgestreckte Hand, und sie beide standen beisammen, Mann und Pony, unter dem strahlenden Glanz des Himmels. Zögernd blickte der Mann auf, wandte sein Gesicht dem Licht zu, und es war Ilja, dessen zornige Augen eine leichte, schon verhängnisvolle Auffassungsgabe zeigten, als sie in den Himmel starrten ... Neugier und Offenheit.

»Dort«, sagte Ilja und zupfte an Umniks langer Mähne, sprach nur mit Flüsterstimme, streckte den Bogen wie einen Stab zum nördlichen Himmel aus. »Wir werden ihn jagen, wir beide; wir werden es wenigstens versuchen, nicht wahr?« Und er öffnete das Tor, schwang sich auf Umniks bloßen Rücken, und das ungezäumte Pferd setzte sich in Bewegung, die Augen so starr blickend wie die Iljas, durch den zertrampelten Schnee die Straßen hinab und vorbei an Häusern ohne Augen, mit geschlossenen Fensterläden.

Und die Wölfe flohen wie der Wind, der über die Dächer und ihre Vorsprünge fegte und seines Weges zog, dabei ein Tor streifte, das dumpf hin und her schlug.

»Nein!« schrie Andreij, aber er war in seinem Traum befangen. Er zerrte an den Knoten, aber sie waren fest und alle Kraft hatte ihn verlassen, seine Seele war mit den Winden entflohen, dorthin, wo er die ganze Stadt unter sich ausgebreitet sehen konnte, ganz Moskva, wie es sein Bündel Flüsse umfaßte, gefroren und aufgebrochen und wieder zugefroren bis fast auf den Grund. Durch einen Staubschleier treibenden Schnees hindurch sah er die Tore, sah das Haus des alten Pjotr und des jungen Fedor fest zugeschlossen und mit gelöschten Lichtern. Dort blieb Umnik stehen, und Ilja sprang herab, entriegelte die Tore und zog einen Flügel auf in dem hinderlichen Schnee, bis genug Platz war, damit Pony und Reiter hindurchkonnten. Er kletterte wieder auf Umniks bloßen Rücken, und Umnik schüttelte den zottigen Kopf und trabte davon in dem Pfeifen des treibenden Schnees und der Herrlichkeit der Lichter im Norden. »Komm zurück!« jammerte Andreij, aber er sprach mit der Stimme des Windes, und der Wind trug ihn machtlos mit sich ... Er glitt über die Schneefläche, als sei seine Seele ein flitzender Vogel, der vor Pferd und Reiter dahinjagte und dann wieder klein wurde, als der Wind ihn nach oben fegte. Die Wölfe liefen daneben einher, eine bleiche Bewegung auf bleichem Schnee ... »Da sind sie!« wollte er rufen. »Ilja, da sind sie!«

Aber Ilja war kein Jäger, der etwas vom Bogen verstand, hatte ihn nie auch nur gespannt. Andreij schwebte näher heran, empfand Schrecken im Herzen, und sah Iljas Gesicht, das Ebenbild Annas, sah blondes Haar im Wind wehen, von Schnee bestäubt, sah seine Hände ... Iljas zierliche Hände, die sein Leben und seinen Lebensunterhalt bedeuteten, trotz der Kälte ohne Handschuhe. Und Iljas Blick schweifte ungeachtet der Wölfe über den Horizont und den Himmel, über den die Lichtvorhänge strömten und den Schnee berührten.

Ilja ritt nach Norden, immer weiter, während die Lichter sich stets von neuem zum Horizont zurückzogen und die Wölfe neben ihm über die Verwehungen schnürten und auf ihren Zeitpunkt warteten. Und der Bogen entglitt schließlich seiner erstarrten Hand und blieb im Schnee liegen, und er schien es überhaupt nicht zu bemerken. Der Köcher rutschte hinterher. »Es hat ihn gepackt«, dachte Andreij, und das Zerren wurde in ihm selbst immer schwächer, wie

Eis, das dahinschmilzt. Der Schmerz kehrte zurück. Er träumte, hilflos jetzt und verwundet, sah Ilja von Umniks Rücken gleiten, sah seine nackte Hand das zottige Schekkenfell liebkosen wie zum Abschied, aber als Ilja dann allein weiterging, folgte Umnik ihm. »Oh, geh mit ihm!« wünschte sich Andreij von dem Tier, das ein Teil von ihm war, wie Ilja fast schon nicht mehr. »Erlaube ihm nicht, allein dort hinauszugehen!« Und Umnik warf den Kopf hin und her, als habe er es noch tatsächlich gehört, und folgte Ilja geduldig und geräuschlos durch den Pulverschnee und die Herrlichkeit der Lichter, die am Himmel ihre Spiele trieben. Der Schrecken begleitete sie seitlich, vierfüßig und mit hängenden Zungen, mit sonnenerfüllten Augen, die schräg in der Nacht glitzerten, heraus aus weißen dreieckigen Gesichtern mit Zähnen wie Scherben klaren Eises. Umnik schüttelte den Kopf und blies einen frostigen Atem hervor, und auch seine Augen nahmen langsam diese Fremdheit an, das leuchtende Schimmern einer Sonne, als sei er nicht länger dem Menschen zugehörig; und ein unvermuteter Feind trottete jetzt hinter Ilja her.

»Ah«, dachte Andreij, »ich möchte gern sein Gesicht sehen.« Und versuchte in seinem Traum, ihn zu überholen, vor ihn hinzutreten und ihn zu warnen, es ihm zu sagen, herauszufinden, ob dieselbe Verwandlung auch von ihm Besitz ergriffe. *Ilja,* dachte er mit aller Kraft, die ihm verblieben war. *Ilja, ich bin hier. Oh, sieh mich an!*

Ilja blieb stehen und drehte sich um, sein Gesicht nur vage beunruhigt, als habe er irgendeine seltsame ferne Stimme gehört.

Ilja, o mein Freund.

»Andreij?« fragte er, wobei er kaum die Lippen bewegte, und streckte die Hand aus, als könnte er ihn dort stehen sehen. »Ist es das, was du gesehen hast? Ich war nie außerhalb der Mauern; ich war immer zu kränklich. Aber es ist schön, Andreij.«

Er hatte keine Antwort für ihn. Die Schönheit, die er am

Himmel gesehen hatte, war verschwunden; sie war blaß geworden in seinen Augen, abgesehen von dem, was er in Iljas Augen gespiegelt sah.

»Ich glaubte zu wissen«, sagte Ilja, »was Schönheit ist ... Ich mache Schönheit, Andreij, zumindest glaubte ich, das zu tun, aber ich habe doch bis heute keine gesehen. Ich sollte Angst davor haben, finde ich, aber das tue ich nicht. Nur, sie töten ... Andreij, wie kann ich das tun? Wie könntest du?«

»Tu es nicht!« flüsterte er. »Komm zurück! Laß mich frei, Ilja! Komm nach Hause! Laß mich frei!«

»Ich bin zu weit gegangen«, sagte Ilja. »Schau nicht hin, Andreij, geh zurück ins Bett. Du träumst nur. Geh zurück!«

So mochte ein Traum zu ihm sprechen, sein eigener Verstand durch den Mund eines Phantoms mit ihm reden. Es erweckte für einen Moment Unglauben in ihm, und in diesem Moment drehte sich Ilja um und ging weiter nach Norden. »Warte!« schrie er und folgte ihm, fand das Gehen immer schwieriger, denn der Wind trug ihn nicht mehr. »Ilja, warte!«

Ein zweites Mal wurde ihm das Gesicht zugewandt, immer noch mit Iljas Augen, wenn sie auch unnatürlich ruhig waren. Und jetzt stellten sich die Wölfe auf einem niedrigen Kamm auf, und ihre geschlitzten Augen leuchteten. »Komm weg von ihnen!« bat Andreij. »Siehst du sie denn nicht?«

Ilja betrachtete ihn mit diesem Blick, den er selbst vorher auf die gerichtet haben mußte, die ihn liebten – ein Blick, der ihn aus großer Ferne abschätzte und ihn abwies, weil er all seine Fehler entdeckte.

»Die Wölfe«, weinte er. »Ilja, siehst du sie denn nicht?«

»Nein«, sagte Ilja langsam und rücksichtsvoll, wandte sich den Wölfen und dann wieder ihm zu. »Dort ist nichts. Geh zurück! Ich habe es getan, also *könntest* du zurückgehen, begreifst du nicht?«

»Ich werde sie jagen«, schwor er. »Ich werde sie einzeln jagen.«

»Nein«, sagte Ilja sanft, und hinter ihm stand das Pony mit Augen, erfüllt von der Sonne; tatsächlich ging die Sonne jetzt auf, eine dünne Linie und eine Perle, mit schimmernden Streifen auf dem Eis, Bändern und Schäften aus Licht, die die schneebedeckte Ebene mit Düften von Rosa und Lavendel und Opal überzogen. Ilja blickte in diesen plötzlichen Glanz und wandte ihm den Rücken zu. Eine Gestalt stand dort, eins mit dem Licht und in Licht gekleidet, weiß wie der Schnee.

»Ilja«, keuchte Andreij, aber Ilja ging weiter. Andreij packte Umniks Mähne, aber er konnte das Pony nicht mehr halten ... auch Umnik ging. Die Wölfe glitten, strömten auf diese Gestalt zu und wurden eins mit ihr, die ebensogut eine Frau wie ein Mann hätte sein können und unerträglich hell war. »Ilja«, flüsterte sie und breitete die Arme aus.

Andreij packte Iljas Ärmel, und wieder traf ihn der Blick wie aus großer Ferne; er drehte Ilja um, drückte ihn an sich, um sein Gesicht von dieser Gestalt abzuhalten, die zu einer Frau wurde, kalt und unaussprechlich schön. »Das ist dein Wolf«, sagte er und hielt Iljas Gesicht zwischen seinen Händen fest. »Nicht wirklicher als meiner.«

»Genauso wirklich«, sagte Ilja. »Keinesfalls weniger wirklich als deiner.« Ilja drückte ihn leicht an sich, ohne jede Liebe, nur aus der Erinnerung daran. »Du gabst ihm, was du der Schönheit gibst, Andreij; und das tue ich auch. Und das tue ich auch.«

Und er ging fort und Andreij blieb stehen, als hielte ihn ein Band fest, das schon so weit gedehnt war, wie es nur ging; so konnte er sich nicht weiterbewegen. Er beobachtete Ilja und das Pony, wie sie einer nach dem anderen das Licht erreichten, sah den Anschein von Armen sich dort ausstrekken und Ilja umfassen, so daß beide für einen Moment wie zwei einander umschlingende Liebende wirkten; sah dann auch Umnik mit dieser fließenden Schönheit verschwimmen und diese sich dann mit dem heraufziehenden Morgen ausbreiten.

Ganz plötzlich, als das Licht kam, kehrte Umnik zurück, trug einen Reiter, kam aus der Sonne hervor, deren Licht ihn umfloß, und erzeugte Lichtstrahlen, wo seine Hufe die Schneewehen berührten. Sein Reiter glich einer Vision, wie sich sein Haar bewegte und wie er die Hand hob, als das Pony stehenblieb – ein schönes kaltes Gesicht, das einmal Iljas gewesen war, das Haar im Wind flatternd, und die Augen – die Augen im Licht opalen Goldes strahlend, wie Lampen, die sein leuchtendes Gesicht dunkel erscheinen ließen.

»Komm«, flüsterte Ilja, »o mein Freund!«

Andreij drehte sich um und floh, machte ein Wettrennen mit der weichenden Nacht, floh mit weiteren Schatten, stieg auf die Winde hinauf, nackt und allein. Er überquerte die Flüsse und erspähte die Brücke, sah Moskva das Eis mit seinen hölzernen Wällen umfassen und die Reinheit der Welt mit seinen dunklen Gebäuden beschmutzen. Er fand das offene Tor und huschte hinein, glitt über die vielbegangene Straße, entdeckte die winzigste Ritze in der Wand des Hauses und fand durch sie Zutritt in die Wärme und die Stille, im Dachgeschoß, wo er ruhte, gefangen wie zuvor.

Er erwachte und drehte den Kopf zur Seite, sah, daß der Platz neben ihm leer war.

»Ilja!« schrie er und weckte damit das ganze Haus.

Sie fanden ihn am Tor, in der Ecke des Zaunes um den vorderen Hof, teilweise bedeckt durch den treibenden Schnee, erstarrt, mit winzigen Eiskristallen, die an Kleidern und Gesicht hingen ... kein schrecklicher Anblick wie bei manchen Toten, die der Kälte erlegen waren, sondern eher wie einer, der in einen schönen Traum blickte und lächelte. Andreij berührte sein Gesicht, während Anna ihn festhielt, vergoß dabei Tränen, die das Eis auf seinen Wangen zum Schmelzen brachten. Und plötzlich sprang er auf in seinem Schmerz und lief zum Stall, während die anderen hinter ihm herriefen.

Dort lag Umnik, völlig steif und tot. Das andere Pony blickte ihn vorwurfsvoll an, und die Ziegen meckerten, und er wandte sich ab und kehrte zu den anderen zurück, nahm Anna in die Arme.

Es dauerte nun nicht mehr lange, bis der Frühling kam; die Winde wechselten und der Schnee wich zurück und die Flüsse ächzten unter brechendem Eis.

Andreij ritt auf dem anderen Pony über den zertrampelten, schmutzigen Schneematsch, dem Braunen, jüngeren, ein Tier, das nie sein würde, was Umnik gewesen war. Die Schneewehen in der Stadt gaben ihren Griff um die weißen windgeschüttelten Säulen auf, die einst Statuen gewesen waren, legten kleine mitleiderregende Entdeckungen frei, kleine Tiere, die im Verlauf des Winters erfroren waren; und nahe dem Ufer der Moskva fand man eine alte Frau, aber solche Tragödien kamen mit jedem Winter, während es jetzt Frühling wurde und sich das Weiß zurückzog.

Andreij durchritt das Tor, ritt über die Brücke und verzichtete auf das Anlegen der Augenschirme, während er dahinritt. Er trug einen neuen Bogen und einen neuen Köcher bei sich – die alten, die Iljas tote Hände gehalten hatten, schienen ihm mit Unglück behaftet –, und er ritt hinaus, den Saum des sich zurückziehenden Waldes entlang, wo die Bäume ihre Schneelasten abwarfen und die Spuren von Rotwild zu sehen waren.

Er und Anna hatten schon vor dem Eintreffen des Frühlings ihr gemeinsames Leben begonnen; er trug das, was sie gestickt hatte, und sie schwoll an mit ihrem Kind, und die dumpfe Narbe des vergangenen Winters schien jetzt erträglich. Er hatte dem alten Zauberer ein Geschenk gemacht, Mischa, der jetzt einen weiteren Winter überlebt hatte – zwei fette Hasen als Bezahlung für die Wahrheit, die ihm vermittelt worden war und über die er keinen Groll empfand.

Die Hufe des braunen Ponys zerdrückten schmelzenden

Schnee und zerbrachen das Eis, und die Sonne glitzerte darauf, jedoch war der Tag immer noch bedeckt. Er beschirmte die Augen mit der behandschuhten Hand und blickte hinauf zu den dahintreibenden grauen Wolken, erschauerte wenig später, als die Wolke quer über die Sonne trieb, und die Luft vermittelte einen Eindruck von Kälte.

Es gab nur noch gewöhnliche Tage, für alle Zeiten. Er sah die Stellen in Moskva, wo die Malereien abblätterten, sah Sprünge in den Bildern Moskvas. Die Muster, die Anna für seine Kleidung entwarf, wirkten knallig und weit weniger lieblich als früher einmal. Er hatte ein einziges Mal Schönheit erblickt, hatte auf sie angelegt und sie verwundet.

Jetzt sah er die Wahrheit.

»War es dein Augenlicht, was du dem Wolf gegeben hast?« hatte er Mischa schließlich gefragt. »Oder war es die Hand?«

»Ich habe mein Augenlicht zerstört«, hatte Mischa geantwortet. »... danach.«

Mischa hatte niemanden gehabt, während er drei Familien besaß, Anna und ein werdendes Kind.

Und er hatte einen Freund gehabt.

Iljas Schnitzereien verwitterten und würden eines Tages zerbrechen, würden mit dem Alter Moskvas dahingehen. Ilja hatte nichts Bleibendes geschaffen. Noch tat das irgendein Mensch.

Die Farben würden verblassen, und das Eis kommen; Andreij wußte das, aber er betrachtete die Farben und die Muster, die von Menschen gefertigt waren, weil er jenes andere aus seinem Herzen und seinen Augen gebrannt hatte; und er betrachtete sie weiter, weil andere ihn brauchten.

Kälte berührte seine Wange und griff an seinen Körper, ein Gefühl tiefer Kälte, der Atem von Schneeregen und Schneeflocken. Die braune Ponystute schüttelte den Kopf und schnaubte unbehaglich.

Was hatte Ilja gesehen? fragte er sich immer wieder. Was, wenn nicht den Wolf?

Was hatte ihn fortgezogen?

Schneeflocken bestäubten die schwarze Mähne des Ponys, eher kleine Sterne, von denen jeder anders war, jeder zierlich und weiß und sicherlich während des langen Alters der Erde immer wieder von neuem entstanden. Wie auch der Kummer des Menschen.

Andreij blickte nach Norden in den Schimmer von Eis und Sonnenlicht, durchsichtig und orangefarben und rosa und golden, eine schmelzende Helligkeit.

Nichts war dort.

Für immer.

Nächtliche Spiele

(ROM)

Sie reichten ihm Speise und Trank. Er nahm an, obwohl er es nach seinem ganzen Kodex nicht hätte tun dürfen. Er war niemand. Mit seinem Totem und seinen Waffen hatten sie ihm den Namen geraubt, und sie hatten Ta'in getötet, sein Herz. Als Krieger der *Netang* hätte er Speise und Trank abgelehnt, die ihm von Feindeshand gereicht wurden, und wäre dabei gestorben, aber sie hatten es in ihn hineingezwungen auf der langen Reise, die ihn an diesen Ort geführt hatte, und sie hatten ihm dabei auch alles geraubt, was er war, und jetzt war er müde. Wäre er noch im Besitz seiner Waffen gewesen, so hätte er damit nie gegen Leute wie diese kämpfen können mit ihren Maschinen und ihrem spöttischen Lächeln. Er hätte sie alle getötet, wäre er dazu in der Lage gewesen, aber das wäre nur gegangen, solange er noch ein Krieger war und einen Namen getragen hatte. Jetzt saß er teilnahmslos da und wartete auf alles weitere, auch was aus ihm werden würde, mit Sicherheit etwas, das ihren Zwecken diente.

Belat schaltete den Vid aus und lächelte den korpulenten Manager an, der in dem Schalensessel im Büro des Erdhandelszentrums saß, unmittelbar neben dem zerfallenden Hafen gelegen. »Ein *Netang*-Stammeskrieger von Phönix IV, das ist, was ich uns besorgt habe.«

Ginar faltete die Hände auf seinem Wanst und nickte Belat dem Händler gewichtig zu. Grinste in wachsender Belustigung. »Der Tyrann wird mächtig überrascht sein. Sie gehen vor wie geplant ... heute nacht?«

»Ich habe meine üblichen Verbindungen unterrichtet«, sagte Belat, »daß ich für heute abend eine besondere Überraschung parat habe. Ich habe die Erlaubnis, die Brücke zu überqueren. Ich konnte sogar einen Funken der Begeisterung ausmachen.«

»Eine besondere Überraschung.« Ginar kicherte wieder. Das würde es sein. »Sie werden«, sagte er, »*meinen* Namen in der Stadt nicht als Förderer dieser Sache erwähnen ... falls etwas schiefgehen sollte. *Ihr* Risiko. Letztlich ist es – Ihr Risiko. Ich verschaffe Ihnen nur ... die Gelegenheit.«

Die Stadt war so alt wie die Erde, wie sie da lag in der Kälte und dem Schwund der vom Untergang gezeichneten Sonne.

Die Ewige Stadt ... – unter dem letzten ihrer zahlreichen Namen und unter der Herrschaft des jüngsten ihrer Tyrannen. Sie lag auf ihren sieben Hügeln an den Ufern ihres trägen, miasmatischen Flusses und träumte ihre Träume.

Das war die Leidenschaft des Tyrannen und auch die aller Edlen der Stadt – Träume. Der Apparat (der vielleicht hier seinen Ursprung hatte, oder vielleicht auch auf einer der Kolonialwelten: niemand erinnerte sich daran) befand sich in dem Palast, der die Stadt beherrschte; er vermittelte den Träumen Substanz, und mit dieser Substanz tröstete er über die violetten Nächte und die bedrückenden Tage der kränklichen Sonne hinweg. Auf der Erde blieb nichts mehr zu *tun*, überhaupt nichts, denn die Nichtigkeiten lagen offen zutage, die Ambitionen, die Einbildungen von einem Imperium, die bedeutungslose Natur der Macht auf einer Welt, wo größere Mächte jetzt die Leere überspannten und zahlreiche Welten umfaßten, wo sogar diese Mächte Zeit genug gehabt hatten, viele Male alt zu werden und zu verfallen. Die Erde hatte alles miterlebt. Die Ewige Stadt hatte solche Epochen vorübergehen sehen ... zu oft, um sich durch das Ausüben von Macht oder das Streben nach einem Imperium zu belustigen. Ihr waren keine Hoffnungen geblieben, die sie bloß alt war, während auch die Sonne alterte und der Mond groß und blaß am Himmel hing, grell beleuchtet durch den

Schein der kränklichen Sonne. Die Erde und die Stadt konnten keinen Ambitionen mehr nachhängen. Ambitionen waren etwas für jüngere Welten. Für die Stadt existierte nur noch das Vergnügen.

Und das Träumen.

Eine köstliche Dekadenz waren die Träume; in denen sich manche verloren und die Rückkehr nicht mehr schafften; Träume, die durch die seltsame Macht der Maschine zu wirklich werden konnten und bei denjenigen, die zu tief in ihre Macht stürzten, wirkliche Konsequenzen am fleischlichen Körper zeitigten.

Die Tage der Ewigen Stadt brachten weltliche Beschäftigungen für diejenigen, die erwachten ... die Beaufsichtigung der dummen Hilfsarbeiter, die sich in den tiefen Katakomben der Stadt abplagten. Die Sonne war furchterregend, und die meiste Zeit des Tages regte sich die Stadt nur unter der Erde, in den weitreichenden Windungen der Tunnels, wo Pilze wuchsen und blinde Fische lebten und man Hefe fand und andere solche Sachen; und morgens und abends, wenn die Sonne freundlicher war, kümmerten sich die Arbeiter um die Feldfrüchte, die immer noch an den Ufern des trägen Flusses wuchsen. Solche Menschen wählten die Arbeit, nicht den Traum, und sie arbeiteten unter den furchterregenden Grausamkeiten ihrer Herren. Der Tag gehörte ihnen und den geringeren Edlen, deren langweilige Pflicht in ihrer Beaufsichtigung bestand, in der Buchführung und dem Abschluß von Geschäften mit den wenigen Schiffen, die vielleicht zufällig den Hafen am anderen Ufer anliefen. Die Stadt hatte einige weltliche Anliegen, und so gab es Arbeit, nicht, weil es sein mußte, sondern weil manche Menschen wußten, daß sie zu Opfern bestimmt waren, weniger einfallsreich, weniger wild, und sich so zu Lasttieren machten, denn Tiere plagten sich ihren Anteil ab und erwarben sich so Nahrung und Leben. So sahen die Tage der Stadt aus.

Aber die Nächte, die violetten Nächte – dann versanken

oben auf dem Palastberg die feinfühligen Träumer in den bunten Perversionen, den unheimlichen Vergnügungen, der Vergangenheit der Stadt, die sie einst gewesen war, lange schon zerfallene Reiche der Vergangenheit, die hätten sein können; der wirklichen Zukunft und der Zukunft, die niemals sein konnte.

Die Stadt exportierte auch Träume. Das allein reichte schon für den Unterhalt der Edlen, der glitzernden Menge, die dem Tyrannen aufwartete. Sie träumten; und wenn es ihnen gefiel, verkauften sie diese Träume, Bandaufzeichnungen von einem Geschmack und einer Natur, die allein die verbrauchten Traumreisenden der dekadenten Ersten Kolonien des Gliedes noch befriedigen konnten (dort, wo jedes Gesetz schon lange verschwunden war), oder den verbotenen Handel auf jüngeren Welten anderswo. Diese Träume waren ein Erzeugnis von einzigartigem Charakter in der Palette der teuren Laster ... – teuer deshalb, weil sie von der Erde kamen, die weit entfernt von den wichtigen Welten lag; weil sie selten waren (denn nur gelegentlich gab der Tyrann seine Einwilligung); und obendrein, weil sie mit Leben erkauft waren.

Der Hafen der Stadt blieb allein für diesen Handel geöffnet, der die bloßen Nahrungsmittel und Getränke und kostbaren Gegenstände einbrachte, wodurch die Edlen der Stadt wohlwollend gesinnt und feudal ausgestattet blieben – und seltener auch jenes Preisopfer, das die eisernen Tore des siebten Hügels öffnen und ein Band sicherstellen konnte, ein Band von solchem Spaß, daß es Wohlstand von allen Sternen einbrachte und alle Hände bereicherte, durch die es ging.

Daher Ginar, der in Reichtum lebte in seinem Herrenhaus am Hafen, wo ihm zahllose Diener aufwarteten, die den Dienst an Ginar bequemer fanden als die Plackerei für die Herren der Stadt, der in dem Luxus von Gütern schwelgte, die er diesen Herren abknöpfte und die sie kaum vermißten. Der Vorsitz bei einem derartigen Posten mußte einen Ausgleich in physischem Luxus bieten, denn er bedeutete das Exil von allen zivilisierten Welten, den jungen Welten, wo das Leben stattfand, und das hätten so manche nicht ertragen können. Aber es gab einen Luxus, den Ginar hier hatte, abgesehen von den erlesenen Speisen und seinen Dienern: er stammte selbst von den Ersten Kolonien und war seit vielen Jahren süchtig, ein Traumreisender, der nur für dieses Vergnügen lebte, das ihm hier näher war als anderswo; und jenseits des Flusses außer Reichweite, es sei denn, irgendein Band konnte heimlich aus der Stadt gebracht werden, gekauft zum entsprechenden Preis.

Daher Belat, der die langen Fahrten mit den Schiffen machte und schon lange im Geschäft war, und dessen Wohlergehen gegenwärtig auf der Kippe stand.

Belat machte sich jetzt auf den Weg über die Brücke, während die Sonne noch im Aufgehen begriffen und sicher war – über die Brücke, die die älteste und letzte von den Brücken der Stadt war. Auf ihr starrten dunkle Monolithen, die einmal Statuen gewesen waren, zu Boden, Marmorsäulen, denen die Zeit alle äußeren Kennzeichen geraubt hatte, deren Gesichter nur noch in Andeutungen zu erkennen waren, Hinweise auf zum Kreischen aufgerissene Münder und eingesunkene Augen, und handlose, ausgestreckte Arme.

Und dahinter – ein langsamer Gang durch die eigentliche Stadt, durch die Katakomben, wo Zerstörung auf Zerstörung gehäuft war, vernachlässigt, denn niemand machte sich die Mühe, das zu reparieren, was die Zeit schon immer letztlich zerstört hatte. Arbeiter blickten aus Augen, wie die der Statuen, dunkle Abgründe, in denen die Furcht stand. Manchmal huschte einer schnell davon, aber die meisten blieben immer dort stehen, wo sie einmal erwischt wurden, versuchten vielleicht, stumpf zu erscheinen ... denn nächtens und zu Zeiten, wenn kein besonderes Spiel stattfand, kamen die Herren zu ihnen heraus und suchten einen von ihnen für dieses Schicksal aus, wen immer die Herren der

Vorstellungskraft für schuldig befanden, wer immer Spaß versprach.

Nie sah Belat einen, der trotzig wirkte. Diejenigen, die solche Blicke zeigten, wurden als erste ausgewählt und vermittelten den höchsten Genuß.

Er ging weiter, widmete den Arbeitern keine große Aufmerksamkeit, denn er mochte ihre Augen nicht; sie hatten ihm noch nie gefallen, so oft er auch diesen Weg schon zurückgelegt hatte.

Sieben Hügel, und der im Mittelpunkt aller anderen war ein gespaltener Berg, wo bei Unwettern die Blitze am heftigsten ihr Spiel trieben, ein Berg, auf Ruinen schwebend und gespalten durch die Narbe eines alten Fehlers. Götter hatten einst hier gehaust, und jetzt tat es der Tyrann, am Ende einer Straße, die der altertümlichen Reihe der Zerstörung folgte. Er schlief jetzt, wie es die ganze Stadt tat, auf ihren Hügeln kauernd. An dieser Stelle hatte eine antike Ruine gestanden, und Stücke aus weißem Marmor waren ausgearbeitet worden wie gebrochene Knochen aus der Narbe dieser alten Wunde, der einzige nackte Erdboden in der ganzen Stadt, umgeben von Katakomben und den aufgehäuften Ruinen aus den Jahrtausenden, die die Stadt schon gesehen hatte.

Ein eisernes Tor bildete den Eingang zu diesem Tal, wo ein Wächter stand, ein geringerer Herr auf Tagwache, dem ein Schutz vor der Sonne zur Verfügung stand, wenn sie aufging, ein Torhaus aus kunterbunt gemischten Marmorstücken, gealtert und glatt und umrankt von Reben. Das Interesse des Wächters erwachte angesichts dieses Besuches – der nur so selten kam; und Belat stand vor den Toren, ohne sie zu berühren, die Hände gefaltet, kam dem Wächter an Hochmut gleich.

»Ich habe ein Geschenk dabei«, sagte Belat. Der Wächter betrachtete ihn einen Moment lang aus schwarz umrandeten Augen und schenkte ihm mattes, tödliches Lächeln.

Und mit einer Berührung entriegelte der junge Herr das

Tor. »Gehen Sie weiter«, flüsterte er mit diesem heiseren, gedämpften Tonfall der städtischen Aristokratie. Keiner von den Edlen sprach jemals laut; das war ein Kennzeichen ihrer eigentümlichen Kunst.

Belat ging hindurch und folgte dem Weg zwischen den Ruinen. Er spürte das Lächeln hinter seinem Rücken, ein wildes Lächeln, das ihm mit trägen, schwarz umrandeten Augen hinterherblickte, das nach ihm gierte, auf die eine oder andere Weise.

Die Straße schlängelte sich weiter, hinweg über das Feld aus zerbrochenen Teilen des Altertums, die Katakomben zur Linken in die Tiefe führend, eine langsame Flut von ihnen von rechts her scheinbar gegen dieses Tal plätschernd. Die Straße schlängelte sich weiter, ohne daß dafür ein Grund erkennbar gewesen wäre, aber es hatten vielleicht einmal vor langer Zeit hier Bauwerke gestanden, die jetzt vergraben lagen. Die Spiele waren hier sehr alt. Es wurde berichtet, daß dieser Ort des Menschen älteste und schrecklichste Laster erlebt hatte, der äußerste und wahnwitzigste Sport einer Spezies, die einmal aus Jägern bestanden hatte – sich selbst zu jagen.

»Ich habe ein Geschenk dabei«, unterrichtete Belat den Wächter des zweiten Tores, der hinter dem eisernen Gitter stand und vor einem Torhäuschen, das ebenfalls von der Sonne abgeschirmt war. Dahinter stieg der Weg der Tausend Stufen an und führte zu den innersten Toren. »Dann«, flüsterte dieser Wächter und öffnete dabei weit die Tore, »werden wir heute nacht eine gute Jagd haben, nicht wahr?«

Belat kletterte weiter und keuchte jetzt dabei, und er hatte eine Schwäche in den Knien, die nicht ganz auf seinen Mangel an Training zurückzuführen war und seine Gewöhnung an Schiffe. Über ihm ragte die Lotoskuppel des Palastes in den morgendlichen Himmel, weit, weit oben am Ende der Stufen, die vom Tritt vieler Füße zu tiefen Mulden abgetragen waren, von den Wächtern, die hinauf- und hinabgingen, und von den Opfern, die ... hinaufgingen.

»Ich habe ein Geschenk dabei«, informierte er den Wächter des dritten Tores, der eigentlichen Tür.

Dieser Wächter grinste nur, zeigte dabei scharfe blaue Zähne, und gewährte ihm Eintritt.

Belat ging weiter, folgte den langen inneren Hallen mit Säulen wie Lotosstengel, die sich emporschlängelten und über gewölbte Decken wanden; dann noch weiter, wieder eine andere Halle, wo die Stengel zu steinernen Lilienblättern und Marmorlotossen an der Decke aufragten, Stengel, hinter denen kokette goldschuppige Fische lauerten, unter denen ein Thron stand wie eine Alabasterlotosblume, auf dem träge goldene Glieder ausgestreckt lagen und dunkle schwarz umrandete Augen ihn betrachteten. Der Tyrann betrachtete ihn finster, eine Wolke auf der jugendlichen Stirn, eine plötzliche rasche Bewegung einer Hand mit Fingernägeln aus Edelsteinen, ein Wink, sich fortzuscheren – gnädigerweise jetzt zweimal ausgeführt. Zwölf Jahre alt war Elio DCCLII, bockig, verdorben ... gefährlich. »Gehen Sie weg«, flüsterte der Junge, »... *Fremder!* Wir haben Sie schon letztes Mal weggeschickt. Glauben Sie, wir vergessen? Glauben Sie, wir vergeben?«

»Ich habe Ihnen ein Geschenk mitgebracht«, sagte Belat und beobachtete, wie das alte Interesse unwillkürlich wuchs in den Augen des Tyrannen ... Interessen wie Vergnügungen, die rasch kamen und rasch wieder entflohen, die dieses hübsche goldene Kind zu dem Herrscher machten, der es war – der geschickteste aller Träumer, Wirker von Finessen und tödlichen Gefahren, denen die am meisten Verbrauchten nicht nacheifern konnten, eine Kälte, die ihn immun gegen Schocks machte und ihm erlaubte, die Träume nach seinen Vorstellungen zu gestalten. Mordanschläge waren schon versucht worden – vergeblich.

»Ihr letztes Geschenk«, meinte der Junge, »hat versagt.«

»Dieses«, sagte Belat und wagte sich einen Schritt näher heran, »dieses wird es nicht tun.«

»Was haben Sie uns gebracht?« flüsterte der Knabentyrann und beugte sich auf dem Lotosthron vor. »Etwas – Neues?«

»Einen Träumer«, antwortete Belat flüsternd, und bevor die schmollenden bemalten Lippen des Tyrannen ein Wort formen konnten: »Ein *andersartiger* Träumer. Ein wilder Träumer. Etwas, das Sie noch nicht gejagt haben, Majestät, etwas, das die Erde noch nicht gesehen hat.«

Die gewohnte Bockigkeit zitterte auf den kindlichen Lippen, und das Stirnrunzeln wurde tiefer, ein tödlicher Schatten auf den schwarz ummalten Augen ... – gerade von der nächtlichen Jagd zurück war Elio, vielleicht befriedigt, vielleicht enttäuscht. »Sie haben vor zu bleiben«, lispelte der Tyrann, »und das hier ... mit Ihren Geräten aufzuzeichnen. Wir sollten uns diesem – geschmacklosen Eindringen in unseren Sport fügen. Und Sie *verkaufen* diese Sachen, nicht wahr?«

»Ich muß weit reisen«, sagte Belat, übte in diesem Punkt Vorsicht. »Bedenken Sie nur, Majestät, daß ich die Welten für Sie erforsche, um Ihnen ein solches Geschenk zu bringen. Und die Aufzeichnung macht es von neuem möglich.«

»Sie sind ein Eindringling.«

»Bringe ich Ihnen nicht die seltensten Schätze, Majestät? Kommen die dumpfen Kreaturen da draußen meinen gleich? Bringe ich Ihnen nicht stets den unüblichsten, größtmöglichen Spaß?«

»Sie haben uns *gelangweilt*, Traumdieb. Sie haben unsere Hoffnungen erweckt und sie dann nicht erfüllen können, und sind nicht noch andere Verkäufer unserer Vergnügungen zu finden, die Ihren Platz fähiger auszufüllen in der Lage sind? Schiffe würden weiterhin in unserem Hafen verkehren. Der Makler wäre weiterhin da. Und vielleicht wäre der nächste Händler vorsichtiger ... – das könnte doch sein, nicht? Sie haben uns *gelangweilt*. So lange haben wir auf das gewartet, was Sie uns versprochen haben, und es hat *versagt*. Wir ließen Sie einmal gehen. Diesmal nicht.«

Belat schwitzte, widerstand aber der Versuchung, sich

über das Gesicht zu wischen, es einzugestehen. Der Untergang lag auf einer Seite. Auf der anderen ... »Sie werden mein Geschenk annehmen«, flüsterte er. »Es geht auf meine Kosten, Majestät. Und wenn es recht ist ... nehme ich das Band mit.«

»Ich nehme an«, sagte der Junge unheimlich sanft. »Und erlaube Ihnen, Ihr Band zu machen. Aber, Belat, diesmal gibt es keine Vergebung. Wir werden *Sie* jagen, wenn uns dieses Geschenk kein Vergnügen bereitet.«

Belat erschauerte, starrte in die jungenhaften Augen, empfand Haß und erstickte ihn gleich, gab sich große Mühe zu lächeln. »Ich bin zuversichtlich«, sagte er. »Würde ich das Risiko eingehen, noch einmal herzukommen – wenn ich keinen Grund dazu hätte?«

Der Blick seines Gegenübers wurde argwöhnisch, ein ganz klein wenig Argwohn, der schnell wieder entfloh, und die kindliche Hand gab ihm den Wink zu verschwinden. Belat verstand das Zeichen, nahm sein Leben und seinen Verstand in beide Hände und verließ mit samtweichen Schritten die Halle der Lotosstengel – ging den langen Weg nach unten, vorbei an der Neugier in den Augen des Wächters – und die Neugier selbst war in der Ewigen Stadt ein Gut von größerem Wert als Gold.

Die Sonne kletterte höher, und draußen versank die Stadt in den Grabungen des hellen Tages, der Lotospalast jedoch in seinem täglichen Schweigen. Elio badete, blieb lange untergetaucht in einer goldenen Wanne, die nur etwas stärker leuchtete als die darin zusammengerollten Glieder, schlangengeschmeidig und schlank. Er ging durch die kalten Gänge mit ihren Liliensäulen und starrte ruhelos zum einzigen nicht abgeschirmten Ausguck des Palastes hinaus auf das ruinenbedeckte Tal zu Füßen des Hügels, auf die Katakomben, vom Glanz der schrecklichen Strahlungen des Tagesgestirns bedeckt, und hinter ihm beobachteten die geringeren Herren, die ihm dienten, seine Verrücktheit unter trä-

3·84·4

gen Lidern hervor, hofften, daß er irgend etwas Bizarres tun würde. Aber er bekam keinen Sonnenstich und sprang auch nicht in den Tod, wie es vier Tyrannen vor ihm getan hatten, als sie sich nicht mehr hatten amüsieren können. Und Elio widmete den Dienern einen Blick, der allein schon einen hochgeschätzten Kitzel des Schreckens vermittelte ... in der Erinnerung, daß zur Linderung des Schmerzes der letzten gescheiterten Jagd – ein geringerer Herr im Spiel unter seiner Hand gefallen war, ein wahrhaft seltener Spaß.

Aber er ging mit diesem tödlichen Blick über sie hinweg und ging weiter, versunken in seinen Erwartungen, oft geweckt und immer enttäuscht.

Das Töten verlief immer zu schnell. Und er kannte das Geflüster, das besagte, eine Kraft wie die seine brenne sich stets selbst aus, wüchse stetig nach innen, fände keine Herausforderungen mehr, bis letztlich überhaupt nichts mehr dazu angetan war, eine Regung in ihm wachzurufen.

Er hegte Vorstellungen. Ein solches Talent war nur selten zu finden. Er befand sich im Griff der Krankheit, die die Talentierten befiel, die brillanten Träumer, die keine Herausforderungen mehr entdeckten. Mit zwölfen sah er einen nicht mehr fernen Tag voraus, an dem sein eigener Tod ihm als einziger noch nicht probierter Nervenkitzel erscheinen würde. Er kannte die Hallen, jeden Lotosstengel, jeden aufgeschreckten goldenen Fisch. Er kannte die Herren und Damen, erkannte sie nicht nur an den Gesichtern, sondern sogar den Seelen, saugte all ihre Vergnügungen auf, wurde von ihnen genährt, gedieh an ihren dunklen Phantasien und langweilte sich.

Er kostete den Tod von Opfern und fand sogar das ermüdend.

Er wurde dünn, denn er schritt tagsüber stets durch die Hallen und erschöpfte seinen Körper in nächtlichen Träumen.

Er terrorisierte gefangene Arbeiter, aber auch dieser Tagessport wurde blaß, denn an Träumen gab es mehr,

Träume gingen tiefer und waren bunter, erlegten der Phantasie keine Grenzen auf außer denen des Geistes.

Und auch diese hatte er schon durchmessen und ergründet.

Mit zwölf kannte er die Grenzen aller, die ihn umgaben, und hatte er all die Vergnügungen erlebt, ein Erbe von vielen tausend seiner Art, von denen alle jung gestorben waren, in einer Stadt, deren Ewigkeit ein sehr, sehr langsamer Tod war.

Vielleicht sterbe ich heute nacht, dachte er und genoß diesen Gedanken.

Er saß viel in seiner Zelle. An diesem Tag – wenn es Tag war – wußte er, daß sie ihn beobachteten, und das hatten sie bis jetzt nicht getan. Aber es stand ihnen frei, das zu tun, und er konnte sich nicht beschweren. Er saß da, starrte auf seine Hände und wartete. Die Zeit würde kommen, wo sie darauf bestanden, daß er aß und trank; oder sie würden ihn einschläfern und die Nahrung in ihn hineinzwingen. Er saß jetzt ganz ruhig da und verriet seine Kenntnis von ihrer Anwesenheit nicht. Einmal hatte er Würde besessen. Die anderen besaßen keine, die hereinstarrten und herumschnüffelten und nicht vor sein Angesicht traten, aber seine Schande bestand darin, daß er solchen Leuten in die Hände gefallen war. Eines Tages mußten sie dieser Sache müde werden, dachte er, wenn er sich überhaupt erlaubte zu denken, und dann mußten sie eine Entscheidung treffen, was zu tun war. Vielleicht heute, überlegte er, erlaubte sich aber nicht, diesen Gedanken festzuhalten, denn das hätte bedeutet, sich endgültig in ihre Macht zu begeben, und er wollte weder auf sie reagieren noch an sie denken. Er war allein. Es war ihre Schuld. Wenn sie noch mehr wollten, dann mußten sie schon zu ihm kommen und es ihm antun. Er würde ihnen nicht helfen.

Und dann befiel die Müdigkeit seine Glieder, und er saß da, immer noch im Besitz seiner kleinen Würde, während seine Glieder erschlafften und er langsam nachgab. Sie machten das üblicherweise mit ihm, wenn sie etwas mit ihm anzustellen gedachten. Das hatten sie jetzt vor.

Aber dieses Mal versagten allein die Glieder, nicht das Bewußtsein.

Die sterbende Sonne ging unter, und der angeschwollene Mond stieg über den Sümpfen am Fluß auf, berührte die Katakomben der gewöhnlichen Hügel und die Lotoskuppel des siebenten.

Es war soweit.

Die Prozession verließ den Hafen, eine langsame Reihe von Dienern Ginars, die die Aufnahmegeräte trugen und einen schwarzen Plastiksarg. Sie überquerten die Brücke mit den gesichtslosen Statuen; und als das letzte Stück der kranken Sonne hinter den Horizont sank, folgten sie den Wegen der Katakomben, wo die Arbeiter ihnen wie Statuen zusahen, vielleicht Angst hatten, denn die schecklichsten Träume liefen manchmal über und verbreiteten selbst hier Schrecken, ein Miasma aus dem Palast, das sogar die Stadt infizierte.

Sie erreichten das erste Tor und überquerten das Ruinenfeld; gelangten an das zweite und legten den Weg der Tausend Stufen zurück, die Steigung hinauf zum dritten Tor. Dort blieben die Diener stehen und setzten den Apparat und den Sarg ab. Belat hob den Apparat auf und hatte mit dessen Gewicht zu kämpfen. Die Wächter und Herren hoben den Sarg hoch und trugen ihn weiter, hinein in die verbotenen Bereiche des Lotospalastes, die nur von den Privilegierten betreten werden durften.

Und von den Opfern.

Manche, die hergebracht wurden, kämpften bis zum Ende, manche schrien oder fluchten. Dieser tat das nicht, stand unter Drogen, allerdings nicht zu stark; Belat hatte sich dessen versichert. Der Sarg wurde vorneweg getragen durch den Gang mit den Lotosstengeln, und Belat ging als letzter, unpassenderweise wie ein Trauernder, den Kopf gesenkt unter seiner Last, nach Luft schnappend hinter den ausgreifenden Schritten der Wächter, die den Kasten trugen ... hinein in die innerste Halle, unter die Lilienblätterdecke und vor den Lotosthron.

Die Träume waren vorbereitet. Der Apparat, der die Lotoskuppel im Grunde *war,* sollte bald eingeschaltet werden. Und der Tyrann würde seine kostbare Überraschung erleben, einen manischen *Netang* ... eine ordentlich ausgelegte Falle, sogar legal: ein primitiver Geist war es diesmal, ohne die Sanftheit der Traumreisenden, die seine üblichen Geschenke waren, die Süchtigen aus den Ersten Kolonien, die in seine Hände fielen und verschwanden, wenn sie den äußersten Nervenkitzel suchten – und hier fanden, indem sie selbst Material für die Stadt und ihre Träume wurden, aufgezeichnet und wieder zurückverkauft, um weitere anzulocken.

Diesmal nicht ... diesmal eine Überraschung für Seine Majestät Elio DCCLII, eine, die vielleicht einen zweifachen Dienst leistete. Belats Atem war nicht nur wegen seiner Last kurz, und seine Haut hatte eine eisige Klammheit angenommen; er grinste, eine Grimasse, die sein Keuchen umrahmte – denn es war der Tyrann, der den Brennpunkt für die Träume bildete, der sie führte ... – der starb, wenn etwas schiefging.

Einerseits war es Rache für die Schrecken, die er erlitten hatte; am meisten aber war es – wegen des neuen Tyrannen, mit dem man Handel treiben konnte, einen, den man leichter handhaben konnte, wodurch Belat sein Posten erhalten blieb. Keine Drohungen mehr. Keine weiteren Demütigungen mehr. Man fand hier keine weiteren Talente mehr, wie Elio eines war – oder die früheren Mordanschläge hätten Erfolg gehabt. Ein fügsamer Tyrann – das war den Preis und das Risiko wert.

Oder anderenfalls ... *Dankbarkeit,* wenn dieses Wort hier überhaupt gebräuchlich wäre. Vergnügen, eine Jagd, die der

Tyrann sehr genießen würde. Und nach einer weiteren fragen, und wieder einer, bis er starb.

In jedem Fall ein Traum von besonderem Geschmack, ein einzigartiger Preis, den er allein gewann. Ein köstlicher Mord, dieser *Netang* mit seiner Wildheit unter diesen Jägern, primitive Unschuld, losgelassen zwischen den abgestumpften Geistern der ältesten Stadt der Menschheit ...

Oder der Tod eines Tyrannen dieser Stadt mit ihrem ganzen empfindsamen Leid, denn wenn Elio zögerte, würden sich alle auf ihn stürzen, alle.

Und die Geräte würden es für Belat einfangen.

Kein Kampf fand statt, wie schon die ganze Zeit. Sie trugen ihn, wohin sie wollten, um zu tun, was sie wollten. Er weinte in seinem engen Gefängnis ... – kein heftiges Weinen, nur ein hilfloser Tränenfluß die Wange hinab, aber sein Körper war gelähmt, und er konnte die Tränen nicht wegwischen. Es beschämte ihn, aber er hatte schon so manche Schande erliten, seit er seinen Namen und sich selbst verloren hatte.

Er spürte Bewegungen, wußte daher, daß er getragen wurde, hatte wahrgenommen, daß sie in der Nähe von Wasser gewesen waren, an einem geschlossenen echowerfenden Ort, daß sie geklettert waren ... – vielleicht, um ihn in den Tod zu werfen, aber das schien ihm eine geringe Tat nach all den anderen. Jetzt hörte er Echos wie in einer großen Höhle ... roch das dicke Aroma von Moder und von Blumen, wo zuvor die Luft während des Anstiegs kalt und sauber gewesen war.

Vielleicht war er bereits tot. Er war sich nicht mehr sicher.

Belat verbeugte sich und lächelte den großen Tyrannen an, der auf dem Lotosthron lümmelte im innersten Gemach der Steinblumen. Der ganze Hof umgab ihn in phantastischer Aufmachung mit bemalter Haut und schwarz umrahmten

Augen, mit nickenden Federn und dünnen Gazegewändern ... wie lebendige Blumen rings um die steinernen Lotosstengel und die goldenen Fische.

Der Knabentyrann bewegte die Finger, und auf den juwelenbesetzten Nägeln blitzten Amethyste. Die Wächter stellten den Sarg vor ihm auf den Boden, öffneten ihn und legten den braunen reglosen Körper darin frei. Ein Flüstern des Mißfallens erhob sich, Enttäuschung, aber die Augen des Stammeskriegers gingen auf und funkelten, und ein erwartungsvolles Kichern lief durch den Raum. Elio beugte sich auf seinem Thron vor, einen Ellbogen auf eine wie ein Lilienblatt geformte Armlehne gestützt, das Kinn auf die Faust gelegt. Seine mit Amethyststaub bedeckten Lider blinzelten; die rougebedeckten Lippen verzogen sich zu einem Lächeln; und Belat, der vor Angst ganz starr geworden war, entspannte sich und lächelte ebenfalls. Der Tyrann warf ihm einen kurzen Blick zu, wie er ihn schon kannte, und das Lächeln erstarrte.

»Die Übereinkunft, Majestät.«

»Beeilen Sie sich!« forderte der Junge.

Belat beeilte sich, suchte sich eine Ecke aus, die die von Verachtung erfüllten Herren und Damen ihm überließen, stellte dort seinen Recorder auf, wobei seine Hände vor Eifer bebten. Er nahm an den Träumen nicht teil – sondern beobachtete nur.

Als er die wenigen Einstellungen vorgenommen hatte, stellte er mit fiebriger Hast sicher, daß er selbst abgeschirmt war, indem er sich ein Stimulans in die Blutbahn injizierte, das ihn so lang wie möglich wachhalten würde. Er beobachtete. Wenn er sich überhaupt in die Träume begab, dann als bloßer Zuschauer aus der Ferne: er selbst war kein Süchtiger. Er bewahrte diese Absonderung, wie er sein Leben schätzte, denn die Traumreisenden waren nicht ohne Humor.

Elio lächelte, die Augen zwischen den Amethystlidern fest auf seine Beute gerichtet. Weitere Herren und Damen

2·84·3

versammelten sich dicht um ihn, ein Reigen aus bemalten Gesichtern, darauf bedacht, den Stammeskrieger in seinem Sarg anzustarren und den Anblick zu genießen.

Der Knabentyrann winkte einmal mit der Hand: In der Kuppel wurden die Lampen matter. Ein zweiter Wink: Der Apparat schaltete sich ein.

Er stand. Er konnte sich wieder bewegen, und diese plötzliche Freiheit versetzte ihm einen Schock. Er stand knietief und nackt in einem fauligen Sumpf. Die Welt war flach, und die Sonne schaffte es kaum, ein düsteres Dämmerlicht zu liefern.

»Das ist das Ende der Welt«, flüsterte eine Stimme in ihm. »Wo alles Land abgetragen ist. Es ist *alt.*«

Ein Vogel schwebte vor der blassen Sonnenscheibe und beobachtete ihn. Er versuchte zu gehen, aber nirgendwo war ein Ziel zu erkennen, denn der Sumpf erstreckte sich in alle Richtungen, soweit das Auge reichte, und er vermochte sich nicht daran zu erinnern, wie er dorthin gekommen war. Die Ebenheit der Landschaft war unheimlich. Er ging auf die Sonne zu, da sie das einzige Ziel auf der ganzen Welt war, marschierte, bis er müde wurde, und blieb dann stehen, immer noch knietief im Wasser.

Etwas strich an seinem Knöchel entlang. Er fuhr zusammen und blickte nach unten. Eine Schlange mit Amethystschuppen, hell leuchtend in dieser braunen Umgebung, wand sich um seine Wade und hob den Kopf zu seinem Oberschenkel – starrte ihn mit klugen und wissenden Augen an.

»Ich bin jung«, sagte sie.

Nein, dachte er, wies solchen Wahnsinn zurück, und auf einmal war sie ein braunes Stück Unkraut.

Er stand in einer Höhle, wo Wasser in der Dunkelheit tropfte. Er machte ein paar Schritte, und seine Schritte warfen Echos in der weiten Finsternis. Die Kälte biß in sein Fleisch. Eine Wasserfläche lag vor seinen Füßen, und darin hingen leuchtende Fische, und auf der Wand spann ein Wurm ein leuchtendes Netz.

»Das ist das Herz der Welt«, flüsterte die Stimme. »Und es ist hohl.«

Wasser tropfte, platschte herab, erzeugte klingende Echos. Etwas bewegte sich, atmete, kam auf ihn zu, schleppte eine gewaltige Masse über die Steine, rumpelte und scharrte im Dunklen.

»Ich habe kein Herz«, sagte es.

Nein, dachte er wieder, aber er wollte nicht weglaufen, und Licht brach rings um ihn aus, weiß und blendend.

Er stand auf dem Gipfel eines Berges, der höher war als alle Berge, und er stand im Schnee, umgeben von Bergesgipfeln, die über die Wolken hinausragten. Und die Sonne wurde rot und befleckte das Weiß mit Blut. Der Vogel war wieder da, ein Tintenklecks, der auf rudernden Schwingen vor dem Sturm flog, der ihn dort unten an den nackten Gliedern schüttelte und ihm das Haar in die Augen fegte. Die Winde wurden warm. Er sah sich um, und eine Mattigkeit stahl sich in ihn.

»Das ist der Gipfel der Welt«, flüsterte die Stimme. »Der Himmel ist diesem Ort sehr nahe.«

Die Wärme nahm zu und schmolz die Schneewehen, und eine Frau lag nackt im Schnee. Sie hatte violette Lider und schien zu schlafen, aber dann öffneten sich plötzlich ihre Augen.

Nein, dachte er sofort, denn er traute hier nichts und niemandem. Die Lippen der Frau öffneten sich zu einem Lachen; und die Schläferin wurde zu einem grinsenden Schädel, zu einem Tier, wurde zu Frau und Mann und Göttin und Gott, wurde eine Maschine, die in der Gestalt eines Menschen wandelte, und ein Dämon, der sich schließlich wieder in die Schlange verwandelte und vor ihm tanzte, die Kapuze ausgebreitet, mit der Zunge zuckend, mit violetten Schuppen auf dem rötlichen Schnee.

»Ich bin das Verlangen«, zischte sie. In den Wolken über

dem Gipfel erhoben sich Türme und formten sich zu etwas, das er als Stadt erkannte, und die Zeit floß zurück in uralte Vergangenheit, zu Kriegen und Armeen und Eroberungen, zu Schrecken und der Größe der alten Könige. All das wurde ihm dargeboten, und die ganze Zeit schwebte der schwarze Vogel auf den Winden. Weiße Tiere hatten sich versammelt, und ein schwaches, bedrohliches Gelächter erhob sich.

»Lauf weg!« verspotteten sie ihn. Er versuchte stehenzubleiben, aber er war ein Tier mit Hufen und dazu gedacht, ihre Beute zu werden. Er warf sich auf schlanken Beinen herum, streckte sie aus und rannte los, und sie heulten hinter ihm her über den Schnee hinweg und zwischen den Felsen. Er rutschte aus auf Eis, fing sich wieder und lief weiter, bis ihm das Herz fast zersprang, und er sprang und hüpfte, wo er konnte, bis die Luft seine Lungen zerriß und ihm der Bauch schmerzte, bis die Beine unter den Erschütterungen der Sprünge zitterten und er immer langsamer wurde zwischen den Felsen, an denen das Gelächter Echos erzeugte. Die Felsen schlossen sich vor ihm zu einer Sackgasse. Er drehte sich auf vier zitternden Beinen um und senkte keuchend den gehörnten Kopf.

Aber es waren Menschen wie die in der alten Stadt, und sie trugen Bögen. Sie durchbohrten ihn mit Pfeilen, und sein Blut befleckte den Schnee und die Felsen und rann in großen Strömen den Himmel herab.

Nein! dachte er, weigerte sich zu sterben. Er blickte zu dem Vogel auf, der immer da war, und erblickte zwischen den Felsen die violette Schlange, die sich mit angehobenem Kopf zusammenringelte und ihn beobachtete.

Sie formte sich selbst. Er faßte einen Entschluß und tat dasselbe. Er war wieder ein Mensch auf zwei Beinen. Der Vogel kreischte am Himmel, und er warf ihm einen kalten Blick zu und heilte sich selbst von seinen Wunden. Er blickte wieder zu der Schlange, aber ein ganzer Schwarm vielfarbiger Schlangen hatte ihren Platz eingenommen, und auf den Felsen waren amethystfarbene Augenpaare erschienen.

Sie zeigten lebhaftes Interesse. »Wie heißt du?« fragte die Stimme.

Er formte sein Totem neu. Es hing um seinen Hals. Er holte tief Luft, von Kraft durchflutet, und nannte ihnen seinen Namen. Er erweiterte den Boden zu seinen Füßen und ließ goldenes Gras darauf wachsen, breitete es weithin aus und schob die Bergesgipfel zurück, bis seine eigenen Berge wieder dort standen. Den Himmel darüber gestaltete er blau, und die Sonne jung und gelb. Er streckte die Arme weit aus und umarmte die Welt, blickte dann wieder zu den Felsen. Ein nackter Junge stand dort zwischen den Schlangen, die zischten und drohten. Der Junge wirkte furchtsam, von einer finsteren, mürrischen Angst erfüllt, die auch den Willen zum Kampf einschloß. Er hieß das gut, respektierte es.

»Elio«, sagte er, denn er kannte den Namen unter den anderen. Er ignorierte den finsteren Blick und machte Wild auf dem Land, erschuf mehr und bessere Vögel, damit sie über den Himmel flogen, machte den großen Fluß und Fische, damit sie darin schwammen, machte alles, so, wie es gewesen war, und auch sich selbst zu dem, was er gewesen war, und hob den Kopf und blickte sich um, zeigte das alles dem Jungen, der ein König war.

»*Nein!*« schrie der Vogel; und die Schlangen, weit entfernt jetzt, verschmolzen zu einem Mann aus Metall, der sich am Horizont in Marsch setzte und klickend auf sie zu kam.

»Sie werden dich töten«, sagte der Junge. »Sie werden auch mich töten, wenn ich hier stehenbleibe. Laß mich hinaus aus deinem Traum! Laß mich gehen! Ich hätte mich nicht so weit von ihnen entfernen dürfen.«

»Möchtest du gehen?« fragte er den Jungen, der sich in seinem nackten Zustand umsah am blauen Himmel und der hellen jungen Sonne und all dem Grasland und dann den Kopf schüttelte, die Augen bis in die Tiefe violett leuchtend.

»Sie ist jung«, sagte er. »Was sonst noch?«

Er schloß für einen Moment die Augen und erträumte Ta'in, dessen riesige geschlitzte Augen und schuppige Nase vor ihm Gestalt annahmen, der Kopf und der gewaltige bernsteinschuppige Körper ... der riesige, wilde Ta'in, der *ihn* von Kindheit an getragen hatte. Der Drache rieb sich an ihm und beschnupperte den Jungen, hob den breiten schlitzäugigen Blick zum Rand der Welt, wo mit jedem Schritt der Metallkreatur Metall und Stäbe entstanden, und wo über diesem kriechenden Wandel ein Schiff schwebte, strotzend vor Waffen von fremden Welten.

»Wir müssen fliehen«, sagte der Junge.

Er kümmerte sich nicht darum, schwang sich auf Ta'ins Rücken und blickte zu dem metallenen Rand, der stetig breiter wurde und näher kam, und konnte sich gut ausrechnen, daß dies die letzte Gelegenheit war, daß Ta'in, wenn er ihn wiederum verlor, wirklich verloren sein würde, und er dann auch. Er war wieder im Besitz seiner Waffen, spannte den Bogen und schoß auf den vorrückenden Rand, schoß Pfeil auf Pfeil ab, und sah, wie die Maschinen und die Kanonen weiterhin auf ihn herabzielten, wie schon zuvor.

Er war nicht allein. Ein weiterer Drache stieg flügelschlagend neben ihm auf, ein junger Reiter im Sattel. Der Junge spannte den Bogen und schoß, schrie vor Freude, als er sah, wie sich die Metallkante unheimlich langsam zurückzog.

Und dann war da noch ein Drache und noch ein Reiter darauf, links von dem Jungen.

»Mahin!« rief der Junge, gab ihm einen Namen. Drei Bögen verschossen jetzt ihre Pfeile, und doch wichen sie trotz allem zurück, und die Metallkante kämpfte sich wieder voran.

Und stellte ihren Vormarsch ein, denn jetzt tauchte ein Drachen nach dem anderen auf, ein zischender Donner. Er sah sie und stieß einen schrillen Kriegsschrei hervor, gab den Befehl zum Angriff, und es gesellten sich noch weitere Reiter zu ihnen, während Drachenkörper vorwärtsbrandeten und Ta'ins Kraft zwischen seinen Beinen wogte. Aus dem Pfeilhagel wurde ein Sturm. Die Metallkante zog sich zurück, und zum Schluß begann auch das Schiff an einem jetzt blauen Himmel zu zittern, und es stürzte herab, wurde zu grauen Federn, verstreute diese und starb.

Er blickte sich um, betrachtete das helle vertraute Land, die Krieger mit den scharfen Augen, die sich zu ihm gesellt hatten, Männer und Frauen, den tapferen Jungen, der sein einstmals verlorener Sohn war. Stolz schwoll in ihm.

»Dein Traum«, sagte sein Sohn mit vor Liebe brennenden Augen, »ist der beste von allen.«

»Lassen Sie mich hinein!« forderte Ginar. Er hatte bis zu den eisernen Toren einen weiten Weg zurückgelegt, und seine Körpermasse machte das Gehen schwer. Seit zwei Tagen war Belat nicht mehr aufgetaucht. Es war eine verzweifelte Tat, die Brücke ungebeten zu überqueren und sich in die Katakomben zu wagen – beinahe verlassen jetzt, aber er hatte vom Hügel am Hafen aus die Bewegungen gesehen, den Strom von Bauern in Richtungen, in die sie sich vorher nicht getraut hätten, die allmähliche Abwanderung aus den Randbereichen der Stadt, das lange Schweigen ... und Ginar, der ein Traumsüchtiger war, konnte die Ungewißheit nicht länger ertragen. »Lassen Sie mich hinein!« bat er den Wächter, der nicht *aussah* wie einer der legendären Wächter, sondern mehr wie ein Bauer. Ginar hoffte noch auf wenigstens das Band, darauf, es in seinen Besitz zu bringen, den Traum zu genießen, nach dem ihn mit fiebriger Begierde verlangte.

Der Wächter gewährte ihm Eintritt. Keuchend legte er den langen Weg durch das Ruinenfeld zurück, wo Bauern mit gelassenem Blick herumsaßen. Ging unterbrochen von langen schmerzhaften Pausen zu den inneren Toren und fand sie offen; machte sich an den Anstieg über den Weg der Tausend Stufen, für den er – schwitzend und keuchend – sehr lange brauchte. Seine Sucht trieb ihn jedoch weiter, keineswegs irgendein rationaler Impuls. Belat hatte es ihm versprochen – hatte ihm den einzigartigsten aller Träume versprochen. Er hatte ihn sich schon ausgemalt, ihn genossen, ihn sich mit einer Begierde ersehnt, die jede Vernunft verzehrte ... um diesen größten Traum zu erlangen ... einen solchen Tod zu erfahren und zu leben ...

Schließlich und endlich erreichte er die Türen, die angelehnt waren, wo Bauern entlang der Korridore saßen ... er stolperte zwischen ihren Körpern einher, schob und drängte sich in zunehmender Dunkelheit weiter, denn die Lampen leuchteten matter als sonst. Schließlich betrat er die Lotoshalle, wo Bauern zwischen den Herren der Träume saßen, wo ein Junge auf einem Blumenthron saß.

Und eine Müdigkeit befiel seine Glieder, so daß er sie nicht mehr bewegen konnte, denn es war Nacht, und der Traum war stark. Er sank zu Boden, sich seines mächtigen Körpers nicht mehr bewußt, vergaß solche Begierden, vergaß die Vergnügungen, die zu finden er gekommen war.

Er nahm im Ratsring zwischen den Zelten Platz und lächelte, während die Drachen außerhalb des Lagers stampften und schlurften und der Wind draußen im Gras flüsterte, und die drei Monde waren jung.

Der Highliner

(NEW YORK)

Die Stadt stieg nach oben, ein einzelner Turm, der auf die Wolken zielte, konkav gekrümmt von der riesigen Basis bis zum nadelspitzen Gipfel. Sie hatte im Verlauf ihrer Geschichte viele Phasen durchlaufen. Kriege waren gekommen und gegangen. Wenn zerstört, war sie auf den Ruinen neu errichtet worden, hartnäckig immer weiter nach oben, als sei dies die einzige Richtung, die sie kannte. Wie es ursprünglich zu dieser Bauweise gekommen war, wußte niemand mehr, sondern man wußte nur, daß sie wuchs, und im Alter der Sonne, als die Tage der Erde seltsam wurden, wuchs sie in ihre letzte Verrücktheit hinein, wurde zu einem Berg mit Fenstern, einem Turm, einem Babel des Jüngsten Tages, das in den düsteren Himmel ragte. Ihre Ausdehnung war an der Basis gewaltig, und sie zerbröckelte ständig unter dem eigenen Gewicht, jedoch verlief ihr Wachstum schneller als diese Zerstörung, und sie wurde unten immer breiter und an Basis und Kern immer solider, und die Wände bildeten die verrücktesten Winkel, um die Spannungen zu absorbieren.

Im Verlauf ihres Lebens hatte sich das Klima viele Male verändert. Jetzt kam das Eis und erstarrte auf ihrem Gipfel, und sogar im Sommer gefroren die Abendnebel auf der windzugewandten Seite und zerbröselten sie weiter; aber immer noch wuchs die Stadt, ständig war sie von Gerüsten durchzogen, sogar in den extremen Höhen; und die kleineren Türme der Vororte folgten ihrem Beispiel, so daß sich an ihrer Peripherie, wo die Fundamente ineinander übergingen und dann auch ihres berührten, sich seltsame konkave Kegel in den Himmel erhoben, ein Ring von Turmspitzen um den größeren und unmöglichen Turm der eigentlichen Stadt herum, auf allen Seiten außer am Meer.

Nachts leuchteten die Fenster der Stadt und ihrer kleineren Begleiter, ein Schauspiel, das die Bewohner der außen liegenden Stadtberge aus ihren obersten Fenstern sehen konnten, wenn sie voller Ehrfurcht hinausblickten auf das größte und höchste Bauwerk, das der Mensch je auf der Erde errichtet hatte – oder jemals bauen würde. Und aus den weit höher gelegenen Fenstern der Stadt selbst hinausblickten auf eine Aussicht, die ihnen die Sinne raubte, so hoch über der ganzen Welt. Selbst bei getönten und gegen die Strahlungen der sterbenden Sonne abgeschirmten Fenstern funkelten die Reflexe mit störender Helligkeit über das Land und in den Fenstern der anderen Gebäude; und bei Nacht erhoben sich die Städte wie juwelenbedeckte Spitzen einer Krone der Welt, hochragende Erhebungen, die vielleicht eines Tages integriert sein würden, wie ihre Fundamente jetzt schon.

Sie waren allein, die Stadt und ihre sie umgebenden Begleiter, in einer Landschaft, die inzwischen verwildert war; auf einer Erde, abgesondert von den jüngeren bewohnten Welten, nur noch verbunden mit ihrem gealterten und unzuverlässigen Stern.

Der Turm war für die Elite da, die Künstler, die Analytiker, die Direktoren von Gesellschaften und die Gouverneure. Die Macher und Bauarbeiter und Arbeiter lebten unten an der ausgedehnten, labyrinthischen Basis und arbeiteten dort an der Füllung des Kerns oder auch draußen am Abbrechen von immer mehr Gestein, das die Wege heraufkam, von immer ferneren Quellen her; und manche arbeiteten an der äußeren Wand, bauten diese noch aus. Es war gleichzeitig ein Gebirge und eine Stadt, und doch mächtig. Sie hatte ihren Stolz, sowohl in den Händen ihrer Arbeiter als auch in der hinaufragenden Spitze.

Und die Highliner gingen mit einem besonderen Teil dieses Stolzes umher, waren stolz auf ihr Gewerbe und dessen Merkmale, wozu eine eher geringe Größe und einzigartiger Mut gehörten.

Johnny und Sarah Tallfeather waren solche, Bruder und

Schwester; und Polly Din und Sam Kenny waren zwei weitere. Sie gehörten zur Ostfläche des achtundvierzigsten Sektors (wobei sie jedoch überall arbeiteten), und wenn sie am Grund waren, in der Domäne der Bauarbeiter, dann gingen sie dort mit der speziellen Arroganz ihres Schlages umher, dessen Angehörige dazu in der Lage waren, an einer Schnur in den großen kalten Winden des Draußen zu hängen und auf die Stadtberge hinabzublicken, einen Schweißbrenner zu handhaben oder Kräne aufzubauen, die hochgezogen werden mußten aus dem dichten Gewebe von Trossen und Winschen, die dann weitere Gerüste, Stein und Mörtel hochzogen. Die Highliner konnten dank Geduld und Geschicklichkeit große Gewichte in den Winden handhaben, aber am wichtigsten war, daß sie den Mut hatten für die Höhen und die Kanten.

Andere mochten ihnen folgen, nachdem sie dafür die Plattformen errichtet hatten, krochen auf diesen Plattformen herum, die von den Trossen der Highliner gehalten wurden, Bauarbeiter, die tapfer genug waren, verglichen mit anderen, die ihre ganze innere Kraft benötigten, über die Zweihundert hochzuklettern und zu den Fenstern der Außenwand hinauszublicken; aber diejenigen, die nur von Seilen gehalten ganz oben an der Außenwand arbeiteten, waren ein besonderer Schlag, die wenigen, die diese furchtbare Faszination ertragen konnten, die zwischen der sterbenden Sonne und den geringen Städten arbeiten konnten, die es fertigbrachten, hinaus ins Nichts zu treten und wie Spinnen in den heulenden Stürmen zu hängen und den eiskalten Nebeln; und noch seltener waren die, die es sowohl mit Mut als auch den Fähigkeiten von Ingenieuren taten. Sie waren die ersten Teams auf jeder Baustelle, die Elite einer besonderen Art.

So auch der achtundvierzigste.

Der Befehl war ergangen: die Stadt würde in östlicher Richtung wachsen, hin zum Queens-Turm; die Arbeit war schon im Gang, die Oberlichter des Grundes auf dieser

Seite zugedeckt, denn die Arbeit in der Höhe erforderte es. Im Osten des Grundes stieg der Wohlstand explosionsartig an durch die Einrichtungen, die für Verpflegung und Unterkunft der dorthin verlegten Bauarbeiter sorgten.

»Es wird *Veränderungen* geben«, murrten einige von weiter oben, die weniger glücklich darüber waren, denn es bedeutete, daß dieser begünstigte Stadtbezirk seine Aussicht verlor und Zugänge, Übergang in den Kern, um letztendlich gefüllt zu werden, und ihre Fenster würde man herausnehmen und vorsichtig und liebevoll weiter draußen anbringen, während die Bauarbeiter vorangingen. Die Computer regierten, diktierten die kostenwirksamen Vorgänge; und die Highliner kamen herein.

Sie fingen damit an, die unteren Stockwerke zu begehen, eine Arbeit, die sie ungeduldig machte, die sie meistens den Bauarbeitern überließen, die dazu ausreichend befähigt waren; dann begann ihre eigentliche Arbeit, die Besteigung der Ostfläche selbst, Stockwerk auf Stockwerk, wobei sie in die Stürme hinausschwangen und das Bauwerk mit den Augen nach irgendwelchen Schwächen der Konstruktion oder des Gesteins absuchten, die abwichen von dem, was die Computer vorhersagten. Kleine Risse waren reichlich vorhanden und bedeuteten nichts Ungewöhnliches; die Highliner notierten sie auf Karten, und die regulären Linermannschaften schlossen sie.

Die Liner arbeiteten immer weiter oben und suchten jede Nacht in wachsender Zahl den Grund auf, denn der Gerüstbau hatte jetzt begonnen und bedeckte den Grund weithin, und neue Freudenhöhlen und Schlafunterkünfte waren weithin im Grund eröffnet worden, um sie zu versorgen.

Es existierten natürlich noch tiefere Ebenen, als die Liner jemals zu sehen bekamen, und auch sie wurden von einem speziellen Schlag bearbeitet, der dort seine Arbeit tat, Menschen, die die Fundamente sondierten, auf denen dieses zusätzliche Gewicht ruhen sollte, die durch die engen Tunnels krochen, tief eingelassen in das steinerne Herz der Basis. Flüsse, behaupteten Gerüchte, strömten immer noch dort unten, aber schon vor langer Zeit hatte die Stadt sie eingeschlossen und kanalisiert, sich zum Felsgestein darunter durchgegraben und ihre breite Unterseite auf das tiefe Gestein gelegt, um dort für alle künftigen Zeitalter zu hocken. Dieses riesige Gewicht zerbrach hin und wieder seine Stützen, und kostbare Leitungen für Energie und Wasser mußten neu verlegt werden zum Ausgleich für seitliches Wegrutschen, das auch passierte, in Bruchteilen von Zoll pro Jahr oder manchmal auch mehr, wenn die Erde sich über das enorme Gewicht beschwerte, das sie tragen mußte. Auch das Meer schlug dort unten an eine Seite, aber dieser Rand war abgestützt und ausgekleidet; die Toten waren da unten zu finden, die Asche der gewöhnlichen Toten und die von so manchem Bauarbeiter, der es nicht geschafft hatte, von einem zusammenstürzenden Durchgang wegzukommen ... aber die Toten dienten demselben Zweck wie der andere Staub, nämlich zur Füllung der Risse, und so traf es zu, daß die Lebenden auf den Toten bauten.

So wuchs die Stadt.

»Morgen geht's hinauf zu den Neunzigern«, sagte der Liner-Boß, und die vier anderen Mitglieder von 48 Ost, müde vom Tag, bis auf die Knochen durchgefroren vom Nebel und eifrig bedacht, schnell auf den Grund und in seine Höhlen zu kommen, nahmen Jino Browns Anweisungen entgegen und reichten ihre Karten ein. »Wo warst du denn, Boß?« fragte Sam Kenny. Manchmal ging Jino mit ihnen hinaus und manchmal nicht. Und es war ein kalter, bis auf die Knochen gehender Tag dort draußen gewesen.

»Ja«, sagte Johnny. »Der Wind frischt auf, Jino, und wo hast du gesteckt?«

»Sitzung«, sagte Jino; als Ersatz für den zurückgetretenen Boß reagierte er auf solche Scherze mit einem finsteren Stirnrunzeln, hatte nicht die gute Laune, die sie an ihm ausprobierten. »Du machst dir zu viele Sorgen«, meinte Johnny

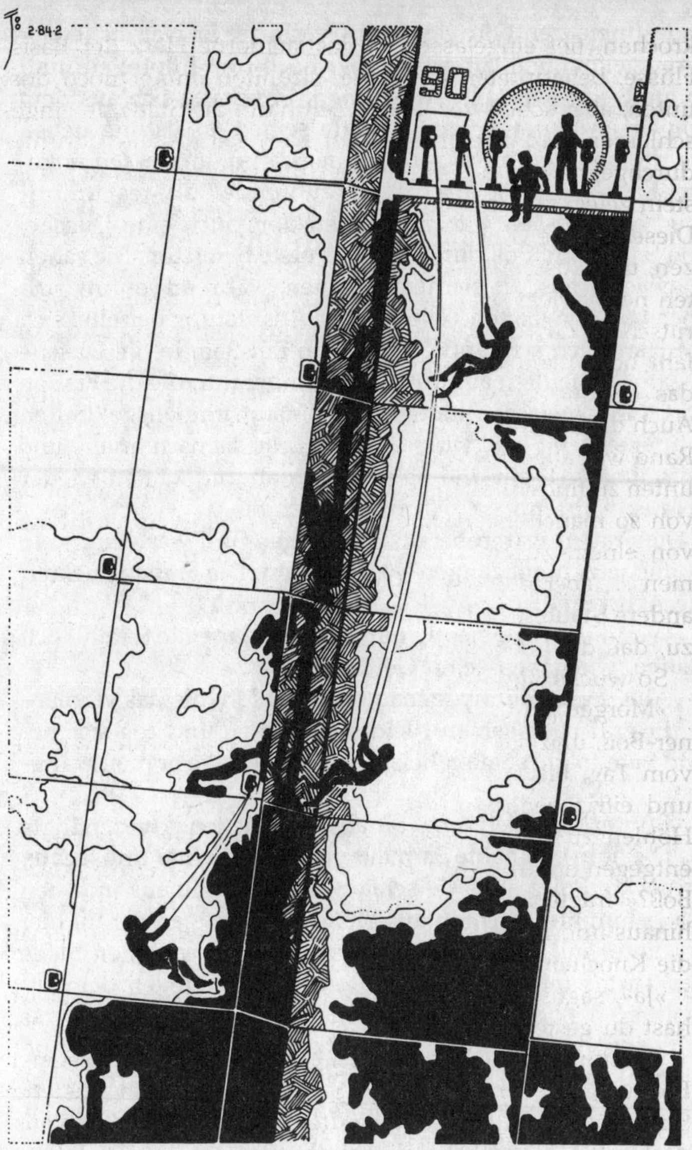
2·84·2
90

und öffnete den Gürtel seines Geschirrs. Er war als letzter hereingekommen, zitterte immer noch und hüpfte auf und ab, um seine Muskeln zu wärmen. Er schälte sich aus dem schwarzen Gummianzug, hängte seine Ausrüstung neben die der anderen im engen Einstiegsraum, an dessen äußerem Ende die große, nach außen führende Luke fest und sicher verschlossen war. Sie hatten dort auch eine Dusche, und Sarah und Poll durften sie als erste benutzen. Sie sahen glücklicher aus, als sie herauskamen, während Johnny sich noch von den letzten Teilen seiner Ausrüstung befreite, sich ein Handtuch schnappte und dann mit Sam in die Dusche begab. Sie heulten auf unter der Temperatur, die die Frauen dort zurückgelassen hatten und die auf ihre ausgekühlten Körper siedend heiß wirkte. Sam regelte sie nach unten, und sie seiften sich ein und spülten sich ab und kamen wieder heraus, während sie sich trockenrieben.

Die Frauen waren bereits angezogen und warteten. »Wo ist Jino jetzt hingegangen?« fragte Sam. Die Frauen zuckten die Achseln.

»Wir müssen vorsichtig mit ihm sein«, meinte Sarah. »Ich glaube, wir haben seine Gefühle verletzt.«

»Ah«, sagte Johnny, genau die Reaktion, die das verdiente. Er griff nach seinen Kleidungsstücken und zog sich an, und Sam folgte seinem Beispiel, während die Frauen warteten.

»Runter geht's«, sang Sarah anschließend und hängte sich bei ihm ein, hakte Sam mit der Linken unter und lachte. Er packte Polly, und sie schlängelten sich hinaus und den Gang hinunter, lachten aus bloßem Vergnügen daran, hier an dieser mit Teppichen ausgestatteten, vornehmen Stelle des Turms mit den ruhigen, teuren Wohnungen der Einwohner. Sie benutzten den Dienstaufzug, ihr Privileg – was günstiger war, denn *dieser* Aufzug hielt nur selten und diesmal gar nicht, sondern schoß mit ihnen abwärts, während sie an den Wänden lehnten und sich gegenseitig erwartungsfroh angrinsten.

»Wurm«, schlug Sarah vor, ein bevorzugtes Stammlokal.

»Säule«, sagte Poll.

»Geht ihr euren Weg, wir unseren.«

»In Ordnung«, sagte Sam, und es war auch gut so: Sam und Sarah hatten etwas miteinander; er und Poll ebenfalls, und er dachte bereits mit Wärme daran ... daran und an das Abendessen, was beides im Moment ihm gleichermaßen begehrenswert schien. Der Aufzug hielt abrupt auf der zweiten Ebene an, und die Tür ging auf, ließ sie hinaus in den engen Irrgarten fensterloser Windungen von Treppen und Durchgängen, Granit, aus dem Wasser sickerte, herausgequetscht aus dem Gestein durch die gewaltige Masse über ihnen.

Und Musik – Musik wurde hier fortwährend gespielt und erzeugte verrückte Echos in den tiefen Steinkatakomben. Auch eine andere Art von Musik war zu hören, die der Leitungen von den Flüssen herauf, und diese sangen leise, wenn man die Hand darauf legte, durch die Kraft des Wassers, das darin auf- und abstieg. Energieleitungen waren zu sehen, isoliert und farbig bemalt; es gab Bereiche, abgegrenzt durch gelbe Schilder mit den Aufschriften GEFAHR und KEIN ZUTRITT, unterirdische Mysterien, wo die Aufgabenbereiche der Tiefenarbeiter lagen, nicht für die Liner und schon gar nicht für die Einwohner des hohen Turms mit ihren zarten Händen, die sich auf der Suche nach Nervenkitzeln hier unters Volk mischten.

»Gehen wir meinen Weg?« fragte Sarah Sam, und sie marschierten davon, die Treppe zum nächsten Stockwerk hinunter, zu dem altertümlichen Wurm; Johnny jedoch drückte Poll an sich und nahm den Korridor, der sich an einer der Wasserleitungen entlangschlängelte und zum Kern der zweiten Ebene führte; die Säule war bis hin zu ihrem Dekor etwas für Liner, das aus alter Ausrüstung bestand und hingekritzelten Unterschriften. Sie gingen hinein durch einen Torbogen, der nur durch lautere Musik von anderen zu unterscheiden war – man mußte schon wissen, wo man war hier unten auf dem Grund, oder einen Führer haben und dafür bezahlen; und keine Einwohner von oben wurden zur Säule oder zum Wurm geführt, nicht ums Leben der Führer. Johnny fand seinen Lieblingstisch neben dem großen Träger, der dem Lokal seinen Namen gab, um den herum die Tische in Schlangenlinien standen, eine Rundumbiegung, die Privatsphäre gewährte, und innerhalb des pochenden Herzschlages der Musik auch Ruhe und Wärme nach den heulenden Winden.

Er und Poll bestellten das Abendessen bei dem Jungen, der hier servierte; einen kleinen »Kleinen«, sagte er und maß eine Spanne mit den Fingern – ein Glas Tee, denn morgen ging es wieder hinaus an die Seile und Trossen, und dabei konnten sie keine dicken Köpfe gebrauchen.

Sie hatten natürlich noch weitere Vergnügungen im Sinn, denn in der Säule wurde mehr geboten als nur diese verräucherte, musikdurchpulste Höhle und Speis und Trank; darunter lagen weitere Räume, die Treppe im hinteren Bereich hinab, wo die Ruhe geboten wurde, die sie sich verdient hatten.

Sie beendeten ihre gute Mahlzeit, saßen dann dort und nippten an ihrem Tee, beäugten einander mit der Erwartung einer schon lange dauernden Bekanntschaft, aber auch der Tee war gut und genau das, worauf sie den ganzen Tag lang gewartet hatten, während die Welt unter ihren Füßen schwang und die Anstrengung ihnen alle Feuchtigkeit aussaugte. Sie waren alte Freunde, und die bedächtige Liebe konnte das Getränk noch abwarten, die Liebe und der lange ruhige Schlaf am Grund, das tröstende Gewicht der Stadt im Rücken, hier, wo die Welt fest war und warm.

»Tallfeather.«

Er blickte sich um, blickte in die Musik und den Rauch. Niemand gebrauchte sonst seinen Familiennamen, keiner von den Highlinern; aber es war auch keine Stimme, die er kannte ... ein dünner Mann im blauen Overall der Bauarbeiter, andererseits aber ohne deren schleppenden Akzent.

»Tallfeather, ich würde gerne mit Ihnen sprechen. Privat.«

Er runzelte die Stirn und betrachtete Poll, die ein besorgtes Gesicht machte. »Ein grober Mann, das.«

»Mr. Tallfeather.«

Niemand am Grund sagte Mister. Das machte ihn neugierig. »Poll, macht es dir etwas aus? Ich werde mich nicht lange mit diesem Mann aufhalten.«

»Ich gehe«, sagte Poll. Ein Schatten lag in ihren Augen, die leiseste Andeutung von Furcht, hätte er beinahe gemeint, aber es gab keinen Grund dafür, den er sich ausrechnen konnte.

»Spielt keine Rolle«, sagte der Mann und hakte ihn unter, um ihn hochzuziehen. »Wir haben ein Plätzchen, wo wir hingehen können.«

»Nein.« Er erhob sich und stellte sich breitbeinig auf, funkelte in das Gesicht des Mannes hinauf. »Sie sind dabei, sich in Schwierigkeiten zu bringen. Wie heißen Sie? Zeigen Sie mir Ihre Karte!«

Der Mann griff in die Tasche und zog eine hervor. *Manley,* besagte sie, *Joseph,* und identifizierte ihn als einen Ostflächenbauarbeiter, was eine Lüge war bei diesem Akzent. Firmennummer 687. Privatbeschäftigter.

Also stand Geld hinter der Sache, womit man gefälschte Karten bekommen konnte. Er drehte sich um, um Poll nach ihrer Meinung zu fragen, aber sie war entwischt und er mit dem Mann allein. Er setzte sich wieder an den Tisch und deutete auf den anderen Stuhl. »Ich wäre verrückt, wenn ich mit Ihnen zusammen hinausginge. Setzen Sie sich dorthin und reden Sie vernünftig, oder ich führe ein Gespräch mit der Sicherheit, und ich glaube nicht, daß Ihnen das gefallen würde, oder?«

Manley setzte sich und streckte die Hand nach seiner Karte aus. Johnny gab sie ihm. »Also, wer sind Sie?« drängte er.

Im Augenblick hielt sich niemand in ihrer Nähe auf. Die

riesige Säule schnitt sie von Augen und Ohren anderer ab, und der Kellner war entweder in der Küche verschwunden oder hinter der Biegung.

»Sie sind vom 48. Ost«, sagte Manley. »Und dieses Projekt, bei dem Sie beschäftigt sind ... Sie wissen, welche Art Geld dabei herumgeworfen wird. Wollen Sie Ihr ganzes Leben in den Seilen hängen, Tallfeather, oder denken Sie auch schon mal an das Alter?«

»Die Seile machen mir nichts aus«, erwiderte Johnny. »Da liegt meine Aufgabe.«

»Es würde sich für Sie lohnen, mit mir zu kommen. Nicht weit. Keine Tricks. Ich habe da einen Freund von Ihnen, der bestätigen wird, was ich sage. Sie werden ihm vertrauen.«

»Was für ein Freund?«

»Jino Brown.«

Das beunruhigte Johnny. Jino mit etwas verwickelt, das eine solche Geheimniskrämerei mit sich brachte? Jino hatte stets Geldsorgen. Beteiligte sich an Glücksspielen. Das war wieder etwas anderes. »Ich habe einen Zeugen, erinnern Sie sich? Meine Teamgefährtin wird erfahren, wer Sie sind, nur für den Fall, daß Sie auf dumme Gedanken kommen.«

»Oh, sie kennt mich bereits, Mr. Tallfeather.«

Das erschütterte sein Vertrauen noch weiter, denn er kannte Poll sein ganzes Leben lang, und sie war ehrlich. Und verängstigt.

»In Ordnung. Schlage vor, wir machen diesen Gang.«

»Gut«, sagte Manley und stand auf. Johnny folgte seinem Beispiel und begleitete ihn zur Tür, erwischte den jungen Kellner, bevor er hinausging. »Tommy, ich gehe mit diesem Mr. Manley.« Er zog den Bestellblock aus der Tasche des Jungen und notierte den Namen und die Firmennummer, die wahrscheinlich falsch war. »Und du gibst meine Rechnung in den Comp und setzt dein Trinkgeld darauf, und du vergißt nicht, mit wem ich gegangen bin, klar?«

»Klar«, sagte der Junge. Ein Bauarbeiter von Geburt war dieser Tommy Pratt, aber klein und kränklich und beklagenswert bleich. »Hast du irgendwelche Schwierigkeiten, Johnny?«

»Behalte einfach den Namen im Gedächtnis und flüstere ihn den Linern ins Ohr, wenn ich bis zum Morgen nicht zurück bin. Sonst vergiß ihn!«

»Ja, Sir.«

Manley gefiel das nicht. Johnny zeigte ein gespanntes, hartes Lächeln und ging dann mit ihm, die gewundenen Wege hinaus, wohin der Mann ihn führen wollte. Tatsächlich waren es Neugier und Mut, die ihn veranlaßten, mit Manley zu gehen, eine scheußliche Art von Neugier. Er war kein Mensch, der weiche Knie bekam beim Anblick der Seile, aber diese Sache hatte etwas mit denen zu tun, mit denen zusammen er dort hinausging, und wo ihre Gedanken waren, darüber wollte er Bescheid wissen.

Nach einer guten Strecke folgte ein weiterer Abstieg, eine Reihe von Biegungen hinunter, und dann eine Treppe hinauf und wieder hinunter, schon am Rande des Grundbereiches, den er kannte; und dem Verlust der Orientierung so nahe zu sein, machte ihn auch nervös.

Jino saß an dem Tisch, der der Tür am nächsten stand; er erhob sich, um ihn zu begrüßen, führte ihn aber nicht an den Tisch, sondern, eine Hand auf seine Schulter gelegt, nach hinten in einen der Räume, wie es sie an den meisten derartiger Stellen gab, wo die hämmernde Musik und der Irrgarten für alles die nötige Heimlichkeit boten.

»Was bedeutet das?« fragte Johnny, der jetzt niemandem mehr vertraute; aber Jino schob ihn zu einem Stuhl an dem runden Tisch, der den Raum fast ausfüllte und der wahrscheinlich dem Glücksspiel diente ... Jino kannte natürlich solche Plätze. Manley hatte sich bereits hingesetzt, als gehörte ihm das Lokal, und starrte sie beide an, während sie sich setzten. »Ich werde Ihnen erzählen, worum es geht«, sagte er. »Die Ostfläche am neunzigsten hat einen Fehler, verstehen Sie?«

»Sie hat keinen Fehler.«

»Einen großen«, widersprach Manley. »Er wird das ganze Projekt einen Grad vom Kurs abbringen.«

»Wir werden irgend etwas Wichtiges übersehen«, meinte Jino, »was auch immer die Computer projektiert haben. *Wir* sind die, die hinausgehen, nicht die Computer. Wir sagen, was richtig ist und was nicht.«

Er betrachtete Jino, bekam langsam die ganze Richtung mit, und sie gefiel ihm überhaupt nicht.

»Mr. Tallfeather«, sagte Manley. »Eigentum hängt hiervon ab. Das *große* Geld. Und es wird weithin verteilt werden. Wir haben da, sehen Sie, eine Gesellschaft, die Hilfe braucht; die großen Schaden nehmen wird, wenn die Dinge so weiterlaufen, wie sie jetzt laufen; und vielleicht haben manche anderen Gesellschaften Beziehungen zu den Computerbetreibern, eh? Vielleicht werden die Bilanzen gerade ausgeglichen. Begreifen Sie?«

»Was für eine Gesellschaft? Meinen Sie diese ATELCORP-Geschichte, die Gesellschaft, die so viel Theater gemacht hat?«

»Sie brauchen keine Namen zu kennen, Mr. Tallfeather. Spielen Sie einfach mit dem Rest Ihres Teams weiter. Sie werden alle beteiligt sein. Alle. Und nichts ist nötig außer Ihrem kooperativen ... ah ... Stillschweigen.«

»Sicher, und vielleicht werden Sie allen erzählen, ich hätte mich einverstanden erklärt.«

Manley machte ein finsteres Gesicht. »Sie sind die letzten Verweigerer, Tallfeather, Sie und Ihre Schwester. Sie beide sind der große Hemmschuh, die Leute, bei denen es, wie wir wußten, schwierig sein würde, sie zu überzeugen. Aber diese Sache ist Teamarbeit. Das respektieren Sie. Sie werden doch nicht Ihre drei Partner aus der Dankbarkeit dieser Gesellschaft ausschließen wollen. Denken Sie an Ihr Alter, Tallfeather! Denken Sie daran, wie es sein wird, wenn Sie nicht mehr jung sind, wenn Sie immer noch hinausgehen müssen. Und die Dankbarkeit dieser Gesellschaft – kann lange vorhalten.«

»Geld«, sagte Jino. »Genug, um uns gutzutun. Wir sind vorbereitet, verstehst du, Johnny? Die Sache ist nicht krumm; genau wie er sagte – einfach nur den Einfluß ausgleichen, den andere auf die Computereingaben haben. So sind beide Seiten gekauft. Das hat *riesige* Auswirkungen, Johnny; der Rat, die Gesellschaften, die sie betreiben ... – es ist ein Griff nach der Macht!«

»Mr. Brown«, mahnte Manley.

»Johnny ist vernünftig. Es ist eine Sache des Erklärens.«

»Ich denke, ich verstehe«, meinte Johnny mit flacher Stimme.

»Vertrauen Sie der Gesellschaft«, sagte Manley. »Jemand spricht auch mit Ihrer Schwester.«

Panik bemächtigte sich seiner. Er lehnte sich auf dem Stuhl zurück. Er ging mit diesen Leuten hinaus in die Seile. Er mußte. Es war alles, was er hatte. »Sarah wird mitmachen, wenn ich es tue. Wer finanziert es? Welche Gesellschaft? Wenn wir schon beteiligt sind, schätze ich, dann sollten wir auch Bescheid wissen.«

»Machen Sie sich darüber keine Gedanken.«

»Halte einfach den Mund und nimm an«, sagte Jino. »Und stimme den Karten zu. Diesen Teil erledige ich. Du hältst einfach den Mund und streichst deinen Anteil ein.«

»In Ordnung«, sagte er. »In Ordnung. Kein Problem von meiner Seite.« Er schob sich vom Tisch zurück. »Ich gehe jetzt besser zurück. Macht es Ihnen etwas aus? Ich habe einige Anweisungen hinterlassen für den Fall, daß ich nicht schnell zurückkehre.«

Jino runzelte die Stirn und winkte ihm, zu gehen. Er stand auf und ging hinaus, durchquerte den großen Raum und ging die Korridore entlang, hatte ein Gefühl wachsender Schwere im Innern.

Tommys Gesicht hellte sich erleichtert auf, als er ihn sah; Johnny tätschelte dem Jungen die Schulter. »Poll?« fragte er, und Tommy blinzelte und sah sich um.

»Ich glaube, sie ist gegangen«, sagte Tommy.

Er überprüfte es. Sie war nicht in dem Zimmer, das sie gemietet hatten. Nicht oben. Er machte ein finsteres Gesicht und ging, begab sich auf der Suche nach Sarah zum Wurm.

Auch sie war fort. Ebenso Sam Kenny.

Er setzte sich und bestellte einen Drink, setzte sich damit an einen Tisch neben der Eingangstür des Wurms – eine Höhle, so dunkel und laut und rauchig wie die Säule, aber kleiner und älter; und er stellte einige Fragen, jedoch nicht zu viele, damit nicht irgend jemand von den Linern oder dem Management die Brauen hochzog. Er trank aus, saß mit einem Gefühl der Übelkeit da und bestellte noch Drinks.

Endlich kam sie herein. Er zwang sich dazu, sitzenzubleiben, saß kühl und schweigsam da, bis Sarah ihn ausfindig gemacht hatte und mit einem bekümmerten Blick zu ihm herüberkam, der davon zeugte, wo sie gewesen war. Sie zog einen Stuhl heran und setzte sich.

»Ich weiß Bescheid«, sagte er. »Sie sind zu dir und Sam gekommen?«

»Was sollen wir machen, Johnny?«

»Was, hast du ihnen gesagt, werden wir tun?«

»Ich habe ihnen gesagt, wir würden darüber nachdenken.«

»Ich habe ihnen gesagt, daß wir mitmachen«, sagte er. »Was, glaubst du, sind wir, Sarah?«

Ihre Schultern sanken herab, und sie saß da und sah mißmutig aus. Sein Drink traf ein, und er schob ihn zu ihr herüber und bestellte sich einen neuen. »Ich glaube nicht«, sagte sie, als sie allein waren, »ich glaube nicht, daß sie uns vertrauen, Johnny, egal, was sie uns versprechen.«

Er dachte darüber nach, und es machte ihm Angst, so gut paßte es zu seinen eigenen Gedanken. »Wir machen mit. Etwas anderes können wir nicht tun. Wenn wir es anzeigen – wissen wir nicht, was da aufgewirbelt wird oder wie weit das reichen würde, oder welche Feinde wir uns damit schaffen.«

Sie nickte.

Sie nahmen Zimmer im Wurm. Johnny nahm eine Flasche mit und Sarah tat es ebenfalls, und zumindest er schlief. Soweit er es mitbekam, kehrte Sam in dieser Nacht nicht zurück.

Und am späten Vormittag gingen er und Sarah zusammen zum Dienstaufzug und betraten ihn mit zwei Linern aus einem anderen Team, die zur zehnten Ebene hinauffuhren. Sie sprachen nicht miteinander. Die anderen Liner stiegen aus, und weiterhin wechselten sie kein Wort miteinander, die ganze lange Fahrt bis zur neunzehnten nicht.

Dort ging es den teppichbelegten Flur entlang zur Eingangshalle, wo sie als erste eintrafen. Sie zogen sich aus und legten die Arbeitskleidung an, warteten dann mit zurückgelegten Kapuzen und nicht angelegten Handschuhen. Sam tauchte auf, dann Poll, und sie wichen ihren Blicken aus. Gift hing in der Luft. So etwas hatte es noch nie gegeben – Streitereien ja, aber dergleichen noch nicht. Jino traf ein, das Clipbrett in der Hand, und das Schweigen dauerte an. »Verdammt«, sagte Jino. »Kopf hoch und seht lebendiger aus! Konzentriert euch darauf! Wer hat geredet?«

Johnny schüttelte den Kopf. Jino blickte von einem zum anderen. »Was stimmt nicht?« fragte Johnny. »Jino, vielleicht sollten wir alle das erst mal in Ordnung bringen. Oder vielleicht gehen wir heute nicht hinaus.«

»Fragen, sonst nichts.« Jino nahm Anzug und Geschirr vom Haken und zog sich um, wie die anderen. »Der Mann war noch einmal bei mir, versteht ihr? Hat mich angehalten und gefragt – gefragt, ob irgend jemand im Team vielleicht Hintergedanken haben könnte. Hat jemand von euch geredet?«

Alle schüttelten den Kopf, einer nach dem anderen.

»In Ordnung dann.« Jino stieg in den Anzug, zog den Reißverschluß hoch, und die anderen zogen sich die Kapuzen über und hängten sich die Masken zurecht. »Alles klar«, meinte Jino. Er gurtete sich das Geschirr um die Brust und zwischen den Beinen hindurch, nahm das Clipbrett und hakte es sich an den Gürtel. »Die Sache ist sowieso schon in Gang. Ich habe die Zahlen bekommen. Alles, was wir tun müssen, ist, diese Daten zu entwickeln; alles ist durchgerechnet; sie haben mir den Entwurf für das gegeben, was wir einreichen müssen. Ist das schwierig?«

Wieder schüttelten sie die Köpfe. Johnny hatte einen bitteren Geschmack im Mund. Er wand sich mit den Schultern in das eigene Geschirr, zog es hoch und hakte es fest, überprüfte das kostbare Seil, in seinem Behälter zusammengerollt, um sicherzugehen, daß es sich glatt aufrollte und die Bremse auch so stoppte, wie sie sollte.

»Also los!« sagte Jino. »Raus jetzt mit uns!«

Sie setzten sich in Bewegung. Sam öffnete die Zugangstür, eine runde Luke; der Wind heulte herein, zwar nicht mit der Kraft wie in dem Fall, wenn auch die hintere Tür offenstand, aber sie mußten sich festhalten, sonst hätte er sie umgerissen. Poll fluchte und hüpfte etwas, war nervös. So war es immer beim Hinausgehen. Sam ging als erster, hakte sein erstes Seil an das Zugangsöhr, schwang sich hinaus und war sofort außer Sicht. In den Wind gebeugt, blickte er für einen Moment nach unten und drehte sich erst dann zum Gebäude um. Sarah stieg als nächste hinauf, sobald das Öhr wieder frei war.

Dann war Johnny an der Reihe. Er hakte sich ein, blickte hinaus in den schmetternden Wind, in den Ausblick, den die Einwohner nie ungeschützt sahen. Er zog sich die getönte Maske über das Gesicht, und das Gleißen der Sonne löste sich im fernen, schwindelerregenden Horizont auf. Er trat auf den Sims, ruckte, um sicherzugehen, daß seine Seilbremse auch stoppte, bevor er diesem sein Gewicht anvertraute. Das war es, was die Bodenmenschen niemals auf sich nehmen konnten, diese erste vertrauende Bewegung, mit der er sich hinausschwang, die schwindelerregende Krümmung des Stadtberges unter sich, Fenster und Simse ... abgeschirmte Simse weiter unten, wo die Krümmung stärker wurde, und schließlich nur noch Glasplatten, dick und solide, die Fenster des Grundes, die als Oberlichter funktionierten, die so dick waren, weil stets die Möglichkeit bestand, daß etwas durch eines hindurchfiel ... Eis im Winter, das sich aufbaute und dann wie Speere hinunterkrachte, Speere mit einem Gewicht von mehreren Zentnern – oder der stürzende Körper eines Liners, was auch schon passiert war, oder etwas, was ein Liner fallenließ – wenn das vorkam, reichte es, um diese Person für einen Moment auf den Grund zu schicken: selbst ein Bolzen, der aus dieser Höhe herabstürzte, wurde zu einem tödlichen Geschoß.

Neunzig Stockwerke hinunter.

Die isolierten Anzüge schützten kaum vor der Kälte. Die Masken taten es, andernfalls wären ihre Augen in dem schneidenden Wind im Nu zugefroren, ebenso die Membranen der Atemgeräte, was Ersticken bedeutet hätte. Jeder Quadratzentimeter ihrer Körper war bedeckt. Johnny hakte sein Seil an einen weiteren Bolzen, zog den anderen heraus und schwang sich in einem weiten Bogen abwärts, so daß die Steine, an denen er vorbeiflog, sich verwischten, fing sich am nächstgünstigen Sims mit einem Griff ab, der Übung verhieß und von Verachtung für die Methoden von Neulingen kündete, die geradlinig an ihrem Seil hinabkletterten und sich mühsam wieder hocharbeiteten. Er hatte seine Aufstiegslinie jetzt über sich, die Nummer Zehn; Sarah hatte die elfte, Sam die zwölfte; Poll, die hinter ihm kam, die neunte; Jino die achte in der Nähe des Eingangs. Klettern und Kartographieren und nach Rissen Ausschau halten, nach wirklichen Rissen, das war ihr eigentlicher Job; und Fluch auf jede Lüge. Er versuchte, nicht daran zu denken. Sie hatten trotzdem noch einen Job zu verrichten, die Routine der Reparatur des Bauwerks. Und hier draußen zumindest war die Luft klar, hatte das Bewußtsein eine fortlaufende Aufgabe, die stetig alle Konzentration erforderte ... eine kleine Bewegung nach der anderen, die Augen geradeaus gerichtet und den Verstand beisammen.

Sie prüften und kletterten, eine gleichmäßige Arbeit jetzt,

die Füße abgestützt, den Rücken ins Geschirr gelehnt. Sie waren kurz nach Sonnenaufgang herausgekommen und legten oft Ruhepausen ein. Johnny spürte die Hitze des Tages an seinem Rücken zunehmen und den Schweiß an seinen Seiten hinabrieseln. Wenigstens wurde jetzt das Eis weggebrannt, so daß die Füße nicht mehr darauf ausrutschen und das Seil nicht mehr seiner Bremse entgleiten konnte, zu einem Sturz, der auch das Herz eines Liners zum Stillstand bringen konnte. Seine Maske hielt die Luft warm und sorgte selbsttätig und fehlerfrei dafür, nicht anzulaufen – ein Atmen, das diejenigen, die ihr ganzes Leben innerhalb der Stadt verbrachten, niemals erlebten, scharf und kalt und reinigend. Johnny gelangte in die Nähe der Fenster, während der Tag sich zum Nachmittag hin neigte. Er konnte sein eigenes monströses Spiegelbild in den getönten Glasflächen sehen, an denen er vorbeikam, wie eine schwarze Spinne mit einem blanken, spiegelnden Gesicht; und ganz matt auch das Innere der Büros von ATELCORP: er erkannte das Firmenzeichen.

Sie hatten es mit ihm verdorben. Aber eine Frau saß an dem Schreibtisch, der dem Fenster am nächsten stand, und sie blickte mit hellen, unschuldigen Augen zu ihm auf. Sie lächelte; auch er tat es, unkenntlich hinter seiner Maske – machte eine Hand frei und winkte ihr zu, beobachtete ihre Reaktion, die aussah, als risse sie den Mund auf. Er grinste, löste auch den Griff der anderen Hand und packte fachmännisch die nächste Halterung, glitt höher, kletterte wie eine Spinne hinüber auf die blanke Wand. Aber die Frau sagte mit Lippenbewegungen etwas zu ihm. Er winkte, und sie sagte es noch einmal. Er konnte Lippenbewegungen lesen, wie viele Liner, gewöhnt an die Höhenwinde, genauso wie sie auch Handzeichen benutzten. Er mimte Gelächter, klatschte sich mit der Hand auf den Bauch. Ihr halb gespiegeltes Gesicht wirkte ein wenig erschreckt. Dann lachte sie. Ihre Einladung war ebenso derb wie unmißverständlich gewesen.

Er ließ wieder los und mimte, mit der Hand zu schreiben, ging sie um ihre Nummer an. Sie lachte und schüttelte den Kopf, und er hielt es daraufhin für an der Zeit, weiterzuklettern.

Er war zurückgefallen. Poll und Sam und Sarah waren voraus, zwei Stockwerke über ihm, Jino etwa auf selber Höhe mit ihm. Johnny machte ein wenig Tempo auf der glatten Wand, genau wie die anderen, da es hier keine Fenster gab, auf die man achten mußte – ausgreifen und festmachen, die Füße angleichen, ausstrecken und festmachen, niemals ganz frei in der Luft. Sie erreichten den Sims vom hundertsten Stockwerk und legten dort eine Atempause ein, betrachteten die Wolken, die im Osten aufgezogen waren, jenseits der Ringellocke aus weiteren Türmen. »Wir werden es kurz machen müssen«, meinte Sam.

»Wir machen gerade noch den Durchgang«, sagte Jino. »Wir überqueren fünf Rinnen, arbeiten uns dann abwärts und kommen wieder zum Neunziger-Eingang.«

Sie nickten. Das war, was sie wollten, keine lange Arbeit mehr bei dem Wetter, das da heraufzog. Es versprach Eis.

Und als sie die Schlaufen von Rücken und Schultern und Beinen entfernt hatten, arbeiteten sie sich den Sims entlang, nahmen den leichten Weg und ließen sich dann in ihre neuen Bahnen fallen, ein fensterloser Bereich, wo sie rasch vorankamen. Johnny beugte sich herüber und sprang zurück, als er gegen die Wand schlug, arbeitete sich dann mit Begeisterung abwärts. Aber die Begeisterung schwand, als die Muskeln müde wurden. Er blickte auf und sah, wie Sam und Sarah anscheinend mit Kartenarbeit beschäftigt waren; also hatten sie vielleicht etwas gefunden, oder sie erledigten gerade etwas von den geringfügigen Reparaturen, die sie sofort ausführen konnten.

Es war eine gute Route nach oben; die Computer hatten recht, und es war die beste Stelle. Er blickte zwischen den Füßen nach unten zum dunstverschleierten Grund, wo die Bodenvorbereitungen bereits mit so viel Mühe durchgeführt worden waren, versuchte dabei, nicht lange an die Lüge zu denken. Es ging auf die Zeit zu, wo sie ohnehin wieder hineingehen mußten. Der Wind frischte auf, während die Schatten jetzt in die andere Richtung zeigten und den Turm ein wenig trügerisch erscheinen ließen, wenn man nach unten blickte, ein schwindelerregender Ausblick selbst für jemanden, der daran gewöhnt war.

Der Wind packte zu; Johnny spürte die Kälte, und der Aufwind riß ihn beinahe vom Haltepunkt seiner Füße.

Plötzlich sauste etwas Dunkles an ihm vorbei. Er zuckte zusammen und schmiegte sich an die Wand, eine Instinktreaktion. Etwas stürzte ab – aber etwas Großes; es war ... Er blickte aus dem Schatten nach oben, kniff die Augen gegen den flammenden Himmel zusammen, sah, daß die Rinne neben ihm leer war; Sarahs Rinne, und ein gerissenes Seil schlug im Wind umher.

Er stieß sich mit den Beinen ab und blickte nach unten, aber sie war inzwischen den ganzen Weg gefallen, den langen langsamen Weg hinabgewirbelt.

Sarah!

Da erst traf es ihn, der Schmerz, der Verlust. Er hing wie gelähmt im Geschirr. Seine Teamgefährten hatten mittlerweile innegehalten, waren an ihren Plätzen erstarrt. Er regte sich nicht in der windigen Stille, und der Gürtel schnitt ihm in Rücken und Hüften – seine Beine waren taub, aber sicher abgestützt.

Seine Hände lagen auf seinen Seilen. Er liebkoste die Klammer, die zwischen ihm und einem solchen Sturz hing, bemerkte dann einen Schatten, jemanden, der zu ihm herüberkam.

Poll. Sie hing dort an der Verlängerung ihres Seils und faßte Johnny an die Schulter, schüttelte ihn und deutete nach oben und seitwärts. Schrie gegen den Wind und die dämpfende Maske an. *Eingang,* las er ihr von den Lippen. *Zum Eingang!*

Er machte sich an diese Aufgabe, vollzog die automatische Bewegungsfolge, die so leicht fiel, kein Denken erforderte, weil die Ausrüstung hielt, im Gegensatz zu der Sarahs. Sarah war da unten, sein eigenes Fleisch und Gebein verspritzt über all die geschützten Oberlichter auf der langen, langsamen Krümmung des Berges.

Er fing an zu zittern. Er hing am flachen Gestein, dem Wind ausgesetzt, und weil seine Beine zitterten, konnte er den nächsten Schritt nicht tun, und seine Hände erstarrten, so daß er seinen Griff nicht mehr lösen konnte, sich nicht hinüberschwingen konnte in die nächste Rinne, sondern über ihr hängen blieb.

Noch jemand kam. Sam, und Poll. Er spürte sie mehr, als er sie sah, Körper, die neben ihm an ihren Seilen entlangsausten, und er hing dort und klammerte sich mit den Fingern fest, zuckte zusammen, erschauerte, als ein dritter herabstürzte und wie eine Spinne auf seinem Rücken landete.

Sie hängten sich an ihn an. Er wußte, was sie taten und noch tun würden, aber er war erstarrt, nur seine Zähne schnatterten. Die Kälte war zu ihm durchgedrungen, und er klammerte sich verzweifelt an die Wand, versuchte, nichts anderes mehr zu sehen, spürte, wie sie ihn mit Haken festmachten und dann seine Seile lösten.

Er kreischte, vom Wind ins Freie gerissen, schwang nach unten und wurde erst aufgehalten, als die Seile an seinem Körpergeschirr ruckten. Dort hing er, frei in den Windböen schwingend, während die Dämmerungssonne sich vor seinen verschwimmenden Augen drehte, in Streifen aufflammte und Spiralen erzeugte. Er hörte einen Schrei, einen Chor von Schreien, und ein weiterer Körper stürzte an ihm vorbei, ein Aufprall an der Schulter, der ihn in Drehung versetzte. Er versuchte zuzupacken, aber der Körper war schon an ihm vorbei, während er sich noch drehte, und er blickte ihm hinterher, immer weiter abwärts, wie sich der Stürzende wie ein Stern auf den Winden ausbreitete und davon wirbelte in seinem langsamen, schrecklichen Sturz. In der

Perspektive verschwand. Den Aufprall sah er nicht. Er versuchte, seinen Verstand davon zu überzeugen, wie der andere sicher und unverletzt hoch- und davonschnellte; aber er war aufgeprallt; und es war eine schreckliche Art zu sterben. Wie bei Sarah.

Sein Magen würgte. Der Wind riß ihn hin und her. Zwei von ihrem Team waren abgestürzt. *Zwei.* Er hing dort und dachte an das Seil, das niemals nachgab – *niemals!* Das stand völlig außer Zweifel. Aber zwei hatten doch, und er hing dort, sein Körper losgelöst vom Gebäude in den Böen schwebend.

Er drehte den Kopf, versuchte, sich selbst zu helfen, aber seine Arme waren zu stark ausgekühlt, um sich exakt bewegen zu lassen, und er fummelte mit den Händen herum, um sich zur Wand zu drehen. Er schaffte es, nach oben zu blikken, und sah, wie die beiden anderen Überlebenden des Teams an der Einstiegsluke drei Stockwerke über ihm arbeiteten. Sie würden ihn hereinziehen, sobald sie selbst in Sicherheit waren. Aber die Luke ging nicht auf.

Verklemmt. Verschlossen. Jemand hatte sie ausgesperrt.

Und zwei von ihren Seilen waren gerissen.

Er bewegte sich wieder, als eine Windbö ihn packte und gegen die Wand schleuderte. Der Aufprall betäubte den Arm auf dieser Seite. Er handhabte den Verlängerungshaken mit der rechten Hand, drückte ihn frei, und selbst als der Wind ihn am weitesten in die gewünschte Richtung schwang, konnte er den nächsten Haken nicht erreichen. Er zog die Verlängerung schließlich zurück, ließ sie frei am Seil schwingen, und sein schmerzender Arm fiel herab, als er sich in das Geschirr sinken ließ. Dann hob er mühsam wieder den Kopf und sah, daß seine Teamgefährten gleichfalls reglos waren. Ihre Seile hatten sich verwickelt. Sie waren in Schwierigkeiten, vom Wind umeinander verdreht, erschöpft. Hin und wieder, wenn Johnny aufblickte, sah er, wie einer von ihnen gegen die Luke hämmerte, aber hören konnte er nichts, denn der Wind verschluckte alles. Hier, wo sie sich befanden, gab es keine Fenster. Es war ein blinder Winkel. Niemand sah sie; niemand hörte sie.

Das Licht schwand, von der vordringenden Wolkendecke in letzte, fließende Farben gehüllt. Der Wind wehte auch weiterhin, und langsam spuckte auch Nebel nach ihnen, vereiste die Seile, vereiste die Anzüge, fror bis zu den Knochen durch. Johnny beobachtete, wie im fernen, fernen Queens-Turm die Lichter angingen, dachte, daß vielleicht jemand hinausblickte, daß jemand vielleicht die einsamen Gestalten sah, daß jemand vielleicht neugierig wurde und einen Anruf tätigte.

Nein. Unmöglich, daß sie so weit sehen konnten, nicht mit bloßem Auge. Er konnte sich loshaken und früh sterben. Mehr nicht.

Er tat es nicht. Er hing herum, während sein Körper immer tauber wurde und die Kälte sich zu seinen Knochen vorarbeitete. Wie viele Stunden würde es dauern, bis jemand sie vermißte? Bis die anderen Liner Fragen stellten?

Er blickte auf, eine gewaltige Anstrengung, sah etwas, das in der Dunkelheit wie das Anheben eines Armes zur Luke aussah. Sie versuchten es immer noch. »Wer ist abgestürzt?« wollte er fragen. Er konnte nicht, winkte nur schwach mit der Hand, um ihnen zu zeigen, daß er noch lebte. In den Masken und den dunklen Anzügen war es unmöglich zu erkennen, um wen es sich in diesem Gewirr aus Seilen und Körpern handelte.

Es dunkelte, wurde Nacht, und Johnny spürte, wie sich an seiner rechten Seite eine Eisschicht bildete, krümmte sich und brach sie von seinem Anzug. Das Geschirr um Brust und Hüfte und Leistengegend zerrte in einem schrägen Winkel an ihm, und die Schwerkraft und das Zerren des Windes schnitten das Blut von einer Körperhälfte ab. Er kämpfte, und als der Wind ihn weit hinauszog und dann wieder zurück an die Wand schleuderte, dachte er daran, daß das dünne Seil mit jeder Bewegung immer mehr ausfranste. Es sollte eigentlich nicht.

Es sollte eigentlich nicht. Sie waren ermordet worden. Starben deshalb hier draußen.

Hinaus und zurück. Er ächzte unter der Qual, ein betäubtes Wimmern, denn er hatte genug, aber niemanden bei sich, dem er es erzählen konnte. Wieder hinaus – und zurück an die Wand.

So ging es unablässig weiter, und die Wolken versperrten sogar den Blick auf die Sterne, nur die Lichter der Stadt waren sichtbar, die wie Edelsteine strömten und wirbelten und tanzten. Er bekam einen Eissplitter zu fassen und schob ihn sich unter die Maske und in den Mund, um den quälenden Durst zu lindern. Der Arm fiel wie Blei herab. Er hörte auf, sich zu bewegen, war sich nur noch des heulenden Windes bewußt, eines Schmetterns, so als würde er von einem Riesen angehoben und wieder hinabgeschleudert.

Lös den Haken! flüsterte eine leise Stimme ihm zu. *Gib auf! Laß los!*

Jemand tat das. Ein Körper wirbelte vorbei, ein dünner, protestierender Schrei – vielleicht anders überlegt? Gram? Empörung?

Er konnte ihn nicht fallen sehen. Der Körper verschwand in Dunkelheit und Ferne, für einen Moment ein Schatten vor dem Licht unten, und dann verschwunden, vom Wind davongetragen.

Haben sie sie nicht entdeckt da unten? wunderte sich Johnny. *Wissen sie es noch nicht?* Aber die Oberseite des ganzen Grundes war abgedeckt wegen der Bauarbeiten. Niemand würde etwas erfahren, sofern nicht jemand im Moment des Sturzes hinausblickte, sofern es nicht zufällig jemand sah.

Einer vom Team war oben geblieben. Ein Gefährte in der Dunkelheit. »Wer bist du?« schrie er. »Wer?«

Seine Stimme wurde fortgetragen. Keine Antwort erreichte ihn.

Er sank ins Geschirr zurück, ließ die Hand fallen, erschöpft, im Begriff, bewußtlos zu werden.

Kam wieder zu sich auf dem Höhepunkt eines Schwungs,

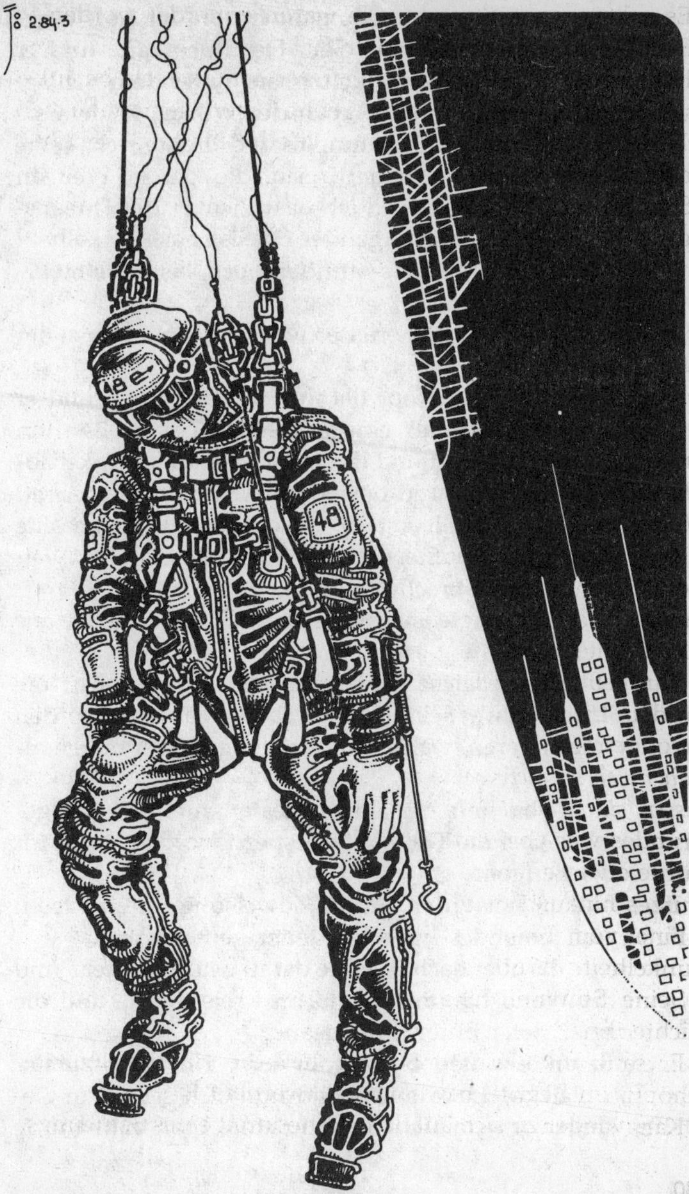
2.84.3
48
48

schrie auf, als er für einen Moment frei in der Luft hing. Aber er war immer noch am Seil. Der Ruck kam, und er prallte gegen die Wand, schluchzte auf unter dem Schlag. Die Nacht war schwarz, und auch der Winkel, in dem sie steckten, war schwarz. Er baumelte und drehte sich, seine Seile schon lange verheddert, sah die ganze Welt in Schwarz, lediglich am Grund ein paar Lichter, der Queens-Turm ein schwarzer, hochragender Obelisk aus Dunkelheit.

Früher Morgen? Wie viele Stunden noch, bis es hell wurde?

»Wer ist da oben noch?« rief er während einer Pause der Böen in den Wind.

Keine Antwort. Der Kopf fiel ihm auf die Brust, und er spannte die Muskeln, als eine abgeirrte Bö zwischen ihn und das Gebäude geriet und ihn fast im rechten Winkel abhob, so daß die Stadt und der Himmel schwindelerregend umherwirbelten. Die Bö erstarb. Er schwang zurück, prallte auf und erschlaffte, wußte, daß bei einem nächsten Mal vielleicht sein Rückgrat brechen würde.

Laß es doch! drängte ihn die innere Stimme. *Beende die Qual!*

Das Seil riß vielleicht bald. Ersparte ihm vielleicht die Mühe. Sicherlich war sein Geschirr ebenso sabotiert worden wie das der anderen, während es im Eingangsraum gehangen hatte.

Jino, dachte er, Jino, der am dichtesten zum Eingang geblieben war. Aber die Tür war zugesperrt worden. Auch für ihn. Keine Zeugen.

Dieses Team loswerden, für die Zuweisung eines anderen sorgen, das jemandes Interessen eher genehm war.

Er dachte darüber nach. Dachte daran, während der Wind ihn an die Wand hämmerte und im Kreis drehte und die Kälte immer tiefer in ihn hineinsank.

Licht flammte weiter oben auf. Er versuchte hinaufzublikken, sah, daß die Luke offenstand und sich schwarze Gestalten darin vor dem Licht abzeichneten. Ein Strahl wurde suchend nach unten gerichtet und erwischte sein Gesicht. Das Seil rutschte ein Stück weiter. Ihm wurde im ganzen Körper heiß und kalt bei diesem übelkeiterregenden Rutsch. Er drehte sich und versuchte einen Arm zu heben, hatte geringfügig Erfolg. Das Licht wurde fest auf ihn gerichtet. Der Wind packte ihn, ein brutaler Ruck nach draußen und quer durch den Lichtstrahl. Und dann entfernte sich das Licht von ihm. Er schrie, heiser und hilflos. Dann spürte er, wie eines der Seile kürzer wurde, wie er hochgezogen wurde. Die Winde innerhalb des Eingangs. Sie hatten sie eingeschaltet, ein gleichmäßiger Zug, der das Seil über die Wand zog, ein Seil, immer weiter hinauf. Er hing reglos daran, wagte kaum zu atmen, hatte mehr Angst als je zuvor ... – das überlebt zu haben, nur damit im letzten Moment das Seil riß ... Der Wind packte ihn auch jetzt noch und schwang ihn weit hinaus, so daß er die Lichter unter sich sehen konnte.

Beinahe am Ziel. Er wandte den Kopf, um es zu sehen. Hände zupften am gespannten Seil, packten ihn am Kragen, den Schultern, dem Brustgeschirr, zerrten ihn rückwärts über den Sims des Eingangs. Ein letztes Sinken in menschliche Hände, eine Umarmung, die seinen kalten Körper auf den Boden bettete, Gesichter, die ihn umringten. Jemand zog ihm die Maske vom Gesicht, und er zuckte unter dem weißen Licht zusammen.

»Noch am Leben«, sagte jemand. Liner. Die Luke stand noch offen. Johnny versuchte, sich zu bewegen, rollte sich auf die Seite und sah seinen Teamgefährten, als erster an den verwickelten Seilen hereingezogen, der auf dem Boden neben ihm lag, die Augen offen und tot.

Jino. Es war Jino. Er lag da und starrte in das tote Gesicht. Jino hatte an dem Geschirr herumgepfuscht – vielleicht; oder jemand anderer – der die Tür verschloß und sie alle draußen ließ, damit sie starben.

»Da ist sonst niemand!« hörte er jemanden rufen; und krachend schlug die Luke zu und schloß gnädigerweise den Wind aus. Seine Retter hoben seinen Kopf an und öffneten den Reißverschluß des engen Anzuges. »Das Geschirr«, sagte er, »jemand hat sich an den Seilen zu schaffen gemacht.« Sie waren seine Brüder. Sie mußten es wissen.

»Verschließt diese Tür!« sagte einer von ihnen. Johnny atmete daraufhin aus und duldete es, daß sie ihm den Anzug auszogen, zuckte zusammen, als einer nasse Handtücher brachte, die wahrscheinlich nur in kaltes Wasser getaucht waren; sie fühlten sich siedend heiß an. Er lebte. Er lag da und zitterte, den Boden unter sich und nicht die leere Luft und die Dunkelheit. Jemand umfaßte sein Gesicht mit brennenden Händen, während sein Körper weiterhin benetzt wurde. Dan Hardesty: er kannte das Team, vier Männer und eine Frau; die fünfzigste Ost. »Was meinst du damit, zu schaffen gemacht? Was ist passiert?«

»Haben versucht, die Berichte zu fälschen«, sagte er. »Jemand wollte, daß die Berichte frisiert werden, und sie haben uns nicht getraut. Sie haben uns umgebracht. Sie ... oder die andere Seite. Haben am Geschirr herumgepfuscht. Seile sind gerissen. *Zwei Seile sind da draußen gerissen!*«

Sie umstanden ihn und lauschten mit grimmigen Gesichtern. Sein Verstand arbeitete jetzt mit fürchterlicher Klarheit, zählte zwei und zwei zusammen. Es reichte nicht aus, nur ein Team zu kaufen. Man mußte schon alle kaufen, die in dieser Sektion arbeiteten. Auch sie. Die fünfzigste. Er lag da und zitterte, während das Wasser langsam kälter wurde, und machte sich häßliche Gedanken, wie leicht es war, einen Körper wieder hinauszuwerfen.

»Jemand«, sagte er, »hat die Luke geschlossen. Hat uns ausgesperrt.«

Dan Hardesty starrte ihn an. Machte schließlich ein finsteres Gesicht, sah sich zu einem seiner Leute um und blickte dann wieder herab. »Macht das Wasser warm!« befahl er. »Los! Wir müssen ihn von hier wegbringen!«

Johnny zitterte konvulsivisch, sein Magen verknotete sich, die Glieder zuckten. Sie setzten ihn auf. Sie zogen ihm die wärmeren Kleider an, und er zuckte zusammen, versuchte, seine Glieder zu beherrschen. Seine beiden Beine wurden seitlich schwarz, sein linker Arm war es bereits. »Schaut euch seinen Rücken an«, sagte die Frau, Maggie. Er überlegte sich, wie gut es war, es nicht zu sehen. Sie wuschen ihn ab, versuchten, ihn wieder auf Körpertemperatur zu bringen.

»Tommy Pratt hat sich Sorgen gemacht«, sagte Dan. »Fing an, Fragen zu stellen – wo du warst, was los war –, und auch andere Fragen wurden gestellt. Also sind wir auf die Idee gekommen, in euren Bereich zu gehen und nachzuschauen. Ich wünschte, wir wären früher gekommen, Johnny. Ich wünschte es wirklich.«

Er nickte, preßte die Augen fest zu, als er sich an seine Freunde erinnerte. Sarah. Ein Teil von ihm. Es war kein Schmerz um Sarah. Es war, als ob man ihn halbiert hätte.

Jemand hämmerte an die Tür. »Die Sicherheit!« rief jemand von draußen.

»Hängt Tommy«, meinte Dan.

Sie waren schon dabei, die Tür aufzuschließen. »Helft mir auf!« bat Johnny die anderen; sie taten es, hielten ihn auf den Beinen, wickelten eines der Handtücher um ihn. Die Tür ging auf, und dort standen die Sicherheitsleute mit gezogenen Pistolen.

»Hatten einen Unfall«, erzählte Dan. »Ein Team ging mit beschädigten Seilen hinaus, und im Wind sind sie gerissen. Wir haben zwei hereingeholt, einen lebend, einen tot; die anderen sind abgestürzt.«

»Rufen Sie die Meds!« forderte der leitende Beamte. Johnny schüttelte in Panik den Kopf; das Hospital – wurde von den Gesellschaften finanziert. Er wollte sich nicht in ihre Hände begeben.

»Ich werde nicht hingehen«, sagte er, während der Anruf hinausging. »Ich gehe zum Grund. Besorgt mir was zum Trinken! Das ist, was ich will. Das ist alles, was ich will.«

Der Beamte zog einen Recorder hervor. »Sie wollen eine Aussage machen, Mr. ...«

»Tallfeather, Johnny.« Die Stimme versagte ihm, mißhandelt von der Kälte, der Angst. Er lehnte sich an die Männer, die ihn aufrechthielten. »Ich mache meine Aussage. Wir waren draußen auf den Neunzigern und sind nach unten gestiegen. Meine Schwester Sarah ... ihr Seil riß. Die anderen versuchten, mich zu bergen, zurückzukommen, und ihre Seile versagten. Waren stundenlang draußen. Die Seile sind gerissen, oder vielleicht hat einer Selbstmord begangen. Ich weiß nicht. Der Wind ...«

»Menschen tun sowas«, sagte Dan. »Waren Sie je draußen, Officer?«

»Namen. IDs.«

Dan händigte seine aus. Ein anderer holte die Johnnys aus dessen Overall, reichte auch die aller anderen hinüber, des Toten und der Lebenden. Der Beamte gab sie in den Recorder ein, und gab den Lebenden ihre Karten zurück. »Wer ist der Tote hier?«

»Der Teamchef«, sagte Johnny und befeuchtete seine Lippen. »Jino Brown. Die anderen sind abgestürzt.«

Der Beamte betrachtete Dan Hardesty und sein Team. »Ihre Rolle dabei?«

»Freunde. Sie kamen nicht zurück, und da haben wir nachgesehen. Ein Junge in der Säule, Tommy Pratt, hat uns auf die Spur gebracht. Lassen Sie den Mann gehen, Mister! Er hat genug.«

Der Beamte beugte sich herab und prüfte Jinos Leiche, berührte die Haut, beugte die Finger.

»Erfroren«, sagte Dan. »Hat seine Maske heruntergenommen, verstehen Sie? Ohne Maske stirbt man schnell da draußen. Schmerzlos für die, die den Absturz fürchten.«

»Ich dachte, Liner hätten keine Angst vor dem Abstürzen.«

»Viele von uns haben Angst«, sagte Dan ruhig. »Kommen

Sie, Officer, die *Schwester* dieses Mannes ist draußen gestorben.«

»Ich finde, er sollte stärker erschüttert sein, meinen Sie nicht?«

Johnny holte aus, aber die anderen hielten ihn fest, und der Beamte wich einen Schritt zurück.

»In Ordnung«, sagte er. »In Ordnung. In Ordnung, ruhig!«

Johnny holte tief Luft, lehnte sich an und funkelte den Beamten an, kühlte sich langsam ab, dachte dabei an das, was er wollte – hinauskommen, nach unten, weg von ihnen – lebendig.

Der Beamte schaltete mit dem Daumen sein Mikro ein. »Hatten hier einen Unfall«, sagte er. »Liner sind verunglückt, ein Überlebender. Tallfeather, John Ames, Angestellter der Stadt.«

Geräusche kamen als Antwort. Der Beamte hielt sich den Hörer ans Ohr, und seine Augenlider zuckten, während er die anderen betrachtete. Die Tür ging auf, und die übrigen Sicherheitsbeamten führten zwei Meds herein. »Bringen Sie ihn weg!« sagte der Beamte und deutete dabei auf Jinos Leiche. »Der andere meint, er könne selber gehen.«

Die Meds ignorierten die Leiche und wandten sich Johnny zu. Aber dieser wehrte sie ab, schüttelte den Kopf, als einer von ihnen ihm etwas von schweren Quetschungen und Blutgerinnseln im Gehirn erzählte. »Gebt mir meine Kleider!« sagte er den Linern. Einer brachte sie ihm.

»Jemand«, sagte Dan gerade, »muß hinausgehen und die Leichen vom Grund holen.«

Er hörte es. Vielleicht sollte er protestieren, dem Schmerz nachgeben, darauf bestehen, daß er selbst an der Suche teilnahm, selbst wenn keine Möglichkeit bestand, daß er so weit klettern konnte. Er hatte kein Interesse daran, Sarahs Leiche zu finden oder die von Poll oder Sam. Er hatte nur ein Interesse, und das bestand darin, seine Kleider anzuziehen und von hier wegzukommen. Er schaffte es, verzog dabei das Gesicht, während die Meds sich mit der Polizei besprachen und wissen wollten, ob es nicht irgendeine Möglichkeit gäbe, ihn zu verhaften, damit er ins Krankenhaus gebracht werden konnte.

»Verschwinden Sie von hier!« warnte Dan sie. Ein mürrisches Schweigen trat ein.

»Mr. Tallfeather«, bat einer der Medics Johnny.

Er schüttelte den Kopf. Es tat weh. Er starrte sie haßerfüllt an, und sie richteten ihre Aufmerksamkeit auf Jino, der sich nicht mehr beschweren konnte.

»Können wir gehen?« fragte Dan die Polizisten.

»Wir haben Ihre Nummern«, sagte der Beamte.

Dan erwiderte nichts. Johnny ging zwischen zwei Linern zur Tür, versuchte dabei zu verhindern, daß die Knie unter ihm nachgaben.

Sie brachten ihn zum Dienstaufzug, packten ihn fester, als sie erst einmal im Aufzug waren, denn er sackte zusammen, als er nach unten fuhr, und verlor sogar fast das Bewußtsein. Sie fuhren so weit nach unten, wie es überhaupt möglich war, traten hinaus in die Korridore und begaben sich zum Wurm.

Er wurde ohnmächtig. Er erwachte in einem Bett, ohne sich daran zu erinnern, wie er hierhergekommen war; und dann fiel es ihm wieder ein, und er starrte auf dem Rücken liegend zur Decke hinauf. Eine alte Frau pflegte ihn, brachte ihm zu essen; gab sich Mühe mit ihm. Weitere Leute kamen herein, um ihn zu betrachten, sowohl Liner als auch Bauarbeiter. Als er wieder ganz bei sich war und aufstehen konnte, wankte er hinaus in den eigentlichen Wurm, setzte sich und genehmigte sich den Drink, den er sich selbst versprochen hatte, erinnerte sich dabei an Sarah, die hier mit ihm gesessen hatte – dort drüben. Und überall im Wurm flüsterte man, daß ein Streik im Gange sei, daß kein Liner hinausginge; daß die Bauarbeiter einen Bummelstreik machten, und die Namen Manley und ATELCORP wurden erwähnt.

Hier herrschte Ruhe, an diesem Tag und dem nächsten.

Polizisten kamen und machten Aufnahmen im Wurm, verlasen in tödlichem Schweigen einen Gerichtsbefehl, befahlen die Bauarbeiter zurück an die Arbeit. Aber das Schweigen dauerte an, und die Polizisten waren sehr ruhig und gingen wieder, denn niemand außer den Linern wollte hinausgehen, und die ganze Stadt würde sterben, wenn die Bauarbeiter alles stillegten. Oben in den Türmen kannte man seine Computer. Viel war automatisiert; vieles auch nicht. Die Computer waren ihr ganzes Wissen.

Man redete von einer Untersuchung. Der Bürgermeister trat im Fernsehen auf und bat, die Ruhe zu bewahren; sagte, daß eine Untersuchung durchgeführt würde wegen Bandenaktivitäten und Bestechungen, wegen Korruption auf bestimmten Rängen weit unten auf den Listen der Gesellschaften. Es wurde viel geredet. Alles ging sehr schnell.

»Wir werden etwas finden«, unterrichtete Dan Hardesty Johnny. »Wir haben den gefunden, der sich Manley genannt hat. Ein Bursche namens George Bettin. Ein Mann von ATELCORP. Ein Lakai nur, aber wir haben ihn erwischt.«

»Sie werden ihn hinaushängen«, sagte er mit dumpfer Stimme. »Soviel zu Manley. Ja. Wir haben ihn erwischt.«

Und an dem Tag, als das Bettin-Verfahren begann, fuhr Johnny mit dem Aufzug hinauf zur hundertsten Ebene und ging zu einem der Beobachtungsfenster, aber als er dicht davor stand, als die weite blaue Ferne und die Newark-Turmspitze in sein Blickfeld traten, blieb er stehen.

Und es dauerte lange, bis eine Passantin ihn zufällig dort an der Wand lehnen sah; bevor eine Frau ihn am Arm packte und dazu überredete, von der Wand weg und den Korridor hinabzugehen. Sie riefen die Meds; und sie verabreichten ihm Beruhigungsmittel.

Er schluckte sie. Fuhr mit dem Aufzug hinunter. Das war an sich schon der reine Horror. Er hatte nachts Träume; erwachte, die Welt unter ihm hängend und der Himmel darüber, und schrie, bis der ganze Wurm davon widerhallte.

Die Drogen machten damit ein Ende. Aber er blieb unten, weigerte sich, in die Nähe von Fenstern zu gehen. Drei, vier Tage lang, während sich das Manley/Bettin-Verfahren hinschleppte. Zu keinem Zeitpunkt riefen sie ihn als Zeugen, überhaupt keinen Liner.

Aber eine Nachricht traf im Wurm ein, unterzeichnet von großen Namen von ATELCORP; es konnte ihn nicht überraschen. Er fuhr die weite Strecke zu den Neunzigern hinauf.

Er trat ein und sah sich um, zuckte vor den Fenstern zurück, drehte dazu aber nur den Kopf. Sie wollten, daß er in ein Büro mit Fenstern ging. Paul Mason, stand auf der Tür. Präsident.

»Mr. Tallfeather«, sagte jemand, versuchte ihn zu überreden. Er wandte den Fenstern den Rücken zu.

»Er soll herauskommen«, sagte er und starrte dabei auf die leere Wand vor sich, die bunte Tapete, die Zitate aus der Stadtverfassung. »Er soll zu *mir* herauskommen!«

Er blieb dort stehen. Endlich kam jemand, und eine Hand wurde ihm auf die Schulter gelegt. »Die Fenster. Ich verstehe, Mr. Tallfeather. Es tut mir furchtbar leid. Paul Mason. Ich habe Sie rufen lassen. Wollen Sie bitte dorthin mitkommen?«

Er ging, zitterte dabei, bis sie im Gang waren, dem sicheren Gang aus poliertem Stein, und von dort zog ihn Mason in ein kleines fensterloses Büro mit einem Schreibtisch, ein paar Bücherregalen, ein paar Sesseln, makellos und teuer. »Setzen Sie sich«, drängte ihn Mason. »Setzen Sie sich, Mr. Tallfeather.«

Er tat es, sank in einen Sessel. Eine Sekretärin eilte herein und bot heißen Tee an.

»Nein«, lehnte Johnny ruhig ab.

»Bitte«, sagte Mason. »Irgend etwas anderes.«

»Tee«, sagte er. Die Sekretärin eilte hinaus. Mason setzte sich in einen weiteren Sessel und starrte ihn an ... ein dünner Mann mit weißem Haar und harten Gesichtszügen.

»Mr. Tallfeather«, sagte Mason. »Ich bin über Ihren Fall

unterrichtet worden. Mein Personal ist darauf gestoßen. Ich habe gehört, was passiert ist.«

»Gehört«, wiederholte Johnny. Vielleicht war in seinen Augen immer noch Verrücktheit zu erkennen. Mason sah unbehaglich aus.

»Es war einer unserer Männer, George Bettin. So weit ist es gegangen; sicher sind Sie dem Verfahren gefolgt.«

Er nickte, starrte Mason die ganze Zeit an.

»ATELCORP ist rechtlich dafür nicht haftbar zu machen – hat sich gewiß nicht an einer kriminellen Handlung beteiligt –, aber wir wollen trotzdem Entschädigung dafür leisten. Ihnen Recht widerfahren lassen.«

»Die Liner wieder an die Arbeit bekommen«, sagte er bitter.

»Auch das, Mr. Tallfeather. Auch das. Ich denke, daß Ihr Fall, eher noch als der Ausgang des Verfahrens – ich denke, daß Gerechtigkeit auf dieser Ebene mehr dazu tun kann, den Riß zu heilen. Wir möchten Ihnen eine Stellung anbieten. In diesem Büro. Einen Job.«

»Ich muß nur aufhören zu reden. Ich sage nicht mehr, was geschehen ist.«

»Mr. Tallfeather, das öffentliche Wohlergehen steht auf dem Spiel. Das begreifen Sie; es geht um mehr als nur das Projekt. Der Streik ... ist illegal. Wir können so etwas nicht gebrauchen.«

Johnny saß für einen Moment reglos da. »Ja, Sir«, sagte er ganz leise. Wischte sich über das Gesicht. Er blickte sich um. »Wie achtsam von Ihnen. Keine Fenster.«

»Es tut uns schrecklich leid, Mr. Tallfeather. Unser äußerstes Beileid. Aufrichtig.«

»Ja, Sir.«

»Sie können ins Büro kommen, wann es Ihnen gefällt. Die Tür ... führt nicht zu den Fenstern draußen. Kommen Sie, wann Sie möchten.«

»Um was zu tun, Mr. Mason?«

»Wir werden uns etwas ausdenken.«

»Und ich spreche nicht mehr über meine Schwester, mein Team.«

»Ja, das würden wir vorziehen.«

»Sie haben Angst«, sagte er.

Masons Gesicht wurde starr.

»Ich nehme den Job«, sagte Johnny. Der Tee war gerade angekommen. Mason zeigte ein Lächeln und stand auf, reichte ihm die Hand und tatschte ihm auf die noch immer von Quetschungen lädierte Schulter. »Suchen Sie sich aus dem Personal Ihre eigene Sekretärin aus. Wenn Sie irgend etwas zur Ausstattung des Büros wollen ...«

»Ja, Sir.«

Mason zeigte ein Lächeln, das keines war. Die Sekretärin stand mit dem Tee daneben und trat zur Seite, als er ging. Johnny ging hinüber und nahm das Tablett, setzte es selbst ab. »Das war alles«, sagte er. »Gehen Sie.«

Und an diesem Nachmittag kam die Presse, begleitet von Mason.

»Was halten Sie von der Untersuchung, Mr. Tallfeather?«

»Wie war es, Mr. Tallfeather?«

Er gab ihnen alles, die ganze Erregung, nach der die Fernsehsüchtigen nur verlangen konnten, wie er sich gefühlt hatte, als er in der Luft gebaumelt und zugesehen hatte, wie die anderen nacheinander starben. Er war ruhig; er war heroisch, gelassen, tragisch; bat die Liner, wieder an die Arbeit zu gehen, um der Agonie der Stadt ein Ende zu machen.

Sie gingen zufrieden. Mason war ebenfalls zufrieden und lächelte ihn an. Hieb ihm auf die Schulter und bot ihm einen Drink an. Er nahm an, saß da, während Mason versuchte, umgänglich zu sein. Er war seinerseits sehr freundlich. »Ja, Mr. Mason. Ja, Sir.«

Er ging zurück in sein Büro, wo keine Arbeit auf ihn wartete, keine Pflichten.

Am Morgen war er wieder da. Saß in seinem Büro und starrte die Wände an.

Sah Fernsehen. Die Liner gingen wieder an die Arbeit. Der Streik war vorbei. Der Atem des ganzen Stadtkomplexes ging wieder leichter.

Er blieb den ganzen Tag da und ging durch seine eigene Tür, als auch Mason ging. Benutzte den Linerschlüssel, um den Dienstaufzug vorzubereiten. Wartete dann draußen im Korridor.

»Mr. Mason.«

»Hallo, Johnny.«

Er lächelte, trat zu Mason, und dieser machte ein schiefes Gesicht, blickte sich unbehaglich um in dem einsamen Gang vor den großen geräuschdichten Türen von ATELCORP.

»Ich möchte, daß Sie mit mir kommen«, sagte Johnny zu ihm.

»Tut mir leid, aber ...«, begann Mason und wollte zu den Türen eilen.

Johnny riß blitzschnell die Hand mit dem Rasiermesser aus der Tasche, umfaßte Masons Hals und drückte das Messer ganz leicht an. »Ich möchte nur, daß Sie mit mir kommen«, sagte er. »Schreien Sie nicht!«

Mason setzte schon an, das zu tun, und das Messer biß zu. Mason hörte auf und gab nach, während Johnny ihn den Gang entlangzog, der zu dieser Zeit, kurz vor Büroschluß, bevor alle Menschen auf die Flure strömten – sehr ruhig war.

»Sie sind verrückt«, keuchte Mason.

»Los!« Er riß Mason rückwärts zum Dienstaufzug. Jemand *war* herausgekommen. Sah, was passierte. Eilte ins Büro zurück. Mason machte Anstalten, sich zu widersetzen, hörte nach einem weiteren Schnitt aber wieder damit auf.

»Schauen Sie«, keuchte Mason. »Sie sind krank. Es wird nicht schlecht für Sie ausgehen; ein Krankenhausaufenthalt, ein wenig Ruhe ... die Firma wird Ihnen das nicht übelnehmen; ich auch nicht. Ich verstehe voll und ganz, daß Sie ...«

Er zerrte Mason in den Aufzug, schob den Schlüssel in

den Schlitz, drückte auf SPITZE und PRIORITÄT. Die Tür ging zu. Die Kabine schoß mit kräftigem Schub nach oben, diese lange, unmögliche Strecke hinauf. Er ließ Mason los und blieb selbst an der Kontrolltafel des Aufzuges stehen.

Mason lehnte sich an die Wand und starrte ihn an.

»Ich möchte einfach nur«, sagte Johnny unheimlich leise, »daß Sie *mit* mir kommen.«

Masons Lippen bebten. Dann schrie er laut um Hilfe. Die Kabine hallte wider. Das war alles.

»Wir haben einen Vorsprung«, sagte Johnny. »Natürlich werden sie kommen. Aber man braucht die Computer, um einen Dienstschlüssel außer Funktion zu setzen. Es wird eine Zeitlang dauern, bis sie das durch haben.«

Mason stand da und zitterte. Der Aufzug fuhr immer weiter hinauf und kam schließlich mit einem magenverrenkenden Ruck zum Stehen. Die Tür öffnete sich zu einem Raum aus Beton; Johnny packte Mason am Arm und ging mit ihm aus dem Wagen. Dieser fuhr wieder ab. »Ich glaube, sie haben ihn zurückgerufen«, sagte er ruhig. Zog mit der linken Hand am Lukenhebel.

Krachend und widerhallend öffnete sich die Tür. Der Wind traf sie wie ein Hammerschlag, und Mason fuhr zusammen. Ein breiter Balkon lag draußen, wuchtige Rohre, an denen Seile hingen. Mason hielt sich an der Tür fest, und Johnny zerrte ihn am Arm vorwärts. Die ganze Welt lag unter ihnen, in der Dämmerung ausgebreitet, und sie hatten Eis unter den Füßen, Eis von einem feinen, wehenden Nebel, der bitterkalt war und die Muskeln zum Zittern brachte. Mason rutschte aus, und Johnny packte ihn am Ellbogen, ging einen Schritt weiter.

»Ich kann nicht mehr hinaus in die Seile gehen«, sagte Johnny. »Kann nicht mehr zu den Fenstern hinausschauen. Aber die Firma hilft, nicht wahr?« Er führte Mason weit hinaus über den Balkon, die Augen auf den dunstigen Horizont gerichtet, und Mason kam mit, zitterte krampfartig unter der Umklammerung von Johnnys linkem Arm. Der Wind schüttelte sie heftig durch und brachte beide zum Stolpern, und sie rutschten unter seiner Wucht auch etwas auf dem Eis. Johnnys rechte Seite war taub. Er hielt den Arm um Mason geklammert und ging mit ihm bis ans eigentliche Geländer. »Ein unvergleichlicher Ausblick, Mr. Mason. Ich träume davon. Es ist kalt. Und es ist weit. Blicken Sie nach *unten,* Mr. Mason!«

Mason hielt sich krampfhaft am Geländer fest, die Knöchel weiß. Johnny ließ ihn los und wich von ihm zurück, drehte sich um und ging zurück zu den Aufzugtüren.

Die Luke ging auf. Polizisten standen dort mit gezogenen Pistolen. Aber sie blieben innen, lehnten sich an die Wand, Übelkeit in den Augen, die Hände um die angelegten Pistolen gekrampft.

Johnny lachte, geräuschlos im Wind, deutete zum Rand, zu Mason. Keiner der Polizisten machte eine Bewegung. Die Welt lag nackt unter ihnen. Die gewaltige Höhe der anderen Türme war nichts im Vergleich zu dem hier, der eigentlichen Stadt, des großen Manhattan-Turms. Johnny grinste die Polizisten an, während der Wind die Wärme aus ihm saugte.

»Holen Sie ihn!« schrie er die Polizisten an. »Gehen Sie hin und holen Sie ihn!«

Einer versuchte es, trat einen Schritt hinaus, erstarrte und sank zu Boden.

Und langsam und vorsichtig, die Hände hochhaltend, damit sie sehen konnten, daß sie leer waren, ging Johnny zurück zu Mason, ergriff dessen rechte Hand und zerrte sie vom eisigen Geländer weg; löste auch die andere, blickte fast mitfühlend in ein Gesicht, das sich in eine starre Maske des Schreckens verwandelt hatte, der Mund weit geöffnet und trocken, die Augen stierten irr. Er legte den Arm um Mason wie um einen Bruder und ging langsam mit ihm zurück zu den Polizisten. »Mr. Mason«, sagte er zu ihnen, »scheint sich in eine Lage gebracht zu haben, aus der er nicht allein zurück konnte. Aber er wird jetzt wieder in

Ordnung kommen.« Mason klammerte sich mit beiden Händen an ihn und wollte nicht loslassen. Johnny ging hinein und stieg mit den Polizisten in den Aufzug, den Arm immer noch um Mason gelegt, und Mason klammerte sich an ihn, während der Lift nach unten raste. Er streichelte Masons Haar, wie er einst das von Sarah gestreichelt hatte. »Ich hatte eine Schwester«, flüsterte er Mason ins Ohr. »Aber jemand hatte eine Tür verschlossen. Vor uns allen. Man wird Bettin verurteilen, natürlich. Und alles wird vergessen werden, nicht wahr?«

Der Aufzug hielt auf einem der unteren Stockwerke an. Die Polizisten schoben ihn hinaus, waren vorsichtig wegen Mason; und Fenster waren dort, großflächige Fenster, und die Dämmerung schimmerte auf den anderen Gebäuden am Horizont. Mason schluchzte und wandte das Gesicht ab, hielt sich an ihm fest, aber die Polizisten zogen sie auseinander; und Mason drückte sich fest an die Wand, klebte daran, das Gesicht von den Fenstern abgewandt.

»Ich glaube nicht, daß ich Ihren Job möchte«, sagte Johnny. »Ich gehe wieder hinaus in die Seile. Ich glaube nicht, daß ich in Ihr Büro gehöre.«

Er machte Anstalten zu gehen. Die Polizisten hielten ihn fest, verdrehten seinen Arm.

»Wollen Sie tatsächlich *mich* vor Gericht bringen?« fragte er Mason. »Will es der Bürgermeister, oder der Rat?«

»Lassen Sie ihn gehen!« sagte Mason heiser. Die Polizisten zögerten. *»Lassen Sie ihn gehen!«* Sie taten es. Johnny lächelte.

»Meine Seile werden nicht reißen«, sagte er. »Es wird keine Mißverständnisse geben. Keine versperrten Türen mehr. Ich fahre jetzt zurück zum Grund. Ich werde reden, wo es mir gefällt. Ich werde reden, mit wem es mir gefällt. Oder Sie müssen mich töten. Und seien Sie dann bereit, mit dem Töten weiterzumachen. Dan Hardesty und die fünfzigste Ost wissen, wo ich bin; und warum ich hier bin; und wenn Sie sie umbringen, werden Sie immer mehr Leute töten müssen. Und alles wird zerfallen, Mr. Mason, der ganze Turm wird zerfallen, wenn die Liner streiken ... und die Bauarbeiter auch ... keine Kühlung mehr, kein Wasser, keine Energie. Nur Dunkelheit. Und keinen Frieden.«

Er drehte sich um, ging zurück in den Aufzug.

Niemand hielt ihn auf. Er fuhr hinab durch alle Stockwerke der Stadt, zum eigentlichen Grund, und trat hinaus in dessen gekrümmte Korridore. Männer und Frauen blieben stehen und blickten ihn neugierig an.

»Das ist Johnny Tallfeather«, flüsterten sie. »*Er* ist es.«

Er ging hin, wo es ihm gefiel.

Frieden herrschte – dünn, gestreckt wie ein Draht. Die Liner gingen, wohin sie wollten, und die Bauarbeiter auch; und die Einwohner blieben weg von den unteren Stockwerken. Auf all den oberen Stockwerken herrschte ein furchterfülltes Schweigen.

So wuchs die Stadt.

Der General

(PEKING)

Seit unvordenklichen Zeiten lebte der Mensch schon in diesem Land. Sein Staub war eins geworden mit dem Staub, den der Wind über das Land blies, der seit dem Altertum gelb und unaufhörlich darüber hinweggetragen worden war – er befleckte den großen Fluß und legte sich über das Land, kam wieder zur Ruhe. Die Verbotene Stadt blickte hinaus auf ein Land, das sich bewegte, dessen Schichten sich in diesem letzten Zeitalter der Welt verschoben unter einem sinkenden Mond und der alternden Sonne. Im Norden lag die gewaltige Eisfläche, aber die südlichen Winde wehrten diesen alten Feind ab. Im Osten lag das Meer und im Süden die Fremdheit der Halbinseln und Inseln; im Westen lagen die Ebenen, die endlosen Ebenen, über die Menschen und Tiere wieder ihres Weges zogen, wie schon in Äonen zuvor – die Menschen eingehüllt und geschützt gegen die Sonne, fremdartig und zottig wie die Tiere, auf denen sie ritten.

In der Verbotenen Stadt blühte das Leben, abgeschirmt durch die Mauern. Die Jahreszeiten zeigten ihre Schönheit, und Künste wurden gepflegt, die von der Aufzucht seltener Blumen bis hin zum komplizierten Symbolismus der Gesten und Nuancen der Kleidung reichten. Sie hatten genug Zeit gehabt, verfeinert und überzüchtet zu werden. Die Einwohner nannten ihre Stadt die Stadt des Himmels, und ihre Schönheit überstieg jeden Traum. Sie verfügte über Soldaten – unverzichtbar, wenn die verarmten Stämme mit den Winterstürmen kamen, Stämme, die in guten Zeiten mit der Stadt Handel trieben, die aber – selten – sich gegen sie wandten und verzweifelt und vergeblich gegen ihre Wälle anrannten.

Im Inneren der Stadt, das Angreifer nie zu sehen bekamen, herrschte Ruhe. Sogar die Soldaten, die sie verteidigten, waren mit Schönheit bewaffnet; ihre Waffen waren

Kunstwerke; und sie waren das einzige, das nach außen gezeigt werden durfte, denn die Mauern waren einfach. Das Innere glänzte in der Schönheit, die angehäufte Schätze von Äonen ihm verleihen konnten. Nicht alles Schöne bestand aus Gold und Juwelen und Jade, obwohl sehr viele solche Arbeiter zu finden waren; aber die stille, geduldige Arbeit der gewöhnlichen Dinge, ein Sinn für Ort und Dauerhaftigkeit und vor allem die Zeit … – denn obwohl die Stadt des Himmels nicht die älteste Stadt der Welt war, war sie sich doch ihrer verstreichenden Jahre bewußt und lagerte sie wie Schätze. Sie liebte ihr Alter. Sie fand das Leben schön. Sie wußte kein großes Ziel mehr für sich, denn ihr letzter Zug nach draußen lag schon lange zurück; sie ruhte am Ende der Tage. Ihre Eigenschaft bestand jetzt in Geduld und sorgfältig ausgearbeiteter Schönheit, der Kontemplation über ihr Alter und dem Aufgehen in ihren inneren Gedanken. Sogar das Wetter war in den Jahren ihrer früheren Erinnerungen immer freundlich gewesen und neigte erst in letzter Zeit zur Trockenheit.

Nur kam letztendlich die Jahreszeit des gelben Windes und des Staubes, des schlimmsten Staubes, an den sich die Lebenden erinnern konnten.

Manche flüsterten, daß diese Jahreszeit einen schlimmeren Winter ankündigte, als ihn die Lebenden je gesehen hatten.

Manche flüsterten, daß sie eine Invasion ankündigte, denn das Gras mußte trocken sein, dann setzten sich die Horden in Marsch und führten Krieg untereinander.

Aber ein Stamm, friedlicher als die anderen, kam zum jahreszeitlichen Handel und sagte, bevor er wieder in die Ebenen hinauszog, daß sich in den Jahren des grünen Grases und des nur geringfügig auftretenden Staubes die Horden vermehrt hätten, die menschlichen und tierischen gleichermaßen. Das kündete von der Ankunft noch größerer Massen. Und sie sagten der Stadt, was die Stämme schon seit Jahren wußten, daß die Stadt Frieden gehabt hatte, weil die Horden sich zu Kriegen weit im Westen versammelt hatten ... daß eine einzelne Horde alle anderen unterworfen hatte und ein einzelner Führer aufgestiegen war, unter dessen Pferdeschwanzbanner alle Horden der Weltebene marschierten. Sie selbst, sagten die von dem friedlicheren Stamm, bereiteten sich darauf vor, weit weg zu ziehen: das taten alle freundlichen Stämme, die Freunde der Stadt, die einer solchen Streitmacht nicht widerstehen konnten. Aber die Stadt argwöhnte etwas anderes, tat es in dem Wissen, daß die Stämme sie nicht liebten. Es handelte sich um ein bloßes Gerücht, wurde im Rat gesagt: ein schlauer Trick, um ihren Mut zu schwächen für den Fall, daß diesen sehr friedlichen Stämmen die Handelsgüter ausgingen und sie sich der Räuberei zuwandten.

Aber die Staubstürme wurden heftiger, und die Stämme verschwanden tatsächlich.

Die Stadt des Himmels durchforschte ihre Aufzeichnungen und ihr langes Gedächtnis jetzt mit größerem Ernst. In der Tat wurden all diese Zeichen bestätigt, daß eine Sache dazu neigte, zur nächsten zu führen. Sie hätten den grünen Jahren mißtrauen und größere Vorräte an Waffen anlegen sollen.

Vielleicht, schlugen manche jetzt vor, sollten sie die Fremden, ihre Kinder, herbeirufen, damit sie mit ihren Maschinen und Sternfahrerwaffen kamen und dabei halfen, die Eindringlinge zurückzuschlagen. Aber die Bürger wollten es nicht, denn die Fremden, ihre Kinder, waren grob und ungestüm und schätzten es, die Dinge auf ihre Weise zu handhaben, was – wieder eine Warnung ihrer uralten Erfahrungen – dazu führen würde, daß die Fremden die Schönheiten der Stadt erblickten, und das Erblicken führte wiederum zum Begehren; das Begehren wiederum zu streitsüchtigen Drohungen und zu Unruhen in der Stadt. Die Sternfahrer zu rufen bedeutete, eine weit größere Horde einzuladen als die, die sich vielleicht auf den gewaltigen Ebenen sammelte, und damit eine ebenso schlimme Plünderung.

Also taten sie es nicht.

Schließlich zeigten die Berichte, daß in den vergangenen Epochen solche Angriffe schon oft erfolgt waren, und daß die Stadt, sofern gut vorbereitet und gut geführt, stets obsiegt hatte.

Erst als der Staub im Westen eine stärkere Färbung annahm, war die Stadt eindeutig alarmiert. Diese Rauchfahne inmitten der wehenden Wolken war tatsächlich breiter als je zuvor in der Erinnerung der Lebenden, und dunkler. Es war ihre einzige Warnung, jetzt, wo die Stämme der Umgebung verschwunden waren und sie keine Augen und Ohren mehr hatten – wohl aber waren sie geistig vorbereitet. Die Soldaten der Verbotenen Stadt schmückten ihre Rüstungen mit Bändern, polierten ihre Waffen und kümmerten sich um ihren Vorrat an Schießpulver – denn noch tödlichere Waffen würden wieder die undankbaren und flegelhaften Sternfahrer ins Spiel bringen, und davon wollte die Stadt nichts wissen, da auch der Feind, wie sie sicher annahm, keine derartigen Waffen besaß. So marschierten sie in großer Zahl hinaus, Fußtruppen, denn das Volk der Verbotenen Stadt machte keine Reisen mehr und bevorzugte die Stabilität der Infanterie in den wenigen Kriegen, die es noch führte. Sie bereiteten sich darauf vor, so zu kämpfen, wie sie lebten, mit Genauigkeit und Eleganz, mit Bändern, die an Rüstungen und Waffen flatterten, und mit Blumen auf den Helmen.

Die ganze Stadt blickte nach draußen, um die Soldaten beim Abmarsch zu sehen, winkte mit farbenfroh bestickten Kopftüchern von den schönen Mauern herab, veranstaltete Drachentänze auf den Straßen, warf Blumen und jubelte den tapferen Verteidigern der Stadt zu.

Es war ein Ereignis, keine Krise. Ah, sie wußten von der Gefahr, aber die Gefahr war fern, und der lange stille Frieden hinter den Mauern hatte die Menschen philosophisch und glücklich gemacht.

Die Zahl derer, die hinausmarschierten, entsprach bei weitem nicht der Gesamtzahl junger Menschen in der Stadt.

Tatsächlich war es nur die Hälfte, die Löwen- und Phönix-Regimenter, die Streitkräfte, die im Zuge des Jahreswechsels aktiviert worden waren. Die übrigen schauten nur zu.

So auch Tao Hua und Kan Te, beide vom Drachen. Kan Te war jung und hochgewachsen, ein Sohn des Wächters vom Tor des Morgens, ein herausragender junger Mann mit geraden Gliedern und hellem Blick und obendrein einem tapferen Herzen; und Tao Hua, eine so wunderschöne junge Frau, wie Kan Te ein prächtiger junger Mann war, Tochter berühmter Tuschmaler. Sie sollten in Kürze heiraten. Alle Welt war gut zu Tao Hua und Kan Te, und gemeinsam mit dem Rest der jubelnden Stadt zeigten sie sich voller Optimismus, standen auf den Wällen neben dem westlichen Tor, um ihren Kameraden jubelnd zuzuwinken und das Spektakel zu betrachten. Ihre Stimmung hob sich bei dieser Herausstellung der Tapferkeit. Der Kampf selbst war etwas jenseits ihrer Vorstellungskraft, denn obwohl sie Soldaten waren, hatten sie noch nie ernsthaft kämpfen müssen. Gewöhnlich wurden aus der Ferne Schüsse abgegeben, ein paar Barbaren fielen, und das war schon das Ende des Krieges. Alles verlief sehr ordentlich und keine blanke, blumengeschmückte Rüstung wurde besudelt; tatsächlich war, lange vor der Geburt von Tao Hua und Kan Te, die Armee von ihrer letzten Schlacht mit unverwelkten Blumen und siegreich zurückgekehrt.

Trommeln und Becken erschallten, und die Drachentänzer schlängelten sich in einer Kette an der Flanke der Armee entlang, während sie durch das Tor zog.

»Vielleicht werden wir einberufen«, sagte Tao Hua.

»Vielleicht«, meinte Kan Te eingedenk des Umfangs der Wolke; aber eine leise Furcht war in seinem Herzen, denn er hatte seinen Urgroßvater mit seinen Großeltern und Eltern sprechen hören, als er vom Rat gekommen war. »Der Rat war gespalten in der Frage, ob mehr ausgeschickt werden sollen.«

»Löwe und Phönix sind sehr tapfer«, sagte Tao Hua.

»Es sind nicht genug«, sagte Kan Te, dessen Gewißheit in dieser Frage immer größer wurde. Er sollte eigentlich keine Geschichten weitererzählen, Sachen, die er im Familienkreis gehört hatte, aber Tao Hua behielt sie ja für sich. Er nahm sie an der Hand, und sie sahen zu, wie das Licht der sterbenden Sonne den Staub mit seltsamen Farben überzog. »Einige wollten die Mauern von innen her verteidigen, und andere wollten mit allen Kräften hinausmarschieren; und das Ergebnis war ... der Rat schickt eine Hälfte hinaus und hält die andere zurück. Sie meinen, es würde die Leute unnötig in Panik versetzen, wenn man mehr schickt.«

Tao Hua blickte zu ihm auf, ihr Gesicht ganz gelassen und vergoldet von der Sonne, und Kan Te dachte wieder daran, wie sehr er sie liebte. Er hatte Angst, spürte, wie seine Welt erschüttert wurde, ausgelöst durch trampelnde Hufe und Füße, angekündigt vom Staub.

»Ich hatte einen Traum«, sagte er weiter, »in dem alles Gras auf den Ebenen verschwunden war. Ich träumte, daß die Erde vor Menschen und Tieren wimmelte und daß sie sich sehr ähnelten. Ich träumte von Zelten und Lagerfeuern, wie Sterne über alle Ebenen der Welt ausgebreitet; ich träumte, daß der Mond vom Himmel fiel, und der Mond war stets die Hoffnung der Stadt.«

Tao Hua starrte ihn an, wobei ihre schwarzen Augen die dahinziehenden Wolken reflektierten, und er dachte wieder an den herabfallenden Mond, empfand in keiner Hinsicht Trost darüber, daß er von dem Traum erzählt hatte. Stets hatte es so ausgesehen, als sei ausreichend Zeit: das Ende der Welt kroch in gemächlichem Tempo heran, und in diesem Ende waren der Schönheiten genug. Ambitionen bestanden keine mehr; wohl aber Zeit – all die Zeit, die die Menschen für ihr Leben brauchten. Nur die Erde war alt geworden, die Liebe nicht.

Zum erstenmal trat der Gedanke an den Tod zwischen sie.

3·84·3

Die Marschkolonne bewegte sich langsam, unaufhaltsam in ihrem Zug über die Ebene der Welt, ein Strom, der vor Jahren in Tarim begonnen hatte und der bis an den westlichen Rand der Weltebene gewogt war; der jetzt vervielfacht zurückfloß, bis das Auge seine Breite nicht mehr überblicken konnte, ganz zu schweigen von der Länge.

Der General ritt an der Spitze der Kolonne, Yilan Baba, wie ihn seine Männer nannten, Vater Schlange – ja, eine Schlange war er schon seit seiner Jugend gewesen, listig und tödlich in seinem Biß. Aber jetzt war er sehr alt, im Sattel gehalten von Pelzen und der Gewohnheit langer Jahre auf Pferderücken. Was ihn trug, war ein altes Pony, ein Tier, das er Pferd nannte, eines in einer langen Nachfolge von zotteligen mutigen Tieren von ähnlicher rotbrauner Farbe – wie viele schon, das hatte Yilan vergessen; und dieses Tier war geduldig geworden auf den langen Reisen und ruhig in seinem Gebaren, müde vielleicht, wie auch Yilan müde war, und alt, wie auch Yilan alt geworden war ... – aber das war nicht die Klage, die Yilan verzehrte. Er war dünn unter seinen wattierten Mänteln und Ledern und Fellen, dünn bis an die Grenze der Hagerkeit. Sein Schnurrbart war ergraut; seine Zöpfe waren grau, seine schmalen Augen fast verschwunden zwischen Sonnenrunzeln, seine Wangen faltig und hohl vor Alter und der Auszehrung, die seinen Körper in diesem letzten Jahr befallen hatte.

Aber wenn er Ausschau hielt, dabei die Augen zusammendrückte, durch den sonnengetränkten Staub blickte, der sie umwirbelte, schien es, als könne er den Ort seiner Träume sehen, die Verbotene Stadt, die Stadt des Himmels. Er malte sich aus, daß er sie sehen konnte, tat es zu jeder Morgendämmerung, wenn im Osten die Sonne aufstieg und ihre Farben durch den staubigen Wind flossen. Der Ostwind flüsterte von grünen Ländern, Schönheit und Wohlstand ...

...von einem Ende. Einem Platz zum Ausruhen. Jenseits davon lag nur noch das Meer.

»Gebt mir die Stadt!« hatte er die Horden gebeten, die er um sich gesammelt hatte. Sein ganzes Leben lang hatte er sie um sich versammelt, er, Yilan die Schlange, aufgestiegen von der Herrschaft über den eigenen Stamm bis zur Herrschaft über alle Stämme, die auf der Weltebene ritten.

Sie kamen mit Zelten und Wagen, mit Ochsen und schnellen Pferden und geduldigen Füßen, die Männer und Frauen und Kinder der Horden. Durch die Dürre auf der Ebene hätte er sie vielleicht verloren, aber er trieb sie jetzt mit Visionen von einem endgültigen Paradies an, mit einem Traum, den er von den Lippen eines Mannes gepreßt hatte, der die Stadt des Himmels wirklich gesehen hatte.

Sein ganzes Leben lang hatte er Macht angesammelt, neunundfünfzig Jahre lang, die ihn – wie er wußte – nicht noch einmal erwarteten. Er wollte diese Stadt, er wollte sie ... ah, es war nicht in Worte zu fassen, wie sehr.

Und das Fleisch wurde dünner und der Schmerz in den Knochen, die auf den Sattel drückten, nahezu unerträglich; er blutete aus den Sattelwunden, so dünn war er, und seine Augen wässerten, so daß er oft mit der Schmach von Tränen auf seinen Wangen ritt.

»Trink, Yilan Baba«, sagte eine Stimme an seiner Seite. Er blickte in das junge Gesicht Shimsheks, dunkel und wild wie ein Drachen, der ihm Kumyß anbot, sein Pony eng an Pferd herangeführt hatte, damit er ihn halten konnte. Yilan trank, und der Alkohol wärmte ihn, aber seine Hand war jetzt so schwach, daß er den Schlauch nicht wieder zustöpseln oder überhaupt lange festhalten konnte. Shimshek fing ihn rechtzeitig auf und hielt Yilan dann an der Schulter fest, während sie dicht nebeneinander ritten. »Halte durch, Vater! Wir werden bald anhalten.«

»Wir werden dann die Stadt sehen«, sagte er, und getröstet durch die Anwesenheit seines jungen Stellvertreters, konzentrierte er seinen Geist und den Blick seiner Augen und überlegte sich, seit wann die Fahne ihres Staubes vielleicht schon sichtbar war. »Falke und Fuchs werden mit allen anderen hinausgehen, die du überreden kannst«, sagte er, und die Stimme versagte ihm; er räusperte sich und deutete nach Osten, wohin er seine Streitmacht zu senden gedachte. »Und du mußt sie führen. Ich kann es nicht mehr, Shimshek.«

»Vater«, klagte Shimshek. Große Traurigkeit lag in seinen Augen, ein echter Kummer.

»Ich habe es dir beigebracht«, sagte Yilan. Shimshek war in Wirklichkeit nicht sein Sohn; er hatte keinen Sohn, wenn auch der Bauch seiner Frau fruchtbar neues Leben hervorbrachte. Er liebte diesen Mann jedoch, als wäre er ein Sohn, und vertraute ihm in allen Dingen, auf die es ankam. »Geh!« sagte er. »Diesmal hast du die Führung.«

Shimshek blickte zurück zu der Wagenkolonne, die ihnen ächzend folgte, und seine Augen zeigten jenen Blick, der der Frau galt, die sie beide liebten, und den Dingen, die er nicht sagen konnte. Eine Furcht lag in Shimsheks Augen, deren Grund nicht der Feind war, für deren Grund er überhaupt noch keine Bezeichnung wußte. Gut, dachte Yilan; gut, er weiß Bescheid; und doch sagte Shimshek nichts, denn da war nichts, was gesagt werden konnte. Die Aufgabe war zu erledigen, und er hatte dafür keine Hilfe: Yilan hatte seine letzte Schlacht bereits geführt, und er wußte es; und Pferd wußte es, denn es alterte selbst ... – andernfalls hätte es den Feind schon gespürt, die Nüstern geweitet und den Kopf geworfen, mit wachsamem und eifrigem Schritt durch den Geruch von Fremden und einem fremden Land, der mit dem Wind kam. Aber es trottete mit hängendem Kopf einher.

»Geh!« sagte Yilan erneut, und Shimshek drückte ihm die Schulter und galoppierte davon, tief über sein Pony gebeugt, drückte ihm die Fersen in die Seiten, schrie und wirbelte den Staub auf. »Hai ahi hai!« schrie er, und die Wolfsstandarte folgte seinem Ruf, denn der Wolf war sein Clan. Falke und Fuchs setzten sich in Bewegung, als Yilan den Arm hob und diese beiden Einheiten nach vorne winkte.

Die Krieger donnerten an ihm vorbei zum Wolfsbanner. Weitere Kuriere eilten mit ihren schnellen Ponies hinaus, um zusätzliche Einheiten zusammenzurufen, eine gewaltige Horde, die sich unter dem Kommando Shimsheks des Wolfes zum ersten Scharmützel dieses Feldzuges versammelte.

Ein anderer Reiter zügelte sein Tier neben Yilan und machte dabei ein mürrisches und finsteres Gesicht. Er war von Yilans Alter, aber gesund und kraftvoll. Yilan neidete ihm die Kraft und die ihm noch verbleibenden Jahre und blickte ihm in die Augen. Boga hieß dieser Mann, grau und von breitem Körperbau. *Bulle* nannte man ihn, und er hatte einst alle Horden der Donau geführt.

Einst.

»Du hast den Wolf geschickt … – wohin?«

»Um zu kommandieren.« Wieder diese Heiserkeit, die seiner Stimme den Befehlston raubte, den sie einst besessen hatte. Er war zweifach dankbar für Shimsheks Loyalität; der Rücken würde ihm wirklich kalt werden, wenn er Boga dort wußte. »Um zu *führen,* Boga. Und deine Männer werden die Kolonne schützen.«

Haß brannte in den Augen des alten Mannes, tief und rachsüchtig. Ja, dachte Yilan, und jetzt fürchtet sogar Shimshek diesen Mann. Bewußt, wenn auch ohne Wissen.

Boga ritt davon. Yilan beobachtete die Versammlung von Anführern, die sich sofort um ihn bildete. »Komm schon, Pferd«, sagte er, schlug dem Pony auf die Flanke und ritt auf diese Gruppe zu, in ihre Mitte hinein, erzielte schuldbewußte Blicke, als er sich dazwischendrängte. »Los«, sagte er, »zurück zu euren Truppen!« befahl er einigen; und »Reitet mit Shimshek!« befahl er anderen. Er gab Befehle, und Köpfe wurden gesenkt und Reiter galoppierten davon, und Boga blieb es belassen, neben ihm zu reiten. Die Geste hatte Yilan ermüdet. Er starrte in das wechselnde Licht und den Staub, den Shimsheks Reiter aufwirbelten, und wußte, welcher Haß neben ihm ritt.

»Nach einem weiteren Maß der Sonne schlagen wir das

Lager auf«, sagte er. Er wußte mit Sicherheit, was Shimshek seit den letzten Tagen vielleicht auch schon argwöhnte, daß es nämlich schnell mit ihm zu Ende ging. Und daß Boga diesen Vorgang zu beschleunigen wünschte. »Die Stadt ist beinahe schon in Sichtweite«, sagte er, um Boga ein Stichwort zu geben, wegen einer Perversität, die er selbst nicht begriff, außer daß auch er im Krieg eine solche Gewohnheit pflegte, nämlich den Feind hinauslocken, es ihm niemals zu erlauben, in seinem Versteck liegenzubleiben.

»Ich habe nicht geglaubt, daß du es schaffen könntest, Yilan Baba. Ich habe es nicht geglaubt, aber du hast meine Einschätzung als Irrtum erwiesen.«

Boga hatte sich widersetzt. Er folgte ihm, weil sein Stamm es sich nicht leisten konnte, sich von den anderen Stämmen abzusondern, weil er die Donauhorden befehligt hatte und das immer noch tun konnte, wenn er ihnen dorthin folgte, wohin sie zogen. Unvermeidlicherweise war es immer Boga, der im Rat aufstand und sagte, daß die Stämme ihre Unabhängigkeit untereinander wahren müßten. Es hörte sich edel und traditionsbewußt an. Aber es bedeutete etwas anderes; denn je schwächer Yilan wurde, desto seltener sagte Boga dergleichen. Je mehr Yilan sich dem Tode näherte, desto mehr trat ein anderer Blick in Bogas geschlitzte Augen, ähnlich dem Blick eines hungrigen Tieres.

»Ich kenne dich«, sagte Yilan Baba mit heiserer Stimme.

»Du solltest mich auch gut kennen nach diesen vielen Jahren, Vater. Wir hatten unsere Meinungsverschiedenheiten, aber bin ich dir nicht tatsächlich gefolgt?«

»Ich kenne dich«, sagte Yilan wiederum, drehte den Kopf und blickte Boga ein zweites Mal in die Augen; und diesmal blickte etwas von Boga aus dessen Augen hervor und schien sehr kalt zu werden. »Wir sind alt«, sagte Yilan. »Sehr alt, Boga. Ich kenne dich.«

Der Blick wurde furchtsam. Vielleicht hätte sich Yilan nun seinerseits fürchten sollen, aber statt dessen lächelte er Boga an und sah dessen Furcht wachsen, die Gewißheit Bogas, daß er ihn in der Tat kannte, und daß die Dinge, die Boga mit anderen an fernen Stellen der Kolonne flüsternd austauschte, gehört wurden.

Sie ritten Seite an Seite, er und sein Mörder, während Shimshek und ein großer Teil der Vorhut davonritten, um die Kräfte zu vernichten, die die Stadt ihnen vielleicht entgegenschickte, die unmöglich standhalten konnten gegen die Macht aller Stämme von der Ebene der Welt.

Yilans Augen verströmten Tränen, diesmal nicht vom Wind erzeugt. Er hegte eine selbstsüchtige Hoffnung, daß es ihm vielleicht vergönnt war, die Stadt zu erblicken, bevor er starb. Er sprach nicht mit derartigen Worten darüber, bei weitem nicht. Er gestand gegenüber Boga und seinem Haufen keinerlei Schwäche ein. Tatsächlich wußte er, daß er durch die Herausforderung Bogas gerade den Zeitpunkt seines Todes beschleunigt hatte. Vielleicht hätte er es nicht tun sollen, aber sein ganzes Leben lang hatte er den Befehl geführt, und er würde es keinem anderen erlauben, die Wahl für ihn zu treffen. Dann also heute nacht, wahrscheinlich heute nacht. Boga war dabei, zu überlegen und zu planen, und sobald sich Boga seiner Sache sicher war, würde er zuschlagen.

Er dachte an Gunesh, die ihm im Wagen folgte, und der Gedanke an sie erfüllte ihn mit seinem einzigen Schmerz. Gunesh liebte ihn; Shimshek tat es; und sie waren die ganze Welt. Ein Baby wuchs in Guneshs Leib heran – nicht sein Sohn, sondern der Shimsheks. Er wußte es. Natürlich wußte er es. Seine Gesundheit erlaubte keine andere Antwort. Daß sogar Shimshek und Gunesh ihn in dieser Hinsicht betrogen, spielte keine Rolle, denn sie waren die beiden Menschen, die er am meisten liebte, und er konnte ihr nichts Besseres wünschen, als sie in diesem jungen Mann hatte, oder dieser in ihr, oder er, Yilan, in ihnen beiden. Sex war für ihn nie eine Frage des Stolzes gewesen. Zu keiner Zeit, seit seiner Jugend nicht. Er hatte das alles mitgemacht, sich auch an derben Witzen erfreut – aber dieser Bereich seiner Instinkte war seiner eigentlichen Besessenheit untergeordnet: nicht Macht, genaugenommen nicht – in Wirklichkeit langweilte ihn Macht –, vielleicht Hunger, aber er wollte ihn nicht gestillt haben. Sie war auch nicht vage oder gestaltlos. Er kannte sich – ah ... sehr gut sogar –, und er liebte sie, wurde sogar getroffen durch den Schmerz, den er verursachte, aber er fuhr fort, ihn zu verursachen.

Er hatte sogar weiteres vorbereitet, als er Shimshek in die Position des Befehles über Boga manövriert hatte. Aber das war richtig so. Shimshek hatte jetzt seine Truppen, Stämme zuhauf ... und es wäre eine Katastrophe für die anderen, Shimshek und die zurückkehrenden Truppen mit der Leiche eines ermordeten Yilan Baba zu konfrontieren. Ah, nein. Das würden sie nur machen, wenn es nicht anders ging.

Er lächelte in sich hinein und starrte in den Staub, während der Wind kalt seine Wangen streichelte und er spürte, wie Bogas Knie sich an seinem rieb, während die Ponies nebeneinander hergingen, und die Standarte der erobernden Horden vorausgetragen wurde, das Banner der sterbenden Sonne.

Er regierte immer noch, bestimmte sogar den Zeitpunkt, an dem sie ihn töten konnten. Darin hatte schon immer seine Macht bestanden, daß er jede ihm genehme Wahl traf und den Rest riskierte.

Und als sie das Lager aufschlugen, war die Stadt in ihr Blickfeld getreten. Ein Schrei stieg von der Marschkolonne auf, die sich so weit erstreckte, wie der Verstand es nur begreifen konnte. Ah, ächzten die Stämme. Ah, sagten die Frauen und Kinder, und es war wie das Seufzen des legendären Ozeans und das Rauschen des Windes, wie das Krachen von Donner. *Ah*. Die Stadt schimmerte wie ein Trugbild, ihre Dächer leuchteten vor Gold und Schönheit im Licht, und Staub verschleierte sie, dort, wo Shimshek und die anderen waren, wo die Schlacht tobte. Yilan zweifelte nicht an ihrem Ausgang; hätten diese Kräfte nicht ausgereicht, hätte er auch mehr schicken können. Sie konnten sogar die Stadt allein mit den Wagen der Frauen und Kinder niederwalzen, indem sie einfach weiterzogen.

Er weinte, was er ständig tat, aber in diesem Augenblick besaß es Bedeutung; und tatsächlich weinten viele der Krieger und winkten mit ihren Lanzen und trieben ihre Ponies an. Hier und dort verschwendete ein Reiter kostbares Schießpulver, wofür er sie nicht tadelte, denn hiernach gab es keine Schlachten mehr für die Horden, weil sie dann die ganze bekannte Welt erobert haben sollten und nichts mehr auf sie wartete als das Meer.

»Schlagen wir das Lager auf?« fragte ein junger Reiter vom Fuchs. Er nickte und betrachtete Boga. »Gib die Befehle«, sagte er. Boga ritt davon, um dieser Weisung zu folgen. Die Kolonne hielt an, die Wagen wurden ausgespannt, die Tiere an Pflöcke gebunden. Yilan blieb auf seinem Pony sitzen und wartete, wie er es jeden Abend tat, bis alles in Ordnung war, bis die Kochtöpfe von den Wagen gebracht wurden und das Kochen begann.

Die Anordnung der Wagenzelte war nicht zufällig, sondern folgte den Rangunterschieden. Sein eigenes bildete den Mittelpunkt des Lagers, und die der Häuptlinge von Falke und Fuchs berührten es – aber die waren mit Shimshek geritten; und auch die des Wolfes, jedoch ohne Shimshek selbst und seine Unterführer, so daß jetzt nur noch ihre Familien da waren, Wagen ohne Beschützer. Tatsächlich flatterte zu seiner Linken Bogas Luchsstandarte, und nahe dabei die Standarten von Häuptlingen, die nicht mit Shimshek gezogen waren – alles seine Feinde.

Bogas Stunde war also gekommen, dachte Yilan bei sich, während er langsam in die Falle ritt, diesen harmlos aussehenden Bereich neben seinem eigenen Wagen, wo Gunesh auf ihn warten sollte. Aber tatsächlich standen dort Boga und die anderen, standen abgestiegen neben ihren Pferden und der Leiter seines Wagens. Er hielt Ausschau nach Klingen, während sein Herz ihn um Guneshs willen quälte, wo sie ja vielleicht tot war; aber nein, noch nicht, nicht, bis er selbst dran war. Das würden sie nicht wagen, aus Angst vor einem Fehlschlag. Man mußte der Schlange den Kopf abschlagen, bevor man anderweitige Provokationen riskierte. Boga war nicht dumm – und daher berechenbar.

Sie gaben ihm einfach etwas zu trinken, einen Schlauch Kumyß, sogar aus Bogas eigener Hand, während er noch im Sattel saß. Er betrachtete Boga, und ein furchterfülltes Schweigen herrschte hier, ungeachtet des geschäftigen Lärmes überall sonst im Lager – ein Schweigen, und nackte Angst in den Gesichtern aller in diesem Kreis um ihn, er auf dem Pferd und mit diesem tödlichen Geschenk in der Hand, und sein Blick schweifte von Boga zu den anderen.

»Ich kenne euch«, sagte er wieder und beobachtete, wie der Haß in Bogas Augen zunahm und die Furcht in den Augen der anderen.

Er trank. Er beobachtete sie danach. Sah, daß ihre Angst keine Spur nachgelassen hatte. Es war jetzt vielleicht eine andersartige Angst, die von Männern, die sich plötzlich durchsichtig fühlten und fragten, ob sie nicht in eine namenlose Falle geraten waren, in der die Einsätze nicht ganz dem entsprachen, was sie erwartet hatten.

»Helft mir beim Absteigen«, sagte Yilan Baba und schwang ein Bein hinüber, stützte sich auf Bogas Arme, ließ sich von Boga zur Leiter seines Wagens führen. Boga half ihm auch hinauf, in das mit Teppichen ausgelegte, dunkle Innere. »Zünde die Lampen an!« befahl Yilan, und Boga deckte den Feuertopf auf und tat wie geheißen, führte die Pflicht eines Dieners aus. Aber Boga gestattete ihm jetzt genau dies, war bereit, jeden möglichen Wunsch von ihm zu erfüllen – heute nacht.

Dann lehnte sich Yilan in die bestickten Lederpolster zurück und ruhte sich aus auf den Teppichen und im gelben Lampenlicht, das auf ihn herabschien. Er schloß die Augen und träumte von der Stadt, sah dann aus leicht geöffneten

Augen, als er einen sich entfernenden Schritt hörte und der Wagen wackelte, daß Boga seines Weges gegangen war.

Zweifellos, um Fallen und Hinterhalte zu legen.

O Shimshek, paß auf!

»Mein Ehemann?«

Es war ein ganz anderer Schritt, der hinter den Vorhängen näherkam, durch die Tür zum vorderen Raum. Der Duft von Kräutern begleitete sie, ein Anflug von Süße, ganz unähnlich dem Staub und Uringestank, aus dem die Außenwelt bestand. Er öffnete lächelnd die Augen, denn Gunesh war bei ihm, die schöne, tapfere Gunesh, die alles miterlebt hatte; Schrecken stand in ihren Augen, als sie neben ihm niederkniete. Er hob die behandschuhte Hand und streichelte tröstend ihre Wange.

»Möchtest du essen, Yilan?«

Er schüttelte den Kopf, machte einen Versuch, sich die Handschuhe auszuziehen. Sie half ihm; selbst diese Anstrengung machte ihn jetzt schon müde. »Ich werde rauchen«, sagte er. »Und dann möchte ich, daß du gehst und ein wenig Nahrung zusammenpackst, Gunesh. Es könnte sich als nötig erweisen. Hast du beobachtet, was draußen geschah?«

Sie nickte. Ihre Lippen waren fest zusammengepreßt.

»Gut«, sagte er. »Geh und pack das Essen ein!«

Sie sagte nichts. Er war ein großer König, und sie früher, vor langer Zeit, war eine Gefangene gewesen. Sie hatte die Gewohnheit, zu tun, was ihr gesagt wurde, und dann ihre Meinung dazu zu sagen, und er wartete, während sie ihm die langstielige Pfeife brachte und den Kopf, und sie füllte ihn und steckte Yilan die Pfeife zwischen die Lippen. Eine Träne rollte an ihrer Wange hinab. Vielleicht dachte sie an seinen Tod, vielleicht an ihren eigenen, und vielleicht an den Shimsheks. Sie waren alle auf ihre Weise verdammt; er wußte es und glaubte, daß sie es möglicherweise auch tat.

Und immer noch hatte sie nichts zu sagen. Das machte ihn sicher, daß sie genau wußte, was vorging. »Sie warten«,

sagte er offen, »denn sie wollen auch Shimshek in der Falle haben. Ich habe ihn mit Macht ausgestattet, und jetzt müssen sie sich eine Methode ausdenken, wie sie sie ihm wieder wegnehmen können. Wenn ich zu schwach werden sollte, Gunesh, meine tapfere Gunesh, dann wirst du ihm sagen, wie ich gestorben bin. Hast du deinen Dolch?«

Sie nickte, faßte an den Griff an ihrem Gürtel, zwischen den Fellen.

»Shimshek wird für dich sorgen.«

Ihr Kinn fing an zu zittern. »*Warum,* Yilan? Warum hast du es ihm gestattet?«

»Hör auf damit! Vertraue Shimshek, sage ich. Ich weiß, daß du es auch in anderen Dingen getan hast. Ah, glaubst du, ich wüßte nicht, wessen Kind du trägst? In diesem Sinn bist du nichts für mich, im Innersten meines Herzens aber alles, Gunesh. Du weißt, daß alles vor dir kommen mußte, aber niemand kann deine Stelle einnehmen.«

»Ich verstehe dich nicht«, sagte sie.

»Du willst es leugnen. Tu es nicht. Ich kenne die Wahrheit.«

Jetzt ließ ihre Fassung sie beinahe im Stich. »Ich verstehe nicht. Ich tue es wirklich nicht.«

»Du verstehst.«

»Ich liebe dich.«

»Das hast du immer. Und ich dich, Gunesh, für immer und ewig. Geh weg! Laß mich allein! Was immer mir Boga verabreicht hat, ich glaube nicht, daß es schmerzhaft sein wird. Zwar würde ihm das gefallen, aber er möchte nicht, daß hinterher von Gift geflüstert wird. Ah, nein. Er gab mir dies mit eigener Hand.«

»Yilan, warum hast du es getrunken?«

»Um Shimshek zu retten. Und dich. Und das Kind; auch ihn. Ich sterbe – bedeuten mir ein paar Wochen vielleicht viel? Nein. Nicht bei meinen Schmerzen. Ich habe die Stadt gesehen. Aber selbst das spielt jetzt keine Rolle mehr, Gunesh. Sei nicht traurig. Ich habe alles erreicht, was ich wollte. Ich bin jetzt fertig. Rufe Shimshek zu mir, wenn er rechtzeitig kommt, und vergiß nicht, daß ich euch beide liebe.«

»Yilan ...«

»*Geh!*« sagte er, mit *jener* Stimme, die Armeen in Marsch setzte und Häuptlinge dazu brachte, zusammenzuzucken. Aber Gunesh holte Luft und raffte ihre Gelassenheit um sich wie ein Staatsgewand, nickte befriedigt. Er lachte in sich hinein, denn der Rauch tötete den Schmerz, und er war erfreut: er konnte Gunesh niemals erschrecken, nicht auf diese Weise.

»Ich werde zurückkommen«, sagte sie.

»Ja.«

Dann drückte sie die Lippen auf die seinen, streichelte seine Hand und zog sich zurück.

Er atmete den Rauch tief ein, immer klarer im Geist, den Blick verschleiert vor fernen Perspektiven.

Die Reiter kamen aus dem Staub des Abends hervor, schwarze, schnelle Gestalten. »Seht!« hatten die von den Mauern Ausschau haltenden Bürger gerufen und Kopftücher geschwenkt, als die ersten Gestalten auftauchten, denn sie hatten geglaubt, es seien ihre eigenen zurückkehrenden Soldaten, vielleicht eine der siegreich heimkehrenden Einheiten. Aber allzu schnell wurde die Wahrheit erkennbar, und da stieg ein großes Wehklagen von der Stadt des Himmels auf, und die Bürger eilten sich, Speere zu holen und womit auch immer sie sich verteidigen konnten.

»Hier! Oh, hier!« rief Kan Te aus und schob Tao Hua ein Bündel Speere in die Hände, als er sich auf der Mauer zu ihr gesellte. Arsenal und Museum hatten die Waffen an jeden ausgegeben, der auf der Mauer stehen und sie werfen wollte, und Kan Te erduldete eine schreckliche Vision von Tao Huas bleichem, verwirrtem Gesicht, während der staubige Wind ihre Zöpfe packte und ihre Quasten und die Blätter der Blüte bewegte, die sie an der Wange trug. Sie umklammerte ihre kriegerische Last und reichte eine an ihn weiter, den stärkeren Arm, während rings um sie her Bürger ihre Stellungen bezogen, die Schwächeren, um zu halten und weiterzureichen, die Stärkeren, um die Waffen zu schleudern, und Tränen standen auf den Gesichtern sowohl der Männer als auch der Frauen, während sie den herankommenden Reitern entgegenblickten. »Oh, wo sind sie?« hörten sie, wie der Wind gefragt wurde, denn Phönix und Löwe waren nicht heimgekommen, und hier kam schon der Feind über sie. Kan Te hob den Speer hoch, den Tao Hua ihm reichte, und er war hell und nadelscharf. Die Bänder flatterten tapfer von der Waffe, und Tao Hua dachte, während sie ihren Gefährten über der Brüstung lehnen sah, seine Gewänder im Wind flatternd, sein Gesicht eine Grimasse der Entschlossenheit, wie sehr sie sich liebten. Sie wandte sich zum Feind um, den Horden, die töteten und niederbrannten und zerstörten. Sie lehnte das Bündel Speere an die Mauer und nahm einen in die eigene winzige Hand, eine Waffe, von deren scharlachroten Bändern Papierblumen flatterten, und sie lehnte sich neben Kan Te, um zu warten, ahmte seinen Griff um die Waffe nach, obwohl überall entlang der Stadtmauer ein Dutzend unterschiedliche Griffe zu sehen waren, Griffe von Leuten, die nicht die geringste Vorstellung vom Gebrauch solcher Dinge hatten, wie sie beide selbst auch nicht. Sie hatten mit langen Gewehren geübt, aber davon gab es nicht mehr genug.

Die Reiter schwärmten wie Donner heran, und viel zu früh wurden einige Speere mit wehenden Bändern von den Mauern geworfen. »Wartet, wartet!« riefen sie beide den anderen zu, schalten ihre Kameraden, und mahnten sie zur Geduld. Einen Augenblick später kamen noch mehr Reiter in Reichweite, eine ganze Flut von ihnen, und sie schleuderten dunkle Gegenstände prasselnd an das Tor; Speere flogen mit ihren Bändern und Blumen herab, und einige wenige trafen auch, streckten entweder Pferd oder Reiter nieder, aber viele, deren Pferde stürzten, kletterten hinter Kameraden hinauf, wenn auch nie so viele, wie liegenblieben.

Und die Gegenstände donnerten weiterhin wie Steine an das Tor.

»Es sind Köpfe!« schrie jemand entsetzt in der Nähe des Tores, und der furchtbare Schrei rief Echos überall auf den Wällen hervor.

Wieder ging ein Speerhagel nieder, und weiterhin schlugen die von den Reitern geworfenen Gegenstände dumpf an das Tor; jeder Reiter kam nur heran, um sein Geschoß zu werfen, und galoppierte wieder davon, die meisten unversehrt. Bevor die Flut der Reiter aufhörte, hatten die Verteidiger schon keine Waffen mehr; die letzten Reiter kamen ungehindert heran, warfen die abgehauenen Köpfe ans Tor und ritten mit höhnischen Rufen wieder davon.

Überall wurde geweint. Da und dort erklang ein Schrei, wenn ein neuer Betrachter diese Stelle auf der Mauer erreichte, von wo aus die Tore zu sehen waren.

Und zur Dämmerung hin wagten sie es, das Tor zu öffnen, wo ein Haufen von tausend Köpfen lag, und manche davon rollten herein und über die schönen Steine der Straße, Köpfe von Kameraden des Phönix und des Löwen, Söhne und Töchter der Stadt – und ein lebender Mann, der zum Phönix gehörte. Die Schreie von Verwandten durchschnitten die Nacht. Freunde sammelten die Überreste ein und trugen sie fort, wenn Eltern und Partner zu benommen oder erschreckt waren. Sie entzündeten einen Scheiterhaufen in der Stadt und verbrannten sie, weil sie nichts anderes mit ihnen tun konnten.

Und Kan Te und Tao Hua klammerten sich aneinander und weinten um Freunde, und sie zitterten. Der Phönix-Soldat überbrachte weinend die Nachricht von Feinden, so zahlreich wie Sandkörner, von einem lebenden Wind, der sie zu überspülen drohte. Nur ein Teil dieser Horde hatte sich aufgemacht, um sich mit der Stadt auseinanderzusetzen.

Da wußte die Stadt, daß sie verloren war. Das Fieber breitete sich aus; Liebende und Hinterbliebene sprangen auf den Scheiterhaufen, der vernichtete, was von Phönix und Löwe übrig war; und der letzte Phönix-Soldat folgte ihnen.

Andere starrten nur verwirrt auf den Tod und den Wahnsinn, und der Rauch stieg auf vom Platz der Stadt des Himmels, um sich mit dem Staub zu vermischen.

»Er ist zurück.« Der Wagen wackelte, als Gunesh hinauskletterte, während sich mehrere Reiter donnernd näherten. »Ah«, sagte Yilan Baba zu niemandem im besonderen, saugte an der Pfeife und lehnte sich in seinen Kissen zurück, zufrieden darüber, daß die Droge den Schmerz genommen hatte – oder das Gift. Nicht nötig, sich Sorgen zu machen; Shimshek hatte seine Schlacht gewonnen, und Boga und seine Genossen ließen Shimshek und einige seiner Leute zu ihm durch. Wie konnten sie es schon mit Würde verhindern?

Und sicherlich wollten sie es nicht verhindern, damit sie beide Opfer auf einem Haufen hatten.

Sie kamen zusammen herein, seine lieben Freunde; als erste stieg Gunesh die Leiter hinauf, unmittelbar gefolgt von Shimshek, selbst jetzt noch bedeckt vom Staub des Reitens und dem Blut seiner Feinde. Gunesh hatte ihm draußen rechtzeitig etwas ins Ohr flüstern können. Yilan sah den Ausdruck des Schmerzes auf Shimsheks Gesicht. »Setz dich!« sagte er. »Gunesh, du nicht ... geh weiter!«

Ihre Augen blitzten.

»Geh«, sagte er mit freundlicher Stimme. »Gib mir ein wenig Zeit, mit diesem jungen Mann privat zu reden. Es betrifft euch beide, aber gib mir die Zeit, mit ihm zu reden.«

»Wenn es mich betrifft ...«

»Hinaus!« sagte er. Sie ging, spürte vielleicht, daß er zu schwach war für einen Streit. Ein Schmerz packte ihn; er preßte die Kiefer zusammen, zog die Pfeife heraus, packte sie wieder mit zitternden Händen. Er streckte die Hand nach dem Licht aus, und Shimshek beeilte sich fieberhaft, ihm zu helfen, alles für ihn zu tun, verweilte in der Unmittelbarkeit dieses Augenblicks, war voller Schmerz. Yilan wandte den Blick ab und hatte für einen Moment eine Vision von dem, was Gunesh von ihnen sah – einen ergrauten, zerfurchten alten Mann, und Shimsheks göttliche Schönheit, dunkel und stark. Er sog den Rauch ein, streckte die Hand nach Shimsheks Gesicht aus, die Berührung eines Vaters diesmal.

Shimshek brach in Tränen aus, und sie strömten ungehindert an seinem Gesicht herab.

»Sie haben mich umgebracht«, sagte Yilan. »Gunesh hat es dir natürlich gesagt. Wenn ich nicht bald tot bin, werden sie sich darum kümmern; dann auch um dich und um sie. Hauptsächlich das Baby, das sie trägt; ob deines oder meines, spielt dabei keine Rolle ... – o Shimshek, selbstverständlich weiß ich Bescheid; wie kannst du dich darüber nur täuschen?«

Shimshek senkte den Kopf, und Yilan streckte die Hand aus und hob sein Gesicht wieder an.

»Stolzer Unfug. Denkst du, der alte Mann wäre blind? Setz dich für einen Moment zu mir! Nur für ganz kurz.«

»Für alle Zeit, Vater, wenn du es wünschst.«

Er warf dem jungen Mann einen durchdringenden Blick zu, lehnte sich in die Kissen zurück und blickte ihn aus beschatteten Augen an. »Du hast nichts davon gesagt, wie es war. Waren es nicht die Nachrichten, die du mir überbringen wolltest? Sind sie nicht wichtig?«

»Sie fielen wie Gras unter unseren Hufen. Morgen werden wir die Stadt nehmen, Yilan Baba; wir werden sie dir schenken.«

Er grinste schwach und wurde wieder ernst, sog den angenehmen Rauch ein. »Tapferer Freund. Rom und Karthago, Theben und Ur ... – wie viele, und wie viele noch ...?«

Shimshek schüttelte verwirrt den Kopf.

»Oh, mein junger Freund«, seufzte Yilan. »Ich bin müde. Ich bin diesmal müde, und es spielt keine Rolle. Ich habe alles Nötige getan; ich weiß das. Das ist der Grund, warum ich hier sitze und rauche. Von Yilan ist nichts mehr geblieben, nur von dir und von Gunesh. Bei dir habe ich etwas Hoffnung, wenn du schnell bist.«

»Ich werde den Stamm aufrütteln. Ich werde Bogas Haufen aus deiner Nähe treiben ...«

»Nein. Du wirst die Stämme nehmen, die dir folgen wollen, und dann wegreiten, du und Gunesh. Verschwinde von hier!«

»Die Horden jetzt auseinanderzureißen ...«

»Es spielt keine Rolle, verstehst du? Nein, natürlich verstehst du nicht.« Er sog an der Pfeife und reichte sie an Shimshek weiter, ließ sich von dem beruhigenden Rauch einhüllen. »Tu, was ich dir sage! Mehr will ich nicht.«

»Ich werde Bogas Kopf auf einen Pfosten stecken.«

»Nein. Auch das wirst du nicht tun.«

»Dann sag mir, was ich zu tun habe.«

»Gehorche mir einfach. Geh! Die Stadt bedeutet nichts.«

»So viele Jahre hast du gekämpft ...«

»Ich bin hier. Ich bin hier, das ist alles.« Er nahm die Pfeife wieder entgegen und inhalierte. Der Rauch kräuselte sich nach oben und umhüllte sie im düsteren Licht der tiefhängenden Lampen, und der Rauch ballte sich zu Formen zusammen: Stadtmauern, seltsame Türme und ferne Länder, öde Wüsten, hohe Berge, saftige Hügel und befahrene Straßen, Tiere und phantastische Maschinen, Menschen in vielen Schattierungen und manche, die überhaupt keine Menschen waren. »Ich bin viele Leben alt, Shimshek; und ich kenne dich ... ah, mein uralter Freund. Ich erinnere mich ... ich erinnere mich wieder, seit ich krank geworden bin; ich habe Träume ... Sie sind im Rauch zu erkennen. Siehst du sie?«

»Nur Rauch, Yilan Baba.«

»Solide wie immer. Ich kenne dein Herz, und es ist treu, wirklich. Wir haben so manchen Krieg ausgekämpft, Shimshek. Füll bitte die andere Pfeife! Füll sie und träume mit mir!«

»Draußen ...«

»Tu, was ich sage!«

Shimshek langte nach dem Kopf der anderen Pfeife, füllte ihn, zündete sie an und lehnte sich mit einem Versuch, sich müßig zu geben, zurück, war gehorsam, obwohl seine Wunden – wie Yilan in plötzlicher Klarheit sah – noch nicht behandelt worden waren. Armer Shimshek; er war tatsächlich verwirrt. Schließlich geriet er ins Zittern.

»Besser?« fragte Yilan.

»Taub«, sagte Shimshek. Yilan lachte in sich hinein. »Wie kannst du nur lachen, Baba?«

»Ich glaube, ich habe es gut gemacht«, meinte Yilan. »Habe mein Leben gut verbracht.«

»Niemand sonst hätte die Stämme vereinigen können – niemand – und wenn du nicht mehr bist – geht alles dahin. Ich kann sie nicht halten, Baba.«

»Das ist wahr«, sagte Yilan. »Ah, Boga könnte es. Er hat die Kraft. Aber ich denke nicht. Diesmal nicht.«

»Diesmal nicht?«

Yilan lächelte und betrachtete die Städte im Rauch und die vorüberziehenden Gestalten von Freunden. Enkindu, Patroklos, Hephestion, Antonius und tausend andere. »Patroklos«, nannte er ihn. »Und Lancelot. Und Roland. O mein Freund ... siehst du es, siehst du es jetzt? Manchmal begegnen wir uns erst spät ... du bist immer bei mir, wirst aber oft erst so spät geboren, mein großer, guter Freund. Die meiste Zeit meines Lebens habe ich gewußt, daß mir etwas fehlt, und dann fand ich dich und Gunesh und ward ganz. Dann konnte es beginnen. Ich wußte in jenen Jahren nicht, worauf ich wartete, aber ich wußte Bescheid, als es eintraf, und jetzt kenne ich auch den Grund.«

Shimsheks Augen hoben sich zu den seinen, verströmten Tränen und Träume, waren jetzt so dunkel wie die Nacht, aber sie waren schon einmal grün und blau und grau und braun gewesen und auch alle Schattierungen dazwischen. »Ich weiß nicht, wovon du sprichst.«

»Ja. Jetzt glaube ich, daß du es tust. Mehr Städte als nur diese eine ... Und Gunesh ... sie ist immer da ... alle Zeitalter hindurch.«

»Du bist wie ein Vater zu mir, Yilan Baba, mehr ein Vater als mein eigener. Sag mir, was ich glauben soll, und ich glaube es.«

Er schüttelte den Kopf. »Mich kennst du nur länger; erweise deinem Vater seine Ehre. Die Kluft der Jahre war nicht immer so groß; manchmal waren wir Brüder.«

»In anderen Leben, Baba? Ist es das, was du meinst?«

»Es gab einmal eine Stadt, die hieß Dur-sharrunkin; ich war Sargon; ich war Menes, an einem Fluß, der Nil genannt wurde. Ich war Hammurabi; und du warst immer dabei. Ich war Gilgamesch; wir sahen der Geburt der Städte zu, mein Freund, wie zum erstenmal in dieser Welt Stein auf Stein gelegt wurde.«

Shimshek erzitterte und blickte ihm in die Augen. »Achilles«, murmelte er. »Du trugst einst diesen Namen, nicht wahr?«

»Und Cyros der Perser. Und Alexander. Du warst Hephestion, und damals verlor ich dich zum erstenmal – ah, das tat weh –, und die Generale ermordeten dann auch mich, da sie nicht weiterziehen wollten. Wie ich dich brauchte.«

»O Gott«, weinte Shimshek.

Yilan streckte die Hand aus und packte Shimsheks starken jungen Arm. »Ich war Hannibal, hörst du? Und du Hasdrubal, mein Bruder; Cäsar, und du Antonius. Ich war Germanicus und Artus und Attila; Karl der Große und Wilhelm der Eroberer; Saladin und Dschingis Khan. Ich habe gekämpft; ich habe die Kriege der Welt geführt, und der jetzige ist beendet, hat den Punkt erreicht, den er erreichen mußte, hörst du, mein Sohn, mein Bruder, mein Freund? Bin ich nicht stets derselbe? Behalte ich jemals lange, was ich erringe?«

»Yilan Baba ...«

»Gewinne ich jemals wirklich? Oder verliere ich? Nur du

und Gunesh ... Roxana und Kleopatra; Guinevere und Helena ... Gestalten, so zahlreich wie meine und deine; und stets liebst du sie.«

Schrecken und Kummer standen in Shimsheks Augen.

»Glaubst du, es macht mir etwas?« fragte Yilan. »Ich liebe dich und ich liebe sie. Und in all meinen Leben – hat es nie eine Rolle gespielt. Begreifst du jetzt? Nein. Für dich ist es Liebe; für Gunesh ist es Sex ... seltsam, nicht wahr? Für sie ist es der Sex, der so viele in dieser Welt bewegt, aber dich hat stets die Liebe bewegt, und ich ... ich habe kein starkes Interesse in dieser Hinsicht ... aber Liebe ... ah ... eine andere Art von Liebe; die Liebe wahrer Freunde. Ich *liebe* euch beide, aber Sex ... spielte dabei nie eine Rolle. Hör mir zu! Ich spreche offen, weil wir keine Zeit mehr haben. Daß ein Kind zur Welt kommen wird – macht mich glücklich; kannst du das verstehen? Du warst so darauf bedacht, mich nicht zu verletzen; aber ich wußte es schon, bevor du anfingst. Wirklich, mein Freund. In deiner Jugend kam es stets zu Kindern, wenn sich auch nur andeutungsweise eine Möglichkeit bot – und ich mißgönne dir keines, nein, niemals.«

»Das Leben blieb ihnen nicht«, flüsterte Shimshek, als habe die Erinnerung ihn durchzuckt. Sein Schmerz war furchtbar, und Yilan streckte die Hand aus und tätschelte seinen Arm.

»Aber einige haben weitergelebt. Einige. Das ist stets unsere Bestimmung ... du hast mehr von meinen Erben gezeugt, als ich jemals selbst. Meine wurden ermordet ... Vielleicht ist deshalb meine Begeisterung dafür, sie zu zeugen, so gering. Aber du hattest mehr Glück; du kannst hoffen. Deine Erben wurden meine Nachfolger in Rom. Habe mehr Zuversicht.«

»Und sie haben das Reich zugrundegerichtet, nicht wahr? Ich habe kein Glück, Baba.«

»Begreifst du noch immer nicht, daß es keine Rolle spielt?«

»Aber ich kann nicht aufhören, weh zu tun, Baba.« Er betrachtete die Pfeife, von seiner hohlen Hand umfaßt, und blickte wieder auf. »Ich kann nicht.«

»So ist der Lauf dieser Dinge, nicht wahr?«

»Konnte sich auch Gunesh erinnern?«

Er schüttelte den Kopf. »Manchmal habe ich es geglaubt, manchmal nicht. Ich habe es ... dieses ganze Jahr, und in letzter Zeit immer mehr. Darum bin ich sicher, daß es kurz bevorsteht. Darum kämpfe ich auch nicht mehr weiter. Ich erinnere mich auch an andere Gelegenheiten, zu denen ich mich erinnert habe; ist das nicht komisch? Die Verschwörer in Rom ... ich wußte, daß sie kommen würden, lange bevor sie es selbst wußten. Ich fühlte es kommen. Modred auch. Ich sah es in seinen Augen. Sie werden dich auch diesmal des Ehebruchs beschuldigen, rechnest du nicht auch damit? Sie werden sagen, Gunesh trage dein Kind, und sie werden deinen Tod ebenso fordern wie den ihren. Und Boga rechnet natürlich damit, daß er der Anführer sein wird, wenn wir alle tot sind.«

»Ich werde ihn töten.«

Yilan schüttelte den Kopf. »Du kannst mich nicht retten. Rette dich selbst! Es wäre nur vernünftig ... auch Boga trägt noch weitere Namen, weißt du. Agamemnon, Xerxes, Bessus ... mache ihn nicht verächtlich.«

»Modred.«

»Der auch.«

»Fluch über ihn!«

»Ist schon. Wie bei uns.«

»Baba?«

»Er ist die dunkle Kraft. Meine Prüfung. Damit ich nicht zu mächtig werde. Ich selbst könnte ungesund für die Welt sein, gäbe es nicht Boga. Er erinnert mich ... an das, was ich sein könnte. Und oft genug hat er mich getötet. Das ist seine Aufgabe. Wehe nur der Welt, wenn wir getrennt auftreten. Hitler war so ein Fall. Ich war die halbe Welt weit entfernt; wir beide waren es. Er hatte die Macht für sich.«

»Lawrence.«

»So lautete der Name. Das ist das schlimmste, wenn wir beide einander verfehlen; am härtesten die Welt, wo Boga und ich es tun. Armer Boga, er hat keinen Patroklos, keine Guinevere.«

Shimshek rauchte eine Zeitlang, und sein Blick schweifte durch den gepolsterten Innenraum des Wagens, der nur ein Wagen war und auf der Weltebene stand, rauchig und in tiefem Schatten. Aber es schienen keine Grenzen oder Wände mehr zu bestehen, als ob ein großer Teil der Zeit hier hinge.

»Manchmal«, sagte Yilan langsam, »verbringe ich mein ganzes Leben, ohne das Muster dessen zu erkennen, was ich tue; manchmal ... existiert kein erkennbarer Entwurf, und Boga und ich und du und Gunesh ... leben voneinander getrennt und verloren. Manchmal in bedeutungslosen Leben und manchmal in bedeutungsvollen; gelegentlich war ich ein Baby, das vor Vollendung eines Jahres starb, nur um die Zeit zu kennzeichnen, bis meine Seele anderswo sein konnte. Oder um auszuruhen, vielleicht, nur auszuruhen. Manche von meinen Toden waren schlimm.«

»Ich gehe diesmal mit dir hinaus. Ich fürchte mich nicht davor.«

Yilan lachte in sich hinein und zuckte dann zusammen, als ein leichter Schmerz in seine Eingeweide stach. »Shimshek, du lügst. Du fürchtest dich.«

»Ja.«

»Und Gunesh zu verlieren, würde dein Herz brechen und meines; sorge für sie.«

»Ah, Baba.«

»Du bist derjenige, der liebt, verstehst du. Mein lieber Freund, ich glaube wirklich, daß du mich diesmal überleben könntest. Du wirst Möglichkeiten zur Rache finden, wenn du abwartest und beobachtest.«

»Was bedeutet Rache, wenn sie nie endet?«

»In der Tat. In der Tat, alter Freund. Ich will dir etwas erzählen, was mir langsam aufgeht. Das Pendel schwingt hin und her. Ich kann die Menschen in einer Lebenszeit nur so oder soweit treiben; nur so oder so viel in irgendeine Richtung helfen. Ich war Akkadianer, Sumerer, Ägypter, Kushite, Grieche, Mazedonier ... Ich begründete Persien, verteidigte Griechenland an den Thermopylen gegen Persien, errichtete als Alexander ein östliches Weltreich und als Hannibal ein westliches; ich prüfte beide als Cäsar und zog auch nach Norden und nach Süden; war Chinese und Inder und Afrikaner ... – eine Seite gegen die andere. Wir leben durch Gleichgewicht; es gibt keine Rache und es gibt doch eine. Eine Frage des Standpunktes, Shimshek.«

Shimshek starrte ihn nur an.

»Liebe Gunesh«, sagte Yilan. »Lebe. Ich möchte, daß du vor der Morgendämmerung von hier verschwindest; schaff sie in dein Lager! Wenn ich tot bin, wird es etwas Aufruhr geben. Dann stoße ins Horn und reite los! Wahrscheinlich wird mächtig viel Durcheinander herrschen – manche werden die Stadt angreifen, andere werden dieses oder jenes tun; du siehst, der alte Mann macht sich immer noch Gedanken. Das ist eine meiner besten Kriegslisten.«

»Nein, Baba. Ich lasse dich nicht hier, damit du getötet wirst.«

»Sei nicht stur! Du würdest meinen Tod nur beschleunigen. Und Guneshs.«

»Soll ich ihr erzählen – was du mir gesagt hast?«

»Bringt es dir Frieden, zu wissen, was ich dir gesagt habe?«

»Nein«, sagte Shimshek schwer. »Nein, Vater, kein Friede ... es gibt kein Ende, nicht wahr?«

»Was das anbetrifft ... ich weiß nicht. Aber von der Morgendämmerung der Welt bis zu ihrem Ende ... sind wir dieselben. Unveränderlich.«

»Boga und du, ihr seid die Mächtigen«, meinte Shimshek. »Ist es nicht so ... daß Gunesh und ich machtlos sind?«

»Überwiegend schon«, antwortete Yilan und beobachtete, wie tief Shimsheks Stolz verletzt war. »Nur ... Shimshek, wenn es nicht um dich ginge, könnte ich Boga *sein*. Denk daran! Wenn nicht deinetwegen – und ihretwegen. Weil ich dich liebe.«

»Baba«, murmelte Shimshek, legte die Pfeife weg und umarmte ihn sanft, küßte ihn auf die Stirn.

»Geh!« sagte Yilan. »Geh jetzt! Und wenn du den Aufruhr hörst, der meinem Tod folgen wird ... reite mit Gunesh davon!«

»Ich werde dich nicht verlassen, Baba. Nicht, damit du in deinem Bett stirbst.«

»Kannst du es nicht tun? Gönnst du mir keinen ruhigen Tod? Selbst Boga hat ihn diesmal für mich vorgesehen, und ich bin müde, junger Unruhestifter; der alte Mann ist müde.«

Der Vorhang wurde zurückgezogen. Shimshek riß heftig das Schwert aus der Scheide, aber es war Gunesh.

»Wieviel Zeit muß ich euch geben?« fragte sie.

»Setz dich!« sagte Yilan und klopfte auf den Teppich neben sich, und sie hockte sich dort auf die Fersen. »Du verfügst über einiges an Überredungskraft, Frau. Überzeuge diesen jungen Mann.«

»Davon, dich zu verlassen?«

Yilan nickte grimmig, deutete mit dem Pfeifenstiel zum Rand des Lagers. »Wie sieht es da draußen aus?«

»Wie Sterne«, sagte sie. »Wenn der Himmel so viele tragen könnte.«

»Wie der alte Himmel«, meinte er. »So viele mehr als jetzt. Träumst du manchmal von solchen Sternen, Gunesh? Ich tue es. Und ich sage dir, daß du mit diesem verrückten jungen Mann weggehen mußt, um nicht dein und sein Kind zu verlieren. Kannst du reiten, Gunesh?«

Sie nickte, und ihre Augen waren feucht. Er hatte schon genug Tränen von Shimshek gesehen.

»Macht keinen Unsinn!« sagte er.

»Ich habe geträumt«, erzählte sie, »daß wir diese Worte schon früher gewechselt haben.«

»In der Tat«, sagte er. »In der Tat. Und wir werden es wieder tun. Eines Tages wird Shimshek es dir erzählen.«

»Sie sind *wahr«*, sagte sie und zitterte dabei heftig.

»Ja«, gab er schließlich zu, wußte sehr gut, welche »sie« sie meinte. »Ja, Gunesh. Die Träume. Vielleicht haben wir alle drei sie.«

Shimshek schloß die Augen und wandte das Gesicht ab.

»Yilan«, weinte Gunesh.

»Also kommt es nicht zum Streit. Ihr beide müßt von hier verschwinden! So sieht dieses Mal das Muster aus. Ich brauche euch jetzt nicht mehr.«

»Nicht?« fragte Shimshek.

»Nicht in dieser Weise«, gestand er. Er konnte es keinesfalls ertragen, sie zu verletzen. Und langsam nahm die Sache den Geschmack von etwas an, das sie schon oft getan hatten, eine Bewegung wie ein Ritual, zu dem sie die Worte kannten, schon seit dem ganzen Lebensalter der Erde. »Haltet mich fest!« sagte Yilan und breitete die Arme aus. Es war das einzig Wirkliche, was ihnen geblieben war, das, was sie alle am meisten wollten. Sie umarmten sich, er und sie und er, und es war ein Lohn für all den Schmerz, der mehr bedeutete als Städte, mehr als Weltreiche ... – eine sehr seltene Gelegenheit, daß sie einander so gut verstanden; Montmorency und Dunstan und Ḳuwei; Arslan und Kemal; so viele Gestalten. Nichts war ihnen gegeben, das sie mitnehmen konnten, außer der Erinnerung, der Liebe und dem Wissen – daß das Muster sich fortsetzte.

»Ich liebe euch«, sagte er ihnen. »Die Nacht ist zur Hälfte vorüber, und es gibt nichts mehr, was ihr noch tun könntet. Ich sehe euch wieder. Könnt ihr denn daran zweifeln?«

Der Rauch der Scheiterhaufen war zu einer stetig aufsteigenden Wolke abgeflaut, die vom Wind weggerissen wurde. Viele Menschen aus der Stadt des Himmels versammelten sich auf dem dunkel gewordenen Platz, um zu trauern;

weiße Knochen waren in diesem mitleiderregenden Gewirr zu sehen, in der Glut dieses Feuers, in das viel vom Reichtum dieser Stadt geworfen worden war, damit es Barbarenhände nicht mehr berühren konnten.

Ein großer Teil der Vergangenheit starb hier, ein bittererer Verlust noch als die Menschenleben. Es war die Schönheit der Stadt, die gestorben war.

Und manche beteten, und andere waren betrunken, erwarteten den Tod.

Und manche suchten sich ihre eigenen Plätze und ihre vertrauten Heime.

Und Liebende berührten einander stumm. Niemand konnte Worte finden für das, was geschah, obwohl es schon immer geschehen war, seit die erste Armee das erste Dorf aus Stroh geplündert hatte. Sie fanden keine Worte, weil es ihnen selbst geschah und weil es Morgen war, und sie waren betäubt in dem Bereich ihres Geistes, der die Situation eigentlich hätte verstehen sollen; und allzu schnell auch in dem Bereich ihrer Herzen, der sie fühlte.

Sie faßten einander an, Kan Te und Tao Hua, und aus Berührungen wurden Liebkosungen; dann wurden die Liebkosungen grenzenlos angenehm, ein Mittel, um die Existenz des Todes zu leugnen. Sie waren nicht verheiratet – und so war es nicht rechtmäßig –, aber es blieb keine Zeit mehr für Hochzeiten. Die Asche der Toten senkte sich auf ihr Dach und trieb durch das offene Fenster herein, legte sich auf ihr Bett.

Sie liebten sich; und sie verbrauchten sich, schliefen mit Tränen auf den Wimpern den Erschöpfungsschlaf von Liebenden, die keine Zukunft hatten.

»Nein«, sagte Gunesh und berührte Yilans Gesicht mit jener geheimen, liebenden Geste. Sie hatten eine zu lange Zukunft. »Diesmal ... bleiben wir. Diesmal – nach all den Zeitaltern der Welt – könnten wir den Unterschied herbeiführen. Wir könnten es ... nicht wahr? Wenn wir schon vorher in die Falle gegangen sind, können wir dann diesmal nicht kämpfen?«

Eine seltsame Wärme berührte Yilans kaltes Herz. Er drehte sich um, so schmerzhaft es war, und umfaßte Guneshs schönes Gesicht mit den zernarbten Händen. »Ich habe mir gedacht ... daß du vielleicht ... eines Tages eine Rolle zu spielen haben könntest.«

»Dann gewähre es uns doch!« rief Lancelot/Shimshek/Antonius. »O Yilan, laß uns!«

Er überlegte. »Wir kommen nur langsam voran, meine Freunde. Oh, so langsam; vielleicht wartet das alte Muster auf eine Veränderung. Vielleicht löst es sich selbst im Verlauf der langen Zeitalter. Ich werde weiser; und Boga – möglicherweise auch! Vielleicht könnt ihr eines Tages das verändern, was ist. Vielleicht haben wir durch diese Erkenntnis mehr als ein Weltreich gewonnen, meine Freunde; und vielleicht *seid* ihr diejenigen ... eines Tages. Aber diesmal nicht. Diesmal nicht, denke ich. Es ist zu spät. Wir haben zuviel verloren.«

»*Wissen* wir das denn?«

Er betrachtete Shimshek, lächelte und verlor dabei plötzlich die Ängste, die ihn alt gemacht hatten. Lachte, wie er in seiner Jugend gelacht hatte und in der Jugend der Welt, als sie noch nichts von dem gewußt hatten, was kommen würde. »Nein. Nein. Hai, meine Freunde, meine lieben Freunde, es *ist* etwas geblieben, was wir nicht kennen.«

»Sag mir, was wir machen sollen«, sagte Shimshek. »Sag es mir, Yilan, und ich werde es tun!«

»Erinnere dich«, sagte er. »Erinnere dich! Wir werden kämpfen, mein alter Freund, wir werden jedesmal kämpfen. Wir werden das Muster auf ihm verändern, und du wirst bei mir sein. Und du wirst ... eines Tages ... die Waage kippen. Daran glaube ich. Oh, meine Freunde, daran glaube ich wirklich.«

»*Ich* werde jetzt kämpfen«, sagte Gunesh und zog ihren kleinen Dolch.

»Wir sind alle ziemlich berauscht vom Rauch.« Yilan lachte. »Wir träumen von alten Helden und alten Kriegen. Aber die Träume sind wahr. Und wir sind diese Helden.«

Er mühte sich aufzustehen, ein letztes Mal zu gehen, und Shimshek gab ihm das Schwert in die Hand. Gemeinsam halfen sie ihm die Stufen hinab, und Gunesh hatte sich sein zweites Schwert angeeignet. Altes Pferd stand dort neben Shimsheks Tier. Armes Pferd, niemand hatte sich um ihn gekümmert. Und einige Krieger von Shimsheks Garde standen dort ... und einige von Bogas. *»Tötet sie!«* befahl Shimshek, und so schnell Schwerter gezogen werden konnten, wurde der Kampf eingeleitet. Ehrenvoll war er nicht – Bogas Männer sanken in ihr Blut, und ringsumher strömten Männer mit Schwertern in den Händen aus den Wagen. »Hebt mich hinauf!« tobte Yilan, und Shimsheks Krieger brachten ihnen Pferde. Pferd wurde zurückgelassen, um an Altersschwäche zu sterben.

Er fiel in den Sattel, zuckte zusammen, packte das Schwert fester. »Fluch über Boga!« schrie er. »Tötet Boga! *Verräter!«*

Der Schrei wurde weitergetragen und zerstörte den Frieden der Nacht, und überall im Lager brach das Chaos aus, als Männer aus den Wagen sprangen und nach ihren Pferden brüllten.

Und Shimshek ritt wie ein Wahnsinniger, Yilan und Gunesh hinter ihm her, die Nacht vor ihnen in Aufruhr, wo die dunklen Gestalten von Männern und Pferden hierhin und dorthin stürzten, wo eine Flut aus Rufen und Schreien meilenweit über die Ebene gellte. Feuer wurden gelöscht, und es war, als gingen alle Sterne des Himmels aus, und Männer stürmten zum Zentrum, um gegen die unbekannten Angreifer zu kämpfen.

Unmittelbar an Bogas Luchsstandarte ritten sie vorbei, und Shimshek hieb in seinem Zorn die Fahnenwache nieder. Er beugte sich aus dem Sattel und packte die Fahne und trug sie wie eine Lanze in das Zentrum der Männer Bogas, die sich zur Abwehr gesammelt hatten.

Er brach durch ihre Reihen hindurch. Ein Gemetzel begann; und Gunesh brauste hindurch und schwang das ungewohnte Schwert auf die Köpfe von allen, die ihr in den Weg gerieten; Yilan kam als letzter ... schlug mit Wut zu, aber schwach, mit Verlangen, mit einem Zorn, geboren aus der Enttäuschung ganzer Zeitalter.

»Verräter!« schrie er.

Und ein Speer, schneller als Gift, traf ihn in den Bauch. Er sah Boga, der ihn geworfen hatte, sah auch Shimsheks Klinge herabsausen, um Boga zu töten, wie er ihn schon viele tausend Male getötet hatte; sah, wie Gunesh fiel.

»Meine Freunde«, klagte Yilan, und Tränen blendeten seine Augen, bevor es der Tod tat.

Sie richteten ihn schrecklich zu, aber er spürte nichts mehr davon.

Sie hatten es schon am Standbild des Pompejus getan, an den Thermopylen und tausend Male vorher.

Shimshek starb, und Gunesh starb unter ihrem Pferd, ein ungeborener Sohn mit ihr.

Der Kampf breitete sich in der großen Horde aus; eine Horde spaltete sich von der anderen; Leichen lagen über die Ebene verstreut. Manche Horden zogen führerlos und verwirrt ab. Bogas Stamm tat es, auch Yilans und Shimsheks. Und hundert andere folgten. Die Zurückbleibenden kämpften um die Vorherrschaft, töteten und töteten, bis die Sonne ihnen zeigte, was sie getan hatten.

In der seltsamen Geistesklarheit dieses Wartens ging die Sonne über einem ruhigen Tag auf. Die Stadt des Himmels wartete, hatte ihren Wahnsinn verausgabt, und Männer und Frauen standen auf den Wällen, hielten die Speere, die sie draußen aufgesammelt hatten, hatten die Tore fest verschlossen und verrammelt, hatten in ihren Herzen wieder Mut gefaßt. Keine Blumen waren mehr zu sehen und keine

Bänder; sie waren hier, um ihre Heimat zu verteidigen, eine gehärtete, entschlossene Truppe.

Aber der Staub ließ nach; er zog in den Westen und legte sich. Als Späher hinauszogen, sahen sie schon aus großer Ferne die Aasvögel kreisen und erblickten die niedergemetzelten Überreste eines großen Heeres, die zertrampelte Spur eines Rückzuges.

Sie fanden das zerrissene Banner Yilans des Eroberers, aber seine Leiche entdeckten sie nicht; sie brachten das Banner im Triumph zurück in die Stadt, und deren Geist schwoll an vor Stolz, denn sie waren groß und vermuteten es auch mit einem wilderen, kriegerischen Geist.

»Wir haben sie abgewehrt«, sagte Kan Te, als die Nachrichten eintrafen, und umklammerte seinen Speer um so fester. »Wir werden die Geschichte weitererzählen«, sagte Tao Hua, »und diesen Tag niemals vergessen.«

Sie gingen jetzt mit einem anderen, einem tödlicheren Schritt, ein Volk, das sich des Todes bewußt war und des Landes, das sie umgab, das nach Rache lechzte.

Ein neuer, grausamer Geist hatte Einzug gehalten durch die Tore und klammerte sich überall mit dem Gestank des Rauches fest.

»Wir werden richtig heiraten«, sagte Kan Te. »Ich glaube nicht, daß es eine Rolle spielt. Viele werden dasselbe getan haben wie wir. Darin liegt keine Schande, aber wir werden richtig heiraten.«

»Ich schäme mich nicht«, sagte sie.

»Und ich auch nicht«, sagte er. Er küßte sie dort auf der Mauer, vor den Augen der Menschen, die sich durch nichts mehr schockieren ließen, und sie erwiderte den Kuß. Gemeinsam gingen sie weg, und sie legte sich eine Hand auf den Bauch, getroffen von der Erinnerung an Schmerz und Vergnügen und eine anhaltende Wärme ... – sie konnte geschwängert worden sein, erkannte sie. Daran hatte sie vorher noch nicht gedacht, hatte nicht mehr daran geglaubt, noch lange genug zu leben; und das Leben war gut. Die

Wärme war seltsam, so als wäre eine Form von Energie in sie eingedrungen, eine seltsame Kraft des Begehrens und des Wollens.

Als wäre irgendein Fremder gekommen, um dort zu wohnen, geboren aus dem Tod und der Erschütterung ihrer Welt.

So war es tatsächlich.

Von Caroline Janice Cherryh erschienen in der Reihe
HEYNE SCIENCE FICTION & FANTASY:

Brüder der Erde · 06/3648
auch in: Chroniken der Zukunft,
hrsg. von Wolfgang Jeschke, Band 1 · 06/1001
Weltenjäger · 06/3772
Der Stolz der Chanur · 06/4039
Der Biß der Schlange · 06/4081
Die letzten Städte der Erde · 06/4174
Stein der Träume · 06/4231

DIE MORGAINE-TRILOGIE

Das Tor vor Ivrel · 06/3629
Der Quell von Shiuan · 06/3732
Die Feuer von Azeroth · 06/3921
Alle drei Romane in einem Band als illustrierte Sonderausgabe unter dem Titel:
Tore ins Chaos · 06/4204

DIE DUNCAN-TRILOGIE
(auch ZYKLUS DER STERBENDEN SONNEN)

Kesrith – die sterbende Sonne · 06/3857
Shon'jir – die sterbende Sonne · 06/3936
Kutath – die sterbende Sonne · 06/3948

DER DOWNBELOW-ZYKLUS

Pells Stern · 06/4038
Kauffahrers Glück · 06/4040
40000 in Gehenna (in Vorb.)

Darüber hinaus:

Kassandra
in: SF Story Reader 13
hrsg. von Wolfgang Jeschke · 06/3685
und in: Science Fiction Jubiläumsband
25 Jahre Heyne Science Fiction & Fantasy 1960–1985,
Das Lesebuch
hrsg. von Wolfgang Jeschke · 06/4000
Hestia
in: Heyne SF Jahresband 1982,
hrsg. von Wolfgang Jeschke · 06/3870

HEYNE BÜCHER

SCIENCE FICTION

Herausgegeben
von Wolfgang Jeschke